Anika Sawatzki
Der Siebenschläfer schlägt zu

AF237616

Das Buch

Warum klebt wieder Blut an meinen Händen?
Ich wollte meine Jugendsünden hinter mir lassen.
Doch ich kann es nicht leugnen – Ich bin der »Siebenschläfer«.

Spikes dunkles Geheimnis ist gelüftet. Er ist schuld daran, dass Julia im Visier eines Serienmörders ist. Doch nicht nur der Siebenschläfer, auch Arthur stellt ihr weiterhin nach. Unabhängig von Spikes Team begibt sie sich auf die Suche nach dem Mörder, der bald ein weiteres Opfer fordert.

Während Julia dem Siebenschläfer immer näher kommt, distanziert sich ihr bester Freund Alex von seinem Umfeld. Er kann nicht akzeptieren, dass Julia sich mit ihrem neuen Mitschüler Liam anfreundet. Doch nur über ihn kann sie das Geheimnis lüften, das die Pilgrims und McMillans vor Jahrzehnten verfeindete und schließlich zu der Katastrophe führte, die sich nun zu wiederholen droht.

Kann Julia Spikes Urteilsvermögen vertrauen? Wer ist der Siebenschläfer? Und wer hat die drei neuen Opfer auf dem Gewissen?

Die Autorin

Anika Sawatzki wurde 1990 in der Altmark geboren und zog nach ihrem Abitur nach Leipzig. Dort lebt sie mit Jamie L. Farley in einer Autoren WG. Der erste Mord des »Siebenschläfers« erschien 2013 in der Fan-Anthologie der Band »Letzte Instanz«. 2019 folgte der erste Band der Siebenschläfer-Trilogie.

Weitere Informationen zur Autorin:
Facebook: https://www.facebook.com/anikasawatzki/
Instagram: https://www.instagram.com/from.duck.till.dawn/

Weitere Bücher von Anika Sawatzki:
Lachende Clowns morden nicht (2017)
Der Siebenschläfer erwacht (2019)

Anika Sawatzki

Jugendthriller

Die Namen der Personen und Einrichtungen in diesem Roman sind willkürlich gewählt. Mögliche Übereinstimmungen mit bekannten sowie unbekannten Personen oder Einrichtungen sind rein zufällig und drücken keinerlei Wertung des Autors aus.

Copyright © 2020 by Anika Sawatzki
anika_sawatzki@gmx.de
Herstellung und Verlag: BoD – Books on Demand, Norderstedt
Printed in Germany
ISBN 9-783751-995993
Lektorat: Maria Rumler, Leipzig
Buchcoverdesign und Kapitelverzierung: Sarah Buhr, Lage
www.covermanufaktur.de
unter Verwendung von Bildmaterial von
© 4 PM Production © Tanya Syrtsyna
Shutterstock
Liedzitat (Widmung) © Drakkar Entertainment GmbH
www.letzte-instanz.de
Autorenportrait: Nicole Ringswirth, Papenburg
www.facebook.com/WolfspfoteTierfotografie/

Dieser Artikel ist auch als E-Book erhältlich.

»Ich bin dein Gott, dein Racheengel.
Mein Blut kocht in deinem Herz.
Bin dein Ohr, das sich verschließt,
dass du nicht ihre Lügen hörst.«
(Letzte Instanz)

Ich widme dieses Buch meinem Bruder,
der in seiner Jugend viele Fehler gemacht hat,
aber selten ein zweites Mal.

Stammbaum der Familien

Pilgrim

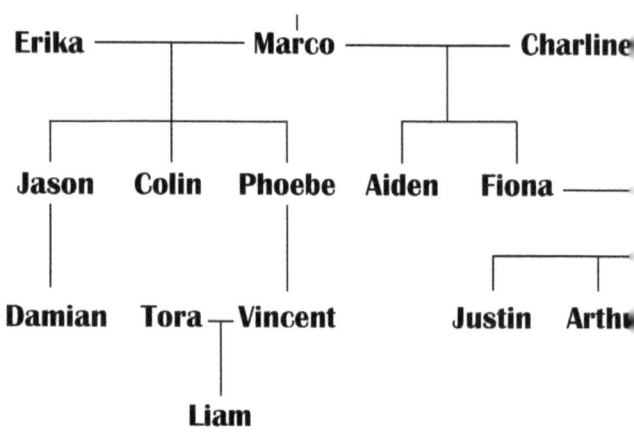

Opfer des Siebenschläfers
aus **Band 1** der Trilogie

Hector McMillan (Großvater)
Frau Wagner (Rektorin)
Yvonne (Mitschülerin)
Janine und Philipp Neumann (Eltern von Spike)
Sascha Baumann (Verbrecher)

McMillan

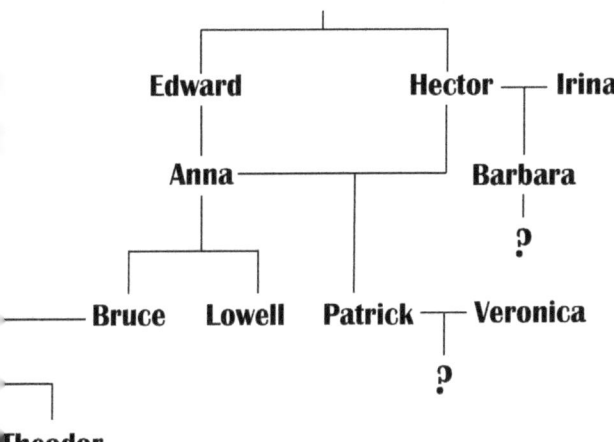

Alex = bester Freund von Julia
Bruce McMillan = ermordeter Bürgermeister
Carina = beste Freundin von Julia
Christian = Partner von Spike
Emil Schwarzmüller = Vater von Carina
Felicitas = Freundin von Arthur McMillan
Liam = Mitschüler von Julia
Maja = Partnerin von Spike
Mika = Barbesitzer vom Pont Neuf
Ole = Vater von Julia
Richard Hanssen = Vater des Amokläufers Ben Hanssen
Riley = Patenonkel von Arthur McMillan
Saskia = schwangere Ex-Freundin von Justin McMillan
Simon = Patenonkel von Theodor McMillan
Spike = Ermittler

WAS BISHER GESCHAH …

Der **Siebenschläfer** ermordet seinen Großvater Hector McMillan, weil dieser seine Großtante Anna in ihrer Jugend vergewaltigte. Nachdem er seiner Großmutter nahegelegt hat, Annas unehelichen Sohn Patrick zu beerben, begeht sie Selbstmord.
Wenige Monate später läuft sein bester Freund Ben Hanssen Amok. Der Siebenschläfer tötet Bens Ex-Freundin Yvonne und den Polizisten, der seinen Freund vor seinen Augen hinrichtete. Mithilfe von Bens Vater Richard Hanssen schiebt er seine Taten einem stadtbekannten Gangster in die Schuhe.
Sascha Baumann kommt fünfzehn Jahre später aus dem Gefängnis frei und will den Siebenschläfer zur Rechenschaft ziehen. Doch dieser tötet ihn in Notwehr.

Zwölf Jahre später trifft **Julia** unter mysteriösen Umständen Spike, der sie um einen Gefallen bittet. Im Gefängnis besucht sie seinen ehemaligen Partner Christian und erhält Informationen über den sogenannten Siebenschläfer. Dieser soll nach Jahrzehnten wieder aktiv sein und den amtierenden Bürgermeister Bruce McMillan ermordet haben.
Spike nimmt Julia mit auf eine Feier, wo Arthur McMillan seine Freilassung aus der Untersuchungshaft feiert. Sie attackiert seinen Bruder Justin, da dieser seine Ex-Freundin schlägt. Wider Erwarten lädt Arthur sie daraufhin zu einem Autorennen ein, wo er übergriffig wird.
Kurz darauf erfährt Julia von Justins Tod und erhält einen vermeintlichen Drohbrief vom Siebenschläfer. Ihr Mitschüler Liam Pilgrim lädt sie in einen Club ein. Sein Vater Vincent kandidiert genauso wie Arthurs Bruder Theodor für den vakanten Bürgermeisterposten. Auf dem Heimweg vom Club kommt es zu einer Schlägerei mit Arthur, in die sich Spike einmischt.
Spike gesteht Julia, dass er der Sohn des Polizisten ist, den der Siebenschläfer vor 27 Jahren zusammen mit seiner Mutter ermor-

det hatte. Vor zwei Jahren glaubte er, den Mörder seiner Eltern gefunden zu haben, doch erschoss fälschlicherweise den Anwalt Richard Hanssen und seinen Chauffeur. Sein Partner Christian nahm die Schuld auf sich und ging statt ihm ins Gefängnis.

Nach der Bürgermeisterwahl, die Theodor McMillan gewann, besucht Julia mit ihrer Freundin Carina den Poetry Slam ihres Freundes Alex. Dieser trägt ein Gedicht vor, in dem er über sein Mobbing und den daraus resultierenden Wunsch nach Rache an seinen Mitschülern redet.

Auf der Halloweenfeier der Familie Pilgrim tauchen überraschend Arthur und seine Kumpels auf. Carina scheint verschwunden und es kommt zur Konfrontation …

»So, Herr McMillan. Sie haben sich bei uns auf eine Stelle als Lagerlogistiker beworben.« Ich nickte. »Sie sind 33 Jahre alt und ledig.«

Herr Hohenheim musterte mich kritisch über seine Brillengläser hinweg. Ich knetete unentwegt meine Hände im Schoß. Mit einem Knall ließ er meine Bewerbungsunterlagen auf den Tisch fallen.

»Und Sie haben noch nie für die McMillan Textilmanufaktur gearbeitet?« Ich schüttelte den Kopf. »Das wundert mich.«

»Warum? Weil allein der gemeinsame Name etwas über unsere Beziehung aussagt? McMillans gibt es in dieser Gegend wie Sand am Meer.«

Er senkte nachdenklich den Blick. »Haben Sie sich nicht einmal bei ihm beworben?«

»Nein. Mein Zweig der Familie hat nicht viel Kontakt zu Patrick McMillan«, log ich.

»Sie kennen ihn also?«

»Natürlich. Man sieht sich auf Familienfeiern. Was denken Sie, was Weihnachten bei uns los ist? Aber dort reden wir grundsätzlich über Privates, nicht übers Geschäftliche.«

11

Herr Hohenheim nickte, seine Stirn war jedoch nach wie vor in Falten gelegt. Er kratzte sich im Nacken und studierte weiter meine Bewerbungsmappe.

»Haben Sie schon Erfahrung auf dem Gebiet?«

»Nein, noch nicht.«

»Sie haben aber gute Referenzen: ein abgeschlossenes Studium der Wirtschaftswissenschaften, eine begonnene Ausbildung zum KFZ-Mechatroniker. Und wie ich sehe, waren Sie auf dem hiesigen Privatgymnasium.«

Ich presste die Lippen aufeinander und nickte vorsichtig. Meine Finger gruben sich in meine Oberschenkel, bis der Schmerz meine Gedanken aufs Gespräch lenkte. Herr Hohenheim schlug die Bewerbungsmappe zu und sah mich eindringlich an.

»Schlimme Sache, was da passiert ist.«

Ich betrachtete den Meisterbrief an der Wand hinter ihm.

»Ich bin da gerade erst aufs Gymnasium gekommen. Sie haben da gerade den Abschluss gemacht.« Er tippte auf die Mappe und schob die Unterlippe vor. »Dass Sie trotzdem mit einer so guten Note bestanden und Ihr Studium mit Glanzleistungen abgeschlossen haben. Wirklich ausgezeichnet. Spricht für Ihren Ehrgeiz.«

Herr Hohenheim lehnte sich zurück und lächelte mich wohlwollend an. Ich ballte die Fäuste in meinem Schoß und atmete einmal tief ein und aus. Mein Freund Ben war damals Amok gelaufen. Ich wollte mich nicht an diesen Tag erinnern.

Vor meinem Bewerbungsgespräch hatte ich Uriel Hohenheim in die Suchmaschine getippt. Dieser Kerl war fünf Jahre jünger als ich, hatte aber bereits das Erbe seines herzkranken Vaters übernommen. Seit einem Jahr krempelte er das Unternehmen um und wurde immer gefährlicher für Patricks Firma.

»Ich denke, dass ein so talentierter Mann genau der Richtige für unsere Firma ist. Darf ich Sie zu einem weiteren Gespräch einladen? Dann können wir Sie in das Unternehmen einführen.«

»Heißt das, ich habe den Job?«, fragte ich verwundert.

»Die anderen Bewerber waren nicht gerade das Gelbe vom Ei, wenn ich das so sagen darf. Ich meine«, er breitete die Arme aus, »Sie sind ein McMillan. Sie schinden Eindruck allein durch ihren Namen und ihr gepflegtes Auftreten. Dass Sie gut mit Leuten reden können, habe ich vorhin an der Rezeption beobachtet.« Er zwinkerte mir zu.

Ich lehnte mich zurück. »Sie haben mich beobachtet?«

»Ich muss doch wissen, mit wem ich später zusammenarbeite. Und ihr Flirt mit meiner Sekretärin war wirklich erfrischend. Ich muss Ihnen nur mitteilen, dass Fanny verlobt ist.«

»Aber das macht doch nichts«, sagte ich.

Herr Hohenheim erwiderte mein süffisantes Lächeln mit einem anerkennenden Nicken. Meine eigene Falschheit schmerzte mir in den Mundwinkeln. Ich musste schlucken, damit mir der Ekel nicht den Rachen emporkroch.

Hohenheim lehnte sich verschwörerisch vor und strich eine blonde Haarsträhne hinters Ohr. »Wissen Sie, Fanny arbeitet jetzt schon über ein Jahr für mich und zwischen uns ist nichts gelaufen. Aber wie es aussieht, haben Sie ziemlichen Eindruck auf sie gemacht.«

Ich folgte seinem Blick durch die Glasscheibe, die uns vom Flur trennte. Frau Köppe lief mit einem Stapel bunter Mappen in der Hand vorüber. Ihr brauner Pferdeschwanz wippte mit jedem Schritt hin und her. Als sie mich erblickte, hellte sich ihre konzentrierte Miene kurz auf. Sie strich sich den fransigen Pony zur Seite und verschwand aus meinem Blickfeld.

Herr Hohenheim grinste mich verschlagen an. Ich sah ihm in die grünen Augen und schluckte. Wenn ich diesen Vertrag unterzeichnete, würde ich meine Seele dem Teufel vermachen. Luzifer. Der Name passte viel besser zu ihm als Uriel. Ein Engel, der so schön war, dass er aus dem Himmel geworfen wurde. Oh, und ich wollte ihn fallen sehen.

»Denken Sie, Sie könnten da was regeln?«

Ich erwiderte sein schäbiges Grinsen. »Aber selbstverständlich.«

»Genau ein Mann von Ihrem Kaliber hat mir noch gefehlt.« Er ließ sich zurück in seinen Bürostuhl fallen und zeigte mit dem Finger auf mich, den Kopf schräg gelegt. »Ich denke, aus uns wird ein Spitzenteam.«

Nach unserem Gespräch rief ich sofort meinen Onkel an.

»Wie ist es gelaufen?«, fragte Patrick.

»Wie geplant«, antwortete ich. »Ich bin drin. Und Hohenheim ist ein genauso überheblicher Drecksack, wie du gesagt hast.«

»Meinst du, du kriegst das hin?«

»Diesen Drecksack und sein Unternehmen zu Fall bringen? Aber sicher. Ich weiß schon, wie ich es anstellen werde. Gib mir drei Monate!«

»Wenn es soweit ist, kannst du bei mir anfangen«, sagte Patrick.

»Wäre mir eine Ehre.«

14

***

Ich hatte es tatsächlich drei Monate in der Firma ausgehalten. Fanny und ich verstanden uns fantastisch. Wir waren beide in einer Beziehung und wussten, dass unsere Flirts rein beruflich waren, auch wenn Hohenheim dachte, wir würden miteinander schlafen.

Das hielt ihn nicht davon ab, Fanny an den Hintern zu grabschen, wenn sie nicht gerade auf ihrem Bürostuhl saß. Ich hatte es ein paar Mal beobachtet und bereits ein Foto gemacht. Ein Skandal würde dem Geschäft erheblich schaden. Fanny wollte nicht, dass ich es veröffentlichte. Sie hatte Angst, ihren Job zu verlieren. Es war ihr erster, den sie nach der Ausbildung zur Bürokauffrau bekommen hatte. Außerdem würde ihr Verlobter diesen Kerl umbringen, hatte sie gesagt. Dass sie zehn Jahre jünger war als ich und mit ihren Referenzen überall eine Anstellung finden würde, wollte sie nicht hören.

Heute hatten sich alle im großen Konferenzsaal der Firma versammelt. Es roch nach würzigem Punsch mit viel zu viel Schuss. An der Decke hingen zerknitterte Schneeflocken-Girlanden, auf den Tischen standen kleine Wichtelfiguren, die aussahen, als hätte sie ein Grundschüler bemalt.

Fanny unterhielt sich mit Hohenheim am anderen Ende des Raums. Ich hatte sie gefragt, ob ich sie unterstützen sollte, aber sie wollte ihm unter vier Augen sagen, was sie von seinen Annäherungsversuchen hielt. Bevor die beiden den Raum verließen, lächelte Fanny mir mitleidig zu. Nun musste ich diese Feier wohl vorübergehend ohne sie überstehen.

Aus einem Lautsprecher plärrte »Last Christmas« schon zum fünften Mal. Das Schokoplätzchen in meiner Hand war das Einzige am gesamten Buffet, was nicht fade schmeckte. Ich wünschte mir einen Sack Salz und Pfeffer für jedes lauwarme Gericht.

Eine Gruppe von Kollegen lachte kreischend über einen Witz, den ich verpasst hatte. Dabei schwappte der Sekt eines Mannes über den Glasrand und spritzte ins Dekolleté einer Frau. Die Männer feixten, während dem Mann umgehend nachgeschenkt wurde.

Ich stöhnte und wandte mich einigen Kollegen zu, die eine Schnapsrunde schmissen. Wegen der Musikanlage hinterm Buffet konnte ich das Gespräch nicht verfolgen. Erst als ich unmittelbar neben ihnen stand, hörte ich die Frau raunen.

»Albino?«

Den Begriff sprach sie mit so viel Abscheu aus, dass ich ihren Ekel auf meiner Haut kribbeln spürte. Die Praktikantin verzog das Gesicht. Vier Männer in Anzügen scharten sich um sie wie gierige Geier.

»Ja«, antwortete ein Kollege. »Patrick McMillan hat ultrahelle Haut und weiße Haare.«

»In seinem Alter?«, sagte die Frau herablassend, »Hat der auch so rote Augen?«

»Nein, glaub ich nicht. Die sind blau, wenn ich mich recht entsinne. Aber total stechend.«

Ich griff nach einer Bierflasche vom Buffet. Eigentlich hatte ich nicht trinken wollen. Nie wieder. Aber ich schwor mir, dass es bei diesem einen Bier bleiben würde.

»Ich stell mir grad so eine ekelhafte Laborratte vor.« Die Praktikantin schlug sich auf den Arm, als wolle sie eine Spinne vertreiben. »Wie sie ... igitt.«

Ich setzte den Kronkorken an der Tischkante an, um ihn mit einem Schlag zu öffnen. Dabei zerbrach der Flaschenhals. Das Bier breitete sich auf der Tischdecke aus. Die Kellnerin kam zu mir, sah mich tadelnd an und sammelte die Scherben auf. Mit einer Serviette tupfte ich über die Decke, wobei ich rote Schlieren auf dem Stoff hinterließ.

Ich sah auf meine linke Hand. Ein tiefer Schnitt zerteilte meinen Lederhandschuh. Blut quoll hervor. Ich nahm eine frische Serviette vom Tisch und drückte sie auf den Handschuh. Die Kellnerin sprach mich an, doch ich verstand sie nicht. Ich drehte mich von ihr weg und eilte zur Männertoilette.

Diese Wichser hatten keine Ahnung. Sie wussten nicht, warum Patrick an einem Gendefekt litt. Sie wussten nicht, dass sein leiblicher Vater – mein Großvater – seine eigene Nichte vergewaltigt hatte. Sie wussten nicht, dass es Inzucht war. Und sie würden es nie erfahren.

Ich schaute in den Spiegel. Mein irrer Blick machte mir selbst Angst. Als die Blutung nachgelassen hatte, zog ich den Handschuh wieder über. Ich atmete tief ein und öffnete die Tür zum Flur. Ein Klirren, gefolgt von einem Frauenschrei, kam aus der Richtung von Hohenheims Büro. Ich lief über den Flur und riss die Bürotür auf.

Fanny kniete am Boden, das Gesicht in den Händen verborgen. Vor ihr lag Hohenheim. Eine Blutlache breitete sich neben seinem Kopf aus und färbte den grauen Teppich rot. In Fannys Schoß befand sich die silberglänzende Figur eines Rentiers. Sie blickte panisch auf. Schnell schloss ich die Tür hinter mir, während Fanny begann zu hyperventilieren. Ihr Pferdeschwanz hüpfte auf und ab.

»Was hast du getan?«

»Ich … Er hat mir gedroht …«

Ich kniete mich neben Hohenheim und hielt mein Ohr an sein Gesicht. Er atmete nicht. Seine Haut war so blass wie Fannys.

»Womit hat er dir gedroht?«

Fanny starrte ins Leere. »Ich war untreu … vor ein paar Jahren … Ich hab ihm eine Abfuhr erteilt. Damals hab ich ihm gesagt, dass ich so einen Fehler nie wieder machen werde. Aber jetzt …« Sie schluckte trocken und sah mich verzweifelt an. »Wir müssen ihn hier wegschaffen.«

»Was heißt hier wir?«

»Du musst mir helfen«, stammelte sie.

Sie sah mich aus ihren hellbraunen Augen flehend an.

Vor acht Monaten hatte ich Sascha Baumann von der Eisenbahnbrücke gestoßen. Die ganze Welt glaubte, er sei der Siebenschläfer und hätte meine Morde verübt.

Würde ich Fanny dabei helfen, Hohenheims Leiche verschwinden zu lassen, würde auch sein Blut an mir haften. Wenn ich aber für Fanny aussagte, bliebe ihr ein Prozess wahrscheinlich dennoch nicht erspart. Außerdem käme ich wieder in die Schlagzeilen.

Ich sah auf meine linke Hand, die ich unbemerkt zur Faust geballt hatte. Frisches Blut tropfte aus dem Handschuh.

»Ich mach das Rentier sauber und kümmere mich um den Teppich«, sagte ich. »Ich stell ihn in die Abstellkammer und entsorge ihn, sobald alle durch den Fund der Leiche abgelenkt sind. Du musst dich waschen.«

Fanny sah auf ihre blutigen Hände und die dunklen Flecken auf den Ärmeln ihrer weißen Bluse.

»Ich hab Wechselsachen im Spind«, flüsterte sie.

»Dann geh!«

Fanny stand unsicher auf und ließ das Rentier auf den Teppich fallen. Sie kam auf mich zu und blieb vor mir stehen. Als ich aufsah, berührten ihre Lippen meine Wange. Sie öffnete die Tür und eilte mit leisen Schritten über den Flur.

Ich schaute ihr mit einem eigenartigen Gefühl in der Magengegend nach. Ein Satz von Benjamin Franklin, den meine Mutter mir ans Herz gelegt hatte, kam mir in den Sinn: »Drei Leute können ein Geheimnis nur bewahren, wenn zwei von ihnen tot sind.«

1

Ich sah Arthur fest in die Augen. Dann holte ich mit dem Messer aus.

Liam packte meinen Unterarm. Ich funkelte ihn düster an. Arthurs Lachen drang an mein Ohr wie das Rattern eines nahenden Zugs. Ich trat Liam auf den Fuß. Sein Gesicht verzog sich vor Schmerz zu einer Grimasse.

Er lockerte seinen Griff, ich befreite mich und war mit einem Schritt bei Arthur. Sein Freund mit der Tigermaske stand neben einem Haufen geschnitzter Kürbisse und holte aus. Bevor er mit der Plastik-Axt zuschlagen konnte, wollte ich ihn treten, doch er griff nach meinem Rocksaum. Der weiße Stoff riss und ich verlor das Gleichgewicht. Ich versuchte mich an Arthurs grauem Anorak festzuhalten, doch er wich zurück. Ich fiel aufs Steißbein und schrie auf.

»Hey«, rief ein Mann in Zombiekostüm. »Auseinander!«

Arthur lachte noch immer. Mit dem Messer stach ich ihm ins Bein. Die Spitze blieb im Leder der Springerstiefel stecken. Schnell setzte ich mit einem Fausthieb gegen sein Schienbein nach. Als er sich hinhockte, um sich das schmerzende Bein zu halten, trat ich ihm ins Gesicht. Er taumelte und stürzte neben mir zu Boden.

Bevor mich sein Freund, der eine Schafsmaske trug, mit der Armbrust schlagen konnte, verpasste Liam ihm einen Magenhieb. Er ächzte und kniete sich hin. Der Tiger war unterdessen von Simon McMillan im Schwitzkasten gepackt worden. Mit den Händen zerrte er an Simons Armen, doch sie hatten sich wie ein Schraubstock um seinen Hals gelegt.

»Was hast du mit Cari gemacht?«, schrie ich.

Ich packte Arthur am roten Haarschopf. Er jaulte auf wie ein getretener Hund und fuchtelte mit den Armen in der Luft. Jemand griff von hinten meine Schultern und zog mich ruckartig zurück. Ich wollte gerade zuschlagen, als ich die Maske von Jason Voorhees erkannte. Es durfte nicht wahr sein, dass Spike sich schon wieder in eine Schlägerei einmischte, die ihn nichts anging.

»Julia!«, rief eine Frau.

Ich hielt in der Bewegung inne. Mein Kopf schwang herum zu ihr, während eine flache Hand auf meine Wange prallte. Ich wurde in Spikes Arme gedrückt und sah mich benommen um. Das Messer glitt mir aus der Hand und schlitterte über den Boden. Es blieb vor einem Paar pinkfarbener Schuhe liegen. Mein Blick folgte den Beinen bis zu einem rosafarbenen Kleid mit Elfenflügeln.

Ich riss die Augen auf und flüsterte: »Cari?«

Maja stand in ihrem Playboy-Bunny Outfit neben ihr, genauso wie dutzende Leute, die die Szene beobachtet hatten. Ein Pärchen tuschelte. Meine beste Freundin schaute auf das Messer zu ihren Füßen, dann sah sie mich schockiert an.

Spike ließ mich los. Ich rappelte mich ungelenk auf und klopfte den Dreck von meinem weißen Kleid. Ich ging einen Schritt auf Carina zu. Maja hob das Messer vom Boden auf und ließ die Klinge verschwinden.

»Woher hast du das Messer?«, fragte Carina.

»Von meinem Vater«, log ich und streifte Majas Blick.

Carina schüttelte den Kopf. »Was ist hier los?«

»Das wollte ich auch gerade fragen.«

Liams Vater presste sich zwischen zwei Hexen hindurch und stand nun ebenfalls neben Carina. Hinter ihm erschienen Theodor und Riley McMillan, sowie Liams Onkel Damian Pilgrim. Carinas Vater trat an die Seite seiner Tochter und legte eine Hand auf ihren Rücken.

»Alles in Ordnung?«

Sie nickte verhalten.

»Ich denke, Arthur steht auf der schwarzen Liste?«, keifte Liam.

Damian verzog die Mundwinkel. »Das tut er auch.«

»Warum ist er dann hier?«

Sein Onkel hob die Schultern. »Ich werde mich darum kümmern.«

»Wird Zeit!«

Liam wies mit dem Zeigefinger in Richtung Garderobe. Dahinter befand sich der Ausgang des Nachtclubs. Sein Onkel und er stierten sich einige Sekunden schweigend an. Erst auf Vincents Kopfbewegung hin wandte sich Damian ab.

Arthur und seine zwei Freunde hatten sich bereits aufgerappelt. Simon hielt nach wie vor den Tiger im Schwitzkasten und schleifte ihn zum Ausgang. Damian zeigte den anderen beiden den Weg am Buffet vorbei nach draußen.

»Wir sehen uns, Süße«, rief Arthur über die Schulter hinweg.

»Fick dich!«, schrie ich ihm nach.

Carina sah mich mit offenem Mund an.

»Wir hätten sie einfach rausschmeißen können«, sagte Liam zornig zu mir. »Dein Move war unnötig.«

»Sagt derjenige, der Arthur damals in der Nebengasse attackiert hat.«

Ich verschränkte die Arme vor der Brust. Carina sah zwischen Liam und mir hin und her.

»Wer ist Arthur?«

»Kinder?«, grollte Vincent. »Könnt ihr das draußen klären?«

Liam schnaufte. Sein Vater drehte sich zur Bühne und winkte den Musikern zu. Die Band spielte ein schnelles Lied und lockte die Umstehenden auf die Tanzfläche.

»Wo warst du?«, fragte ich Carina schroffer als beabsichtigt.

»Draußen«, sagte sie unschuldig.

»Was hast du da gemacht?«, fragte ihr Vater.

»Ich wollte auf Toilette. Dann ist mir schwindelig geworden. Ich wollte Julia und Liam noch Bescheid geben, aber hab keinen mehr gefunden. Also bin ich raus und hab frische Luft geschnappt.«

»Wir haben dich gesucht«, sagte ich.

»Ja. Und jetzt habt ihr mich gefunden.« Sie runzelte die Stirn und deutete auf mein dreckiges Kleid. »Was ist hier passiert?«

»Das klären wir besser draußen«, sagte Carinas Vater und sah mich nachdrücklich an. »Ich bring dich nach Hause, Julia.«

Sein Gesicht zeigte mir, dass er keine Widerworte duldete. Ich nickte Liam zu, der mich finster beobachtete. Mein Blick glitt ein letztes Mal durch den Raum, doch Maja und Spike waren verschwunden.

Als Carina und ich uns auf die Rückbank des Autos gesetzt hatten, fragte sie: »Und? Was ist jetzt?«

Ich schaute aus dem Autofenster.

»Was ist zwischen dir und diesem rothaarigen Kerl passiert?«

»Es ist nichts passiert«, murmelte ich.

Herr Schwarzmüller hatte sich hinters Steuer gesetzt und sah mich vorwurfsvoll durch den Rückspiegel an. Carina wusste lediglich von Liams Zettel im Biologieunterricht, dass Arthur mit ihm verwandt war. Ich konnte nicht verheimlichen, dass ich ihn kannte, aber ihr doch die Details über seinen Übergriff am Hafen ersparen. Sie beäugte mich argwöhnisch.

»Er ist einfach ein Arschloch. Als ich mal mit Liam weg war, hat er uns aufgelauert. Die beiden haben sich geprügelt. Machogehabe eben.«

»Liam hat sich geprügelt?« Carina machte eine lange Pause, dann bildeten ihre Lippen ein O. »Deshalb hatte er an dem einen Tag eine aufgeplatzte Lippe.«

»Ja, das war direkt nach der Schlägerei.«

Dass die aufgeschlagene Lippe nicht von Arthur, sondern von Liams Vater stammte, verschwieg ich.

»Ihr habt euch schon vorher mit ihm geschlagen?«, fragte Carina. »Warum habt ihr mir nichts davon erzählt?«

Weil du dir immer zu viele Sorgen machst, dachte ich, doch sagte: »Arthur ist gefährlich. Er war schon im Knast und …«

»Was hattet ihr denn mit dem zu schaffen?«

»Er ist Felicitas' Freund.«

»Das ist Felis Freund?« Ihre Stimme überschlug sich.

»Ja«, flüsterte ich. »Wir haben sie dabei erwischt, wie sie Drogen genommen hat. Danach haben wir sie rausgeschmissen.«

»Hat ihrem Freund wohl nicht gefallen.«

»Gar nicht«, sagte ich.

»Kanntest du den schon vorher?«, fragte Carina, »also vor der Prügelei?«

Zuerst wollte ich einfach Nein sagen, aber ich befürchtete, dass Liam ihr später etwas anderes berichten würde. Sicher fragte sie ihn in der Schule nach seiner Beziehung zu Arthur.

»Ja, aus einer Bar«, log ich.

Ich konnte Carina unmöglich beichten, dass ich im Knast einen Häftling besucht und Arthur dort im Flur getroffen hatte; dass ein Typ sich vor mir auf dem Damenklo umgezogen hatte; dass dieser Typ mich mit auf eine Party genommen hatte, wo ich Arthur wiedersah; und dass dieser Typ auf der Suche nach dem Siebenschläfer ist, der mir offenbar einen Drohbrief geschickt hatte. Zusammengefasst hörte es sich selbst für mich schwer vorstellbar an.

»Ich kellnere wieder«, sagte ich. »Die Bar heißt Pont Neuf. In der Bismarckstraße.«

»Wie die Brücke in Paris?«, fragte Carina.

Ich nickte. Erst neulich hatten wir die Sehenswürdigkeiten von Paris im Französischunterricht besprochen.

»Sie wird von einem netten Franzosen geführt. In seiner Bar hab ich Arthur kennengelernt. Wir sind ins Gespräch gekommen. Ich mochte ihn und wir haben uns ein Mal getroffen. Da hat er sich schon als Wichser herausgestellt.«

Dass Mika, der Franzose, wegen Drogenhandels in Untersuchungshaft gesessen hatte, erwähnte ich nicht.

25

»Warum hast du mir nichts von diesem Kerl erzählt?«

Ich schaute wieder aus dem Fenster und kurbelte die Scheibe herunter, um frische Luft hereinzulassen. Motorenlärm drang herein. Ich wartete das Umschalten einer Fußgängerampel ab, bevor ich antwortete.

»Weil es mir peinlich war. Vor allem nachdem er sich als Idiot herausgestellt hatte.«

»Aber du hast keinen Kontakt mehr zu diesem Arthur, richtig?«, fragte Carina.

»Ich hab ihn abserviert. Liam hat ihm nach dem Clubbesuch noch mal deutlich gemacht, dass er mich in Ruhe lassen soll. Er ist keine Gefahr für mich.«

»Auf mich hat er eher den Eindruck gemacht«, sagte Herr Schwarzmüller, »als würde er sich für diese Aktion noch revanchieren wollen.«

Ich sah Herrn Schwarzmüller vorwurfsvoll an, während die Falten auf Carinas Stirn meine eigenen Zweifel widerspiegelten.

»Das wird Liams Vater nicht zulassen.«

»Wenn doch …«, murmelte Herr Schwarzmüller.

Hoffentlich ließ Arthur mich nach diesem Abend zufrieden, wenn schon der Siebenschläfer mich im Auge behalten sollte. Wenn nicht Arthur selbst den Drohbrief geschrieben hatte.

»Seit wann gehst du eigentlich auf Partys?«, fragte Carina.

»Darf ich mir ohne deine Erlaubnis nicht mal mehr den Arsch abwischen, oder was?«, fragte ich.

Carina sah mich schockiert an, genauso wie ihr Vater durch den Rückspiegel. Ich schluckte und schaute aus dem Fenster. Die Straßenlaternen zogen gelbe Streifen über den Asphalt. Wir hatten die Stadt in Richtung des Vorortes verlassen, in dem ich mit meinem Vater wohnte.

»Sorry«, flüsterte ich.

Carina hatte sich abgewandt und starrte aus dem Fenster.

»Du hättest mich mitnehmen können«, sagte sie schließlich.

Unsere Blicke trafen sich. »Liam hat mich eingeladen. Wenn du willst, nehmen wir dich das nächste Mal mit. Okay?«

»Okay«, sagte sie mit einem gequälten Lächeln.

2

Zwei Wochen vergingen, bis ich Theodor und Simon McMillan wiedersah. Ich stand hinter der Theke im Pont Neuf und zapfte Bier. Mika lief durch den Raum und nahm neue Bestellungen auf. Theodor und sein Patenonkel Simon betraten die Bar gegen 22 Uhr. Da alle Tische belegt waren, setzten sie sich auf die Barhocker an der Theke.

»Hallo, Julia«, sagte Simon. »Ein Bier und eine Cola, bitte.«

»Die Kleine heißt Bea«, lallte ein graubärtiger Mann mit aufgedunsenem Gesicht neben ihm.

Theodor und Simon schauten mich mit gerunzelter Stirn an. Ich lächelte den Mann entschuldigend an. Er saß schon seit gut drei Stunden mit seinem Freund an der Theke.

»Julia ist mein Zweitname.«

»Sollen wir dich jetzt Bea oder Julia nennen?«, fragte sein Freund und stützte sich auf seine massigen Ellenbogen.

»Ich hasse meinen Zweitnamen.«

»Alles klar, Bea.« Sie prosteten mir zu und kippten ihren Whiskey hinunter. »Wie hieß nochmal deine Vorgängerin?«

28

Ich schaute Mika an, der an die Theke zurückgekehrt war, und das Tablett mit leeren Gläsern auf die Spüle stellte. Er blickte an die holzgetäfelte Decke. Mika wohnte über der Bar. Nachdem Saskias Eltern sie hinausgeworfen hatten, war sie bei ihm untergekommen.

»Saskia«, antwortete er.

»Warum ist die gegangen? Die war so nett.«

»Und ich nicht, oder was?«, rief ich empört und schlug mit dem Geschirrtuch spielerisch nach dem Mann. Der zog die Hand weg und stieß mit dem Arm sein Bierglas an. Es schwankte, doch sein Freund griff instinktiv danach. Beide lachten.

»Das Studium war zu stressig«, sagte Mika, stellte drei volle Biergläser auf das Tablett und verließ den Tresen.

Theodor und Simon sahen ihm skeptisch hinterher. Als die beiden ihre Blicke mir zuwandten, zuckte ich mit den Achseln. Sie wussten genauso gut wie ich, dass Saskia das aktuelle Wintersemester noch beendete. Aber sie war im vierten Monat schwanger und durfte nicht mehr schwer heben. Außerdem wäre sie ständigem Zigarettenqualm ausgesetzt.

Als ich den beiden die zwei gefüllten Gläser reichte, beugte ich mich über die Bar und zwinkerte ihnen zu.

»Ich heiße übrigens Tabea.«

Theodor schmunzelte. »Das hier ist gar nicht mal so legal, he?« Er wies auf die Uhr, die über der Tür zu den Toiletten hing.

»Wollen Sie mich jetzt verpfeifen, Herr Bürgermeister?«

Theodor grinste und nahm einen Schluck Bier. Er kratzte sich am Kopf und verwuschelte dabei sein braunes Haar. Dann wandte er sich seinem Patenonkel zu, der an seiner Cola nippte.

Seit drei Wochen kellnerte ich für Mika. Offiziell arbeitete ich tagsüber als Minijobberin. Nach 22 Uhr endete meine Arbeitszeit. Er bezahlte mich ab da an in bar. Den Gästen erzählten wir, ich sei gerade volljährig geworden und kellnerte neben meinem Abitur.

Für den Arbeitsvertrag hatte ich die Unterschrift meines Vaters fälschen müssen. Ich behauptete, dass ich bis spät abends bei Carina oder Alex war. Meinen Job im Eiscafé hatte er gutgeheißen, aber wenn er wüsste, welche Klientel hier um Mitternacht rumlungerte?

Ich gab vor, die zwei Betrunkenen an der Bar zu beobachten, während die McMillans über die Umstrukturierung des Frachthafens redeten. Gestern hatte wohl eine Gemeindeversammlung diesbezüglich stattgefunden.

»Ich hab gehört, was er beim Hinausgehen sagte«, erläuterte Theodor. »Er meinte: ›Der Kleine hat doch keine Ahnung vom Geschäft.‹«

Frustriert griff er nach seinem Bierglas und hob es an den Mund, während sein Patenonkel den Kopf schüttelte.

»Lass dich davon bloß nicht unterkriegen«, sagte Simon. »Es ist immer schwer in die Fußstapfen des eigenen Vaters zu treten.«

»Ich weiß gar nicht, ob ich das überhaupt will. Wir waren nie einer Meinung, schon zu seinen Lebzeiten nicht. Das wird politisch genauso sein wie privat. Diese Typen können nicht erwarten, dass ich so weitermache wie mein Vater.«

»Das sollst du auch gar nicht.«

Mika kam zum Tresen und gab mir einen Zettel. Ich sah auf die neue Bestellung und holte den Bourbon aus dem Regal hinter mir.

»Warum hab ich mich von dir nur dazu überreden lassen, mich für diesen Posten aufzustellen?«, fragte Theodor.

»Dü bist die Beste für die Job«, sagte Mika.

Er stand an der Kasse und ließ sich von einem Gast die EC-Karte reichen.

»Ich hätte nie gedacht, dass ich wirklich gewinne. Vincent Pilgrim hatte viel mehr Potenzial und Unterstützer. Ich kann es immer noch nicht glauben. Und alles wegen dieser Razzien nur zwei Tage vor der Wahl.«

»Dein Glück«, sagte Mika, »dass sie Drogen gefünden 'aben.«

Theodor strich mit dem Daumen über das Kondenswasser an seinem Glasrand. »Ja. Was für ein Zufall.«

»Ich hab schon immer geglaubt, dass aus dir was ganz Großes wird, Theo.« Simon legte ihm seine Hand auf die Schulter. »Wenn du wegen dieser Hafensache unsicher bist, dann frag doch Vincent um Rat! Der ist immerhin ein waschechter Geschäftsmann.«

»Wahrscheinlich hätte der Stadtrat ihn auch lieber an der Spitze. Ich weiß, was er antworten wird: Er wäre für den uneingeschränkten Ausbau des Hafens, um die Wirtschaft anzukurbeln. Dann kann er besser Waren anliefern lassen. Unser Cousin könnte besser Autos importieren und exportieren. Bla, bla, bla. Aber ich denke an die Natur. Was ist, wenn wir den Fluss weiter strapazieren? Die Wasserqualität hat in den letzten Jahrzehnten bereits unter der Expansion unserer Familien gelitten.«

Der Gast unterschrieb seine Quittung und sah den Bürgermeister argwöhnisch an.

»Möchten Sie irgendetwas zur Diskussion beitragen?«, fragte Simon. »Nein? Dann gehen Sie bitte weiter! Danke.«

Theodor wurde sich offenbar erst jetzt der Anwesenheit des Fremden bewusst. Der Mann wich seinem Blick aus und lief zurück zu seinem Tisch.

»Das mochte ich schon immer an dir«, sagte Simon mit einem sanftmütigen Lächeln. »Du hast dich schon als Kind mehr für Käfer und Insekten als für Autos und Partys interessiert.«

Ein älterer Herr mit braunem Herrenhut betrat die Bar. Theodor winkte ihn heran. Die Haut des Unbekannten war hell und der gestutzte Vollbart sowie seine Augenbrauen waren weiß.

Er nahm die Sonnenbrille und den Hut ab. Seine kristallblauen Augen standen im Kontrast zu der düsteren Bar. Erst als er sich neben Theodor setzte und meinen Blick erwiderte, merkte ich, dass ich ihn anstarrte. Ich senkte den Kopf.

»Entschuldigung«, flüsterte ich. »Kann ich Ihnen etwas anbieten?«

»Ja, ein Bier, bitte.« Er räusperte sich. »Keine Sorge, Mädchen! Du bist nicht die Erste, die mich anstarrt.«

Er lächelte mild, was seine Gesichtsfalten noch vertiefte. Sein androgynes Aussehen ließ ihn jedoch zeitlos wirken. Ich griff ein leeres Bierglas und hielt es unter den Zapfhahn. Als er das Glas entgegennahm, sah ich, dass er an seiner linken Hand einen Lederhandschuh trug. Die farbigen Nähte zogen sich wie Ranken über den Stoff.

»Habt ihr davon gehört?«, fragte der Mann schroff.

»Guten Abend, Onkel Patrick«, sagte Simon betont langsam. Sein Onkel nickte nur mit finsterer Miene. »Du meinst sicher den Polizeieinsatz, oder? Ja, hab ich mitbekommen.«

Theodor sah zwischen den beiden hin und her. »Was für ein Polizeieinsatz?«

»Heute Morgen waren zehn Polizisten bei uns«, sagte Patrick. »Die haben unseren Laden dichtgemacht und Unmengen von Firmeneigentum konfisziert.«

Simon pfiff verächtlich. »Mit welcher Begründung?«

»Nun. Offenbar gehen sie davon aus, dass ich deinen Vater und deinen Bruder ermordet habe.«

»Ist ja lächerlich«, spie Theodor aus und lachte nervös auf.

»Offensichtlich haben sie keinerlei Beweise dafür. Sonst würdest du nicht hier sitzen«, sagte Simon. »Was genau haben sie konfisziert?«

»Unmengen von Stoff.«

Patricks Blick traf auf Simons Hand, die um sein Colaglas geschlossen war. Ihre Handschuhe ähnelten sich. Patrick räusperte sich und fuhr fort.

»Sie haben von forensischen Erkenntnissen geredet und von allen Lederwaren Proben mitgenommen. Wie es aussieht, gehen sie davon aus, dass der Mörder Kleidung aus unserem Laden trägt. Deshalb haben sie auch alle Käuferlisten der letzten Jahre mit einem Durchsuchungsbefehl eingefordert. Die letzten dreißig Jahre soll ich nachreichen.«

»Dann ist jeder zweite Bürger dieser Stadt unter Verdacht, einschließlich wohl jedes McMillans überhaupt«, sagte Theodor. »Ich trage eure Westen, Simon und Riley tragen eure Handschuhe und Jacken. Das schränkt ihre Suche doch in keiner Weise ein. Es legt nur einen Generalverdacht auf jedes Familienmitglied der McMillans.«

»Deshalb wollte ich mit dir darüber reden. Was gedenkst du zu tun, Theo?«

»Ich?«

»Ja, du als Bürgermeister«, sagte Patrick. »Du musst doch irgendwas unternehmen können. Dein Vater Bruce – Gott hab ihn selig – hat uns damals das erste Kapital für den Laden gegeben. Die Polizei kann unser Unternehmen nicht so einfach dichtmachen, nachdem er verstorben ist.«

»Haben sie dir ein Geschäftsverbot erteilt?«, fragte Simon.

»Nein. Können Sie auch nicht, solange sie nicht beweisen, dass wir etwas mit den Morden zu tun haben. Und das haben wir nicht«, sagte er. »Aber es ist ein Einschnitt in unsere Diskretion und damit berufsschädigend. Du hättest sehen müssen, mit welcher Seelenruhe die unsere Sachen durchstöbert haben. Das sind persönliche Dokumente unserer Kunden. Manche haben – sagen wir – ausgefallene Wünsche. Wenn ihr versteht, was ich meine.«

Simon lächelte süffisant.

»Ich weiß nicht, Onkel Patrick.« Theodor nahm den letzten Schluck aus seinem Bierglas. »Ich werde sehen, was ich tun kann, aber ich kann keine polizeilichen Ermittlungen beeinflussen.«

»Sollte die Polizei weiterhin meine Familie terrorisieren«, fuhr Patrick fort, »dann kann ich ungemütlich werden. Das verspreche ich dir.«

Theodor drehte das leere Glas in seinen Händen. »Die glauben doch nicht im Ernst, dass einer aus unserer Familie meinen Vater und Justin umgebracht hat. Das ist … einfach lächerlich. Ich mein: Simon trägt seine Handschuhe schon solange ich denken kann. Als ob ihn das zu einem Mörder machen würde. Am Ende behaupten die noch, er sei der Siebenschläfer. So ein Schwachsinn.«

34

Patrick stimmte in das Lachen der anderen beiden ein.

»Ist doch wahr. Forensische Erkenntnisse.« Theodor spuckte die Worte auf die Theke. »Dass ich nicht lache.«

»Selbst wenn der Siebenschläfer bei dir eingekauft haben sollte«, sagte Simon, »bist du nicht für seine Morde verantwortlich. Seine Taten sind Jahrzehnte her. Was kannst du dafür, dass er auf eure Klamotten steht?«

»Meine Rede.«

Die drei bestellten eine zweite Runde und verzogen sich an einen freigewordenen Tisch am Ende des Raums.

Nach Mitternacht eilte ich aus dem Pont Neuf, um den letzten Bus zu bekommen. Vor der Bar standen zwei Grüppchen und rauchten. Ich zog den Reißverschluss meiner Lederjacke zu und den Schal enger um den Hals. Dann atmete ich einmal tief durch und wandte mich in Richtung Bushaltestelle.

Abrupt blieb ich stehen, als ich den Mann neben mir erkannte. Er lehnte an der Wand und hatte den Kragen seines grauen Mantels hoch ins Gesicht gezogen. Er blies den Qualm seiner Zigarette in die kalte Novemberluft und sah mich unverwandt an.

»Hat Mika dir gesagt, wann ich Feierabend habe?«

»Und dass du bei ihm arbeitest«, fügte Spike hinzu.

»Das geht dich nichts an.«

Ich steckte die Hände in die Taschen meiner Jacke und ging an ihm vorbei. Er folgte mir.

»Kann ich dich nach Hause fahren?«

»Tut mir leid«, antwortete ich. »Mein Vater möchte nicht, dass ich mit wildfremden Männern nach Hause komme.«

»Es kann recht gefährlich sein hier draußen. Als Frau. Ganz allein«, sagte er. »Du weißt das.«

Ich blieb stehen und wandte mich zu ihm um. Beinahe prallte er gegen mich.

»Sagt der Richtige. Wer hat bitteschön den Kerl verteidigt, der mich beinahe vergewaltigt hätte?«

Bei der Erinnerung an Arthurs Lippen auf meiner Haut durchfuhr mich ein unangenehmer Schauer.

»Dafür hab ich mich schon entschuldigt.«

»Ändert nichts daran, dass du ein Mörder bist«, presste ich zwischen zusammengebissenen Zähnen hervor.

Spike hatte vor zwei Jahren einen Anwalt und seinen Chauffeur auf offener Straße erschossen, weil er dachte, den Mörder seiner Eltern gefunden zu haben. Und trotzdem lief der Siebenschläfer offenbar noch immer frei herum.

»Der Siebenschläfer ist genauso ein Mörder«, sagte Spike.

»Mach dich nicht zum Unschuldslamm.«

Ich wandte mich ab und eilte weiter. Er holte auf und lief nickend neben mir her.

»Du hast recht: Ich kann dich nicht daran hindern, deine eigenen Entscheidungen zu treffen. Aber es ist gefährlich, wenn du weiterhin mit Mika in Kontakt bleibst.«

»Warum? Weil er einer deiner Kontaktmänner ist?«

»Er ist mein Freund«, sagte Spike.

»Du hast keine Freunde. Du nutzt die Menschen nur aus und bringst sie in Gefahr. Warum sonst ist Christian im Gefängnis für deine Taten? Warum ist ein Serienmörder hinter mir her?«

Spike packte mich an der Schulter und wirbelte mich herum, sodass ich ihm ins Gesicht sehen musste.

»Wenn du dich aus meinen Angelegenheiten heraushalten würdest, hätte er längst das Interesse an dir verloren.«

Ich schlug seine Hand weg. Ein Pärchen lief an uns vorbei. Der Blick der Frau traf Spike. Er hob seine Hände und trat einen Schritt zurück.

»Er ist hinter mir her«, flüsterte Spike. »Vielleicht auch hinter Maja. Solange er nicht davon ausgeht, dass du zu unserem Team gehörst, bist du sicher. Dazu musst du aber Abstand halten.«

Ich schnaubte spöttisch. »Sagt derjenige, der mich aufgesucht hat.«

»Ich habe seinen Freund umgebracht«, sagte er. »Er hat mir mit dem Tod des Bürgermeisters ein Zeichen gegeben. Da bin ich mir sicher. Er wollte, dass ich wieder zurückkehre und wir das ein für alle Mal klären.«

Ich sah ihm tief in die stahlblauen Augen. »Dann wirst du verstehen, dass ich diese Provokation nicht auf mir sitzen lasse. Dieser Drohbrief war ein Schritt zu weit. Ich lasse mich nicht unter Druck setzen. Weder von ihm noch von dir.«

Ich drehte mich um und ging weiter. Spike lief mir nach.

»Wenn du den Siebenschläfer in die Ecke drängst, wird er reagieren, wie jedes aufgescheuchte Tier. Er wird zuschlagen.«

»Darauf warte ich nur. Dass er sich zu erkennen gibt. Dass er einen Fehler macht.« Ich deutete mit dem Daumen in Richtung Pont Neuf. »Eben kam ein Mann in die Bar und erzählte Simon und Theodor McMillan davon, dass sein Laden durchsucht wurde. Die Polizei hätte irgendwelche forensischen Erkenntnisse.«

Spike stutzte. »Hatte er weiße Haare, blaue Augen?« Ich nickte. »Dann war es Patrick McMillan. Er und seine Frau besitzen einen Lederwarenladen.«

»Siehst du? So etwas würde ich nicht erfahren, wenn ich nicht bei Mika kellnern würde. Ich bin nahe dran an den Verdächtigen. Ich kann Informationen besorgen.«

»Und du bist nahe am Siebenschläfer«, sagte Spike eindringlich. »Er kennt dich, deine Adresse, deine Schule. Wenn er das Gefühl hat, dass du ihm zu nahe kommst, bist du sein nächstes Opfer. Es könnte jeder beliebige Typ sein. Vielleicht ist es dieser Patrick? Oder Simon McMillan, der dir gerade gegenüber gesessen hat?«

»Soll er nur kommen! Ich hab schon Arthur überlebt.«

Spike seufzte. »Ich habe dich da mit hineingezogen. Aber du kannst dich nur selbst daraus befreien. Ich kann dich nicht beschützen. Nicht vor allem, was kommt.«

»Wann hast du mich schon mal vor irgendwas beschützt?«, fragte ich mit einem kurzen Auflachen.

Ich blieb an der Haltestelle stehen. Von weitem sah ich bereits den Bus heranfahren.

Spike taxierte mich. »Wenn du so weitermachst, wirst du früher oder später Schutz brauchen. Ich weiß nicht, ob ich dann rechtzeitig bei dir sein kann.«

»Danke für das Angebot, aber ich lehne ab«, sagte ich.

Der Bus hielt neben uns. Ich nickte Spike zu und stieg ein.

3

»Da sind ja meine Hübschen«, begrüßte Liam uns.

Er hatte sich zur Gewohnheit gemacht, Carina jeden Morgen mit einem Wangenkuss zu begrüßen. Ich sträubte mich, weshalb er es letztlich aufgegeben hatte und mich stattdessen umarmte.

»Freut ihr euch schon auf heute Abend?«

Carina grinste überglücklich. Heute stand unser erster Konzertbesuch an. Eine Punkrock-Band aus den USA trat in unserer Stadt auf. Alex hatte mir Lieder von ihnen vorgespielt, als wir uns kennengelernt hatten. Seitdem war sie meine Lieblingsband.

Zu Beginn des Ticketverkaufs hatte ich nicht genug Geld für die Karte gehabt. Als Spike endlich mein Geld aufs Konto überwiesen hatte, war das Konzert ausverkauft gewesen. Ich hatte mir vorgenommen, am Konzerttag vor der Halle zu warten und irgendwem ein überteuertes Ticket abzukaufen.

Damals hatte ich nicht damit gerechnet, dass ich Liam Pilgrim kennenlernen würde. Wer hätte ahnen können, dass die Konzerthalle seinem Vater gehörte und Liam mir ein Ticket besorgen konnte?

»Schade, dass euer Freund abgesagt hat«, sagte Liam. »Ich hätte ihn gern mal näher kennengelernt. Er hat einen interessanten Klamottenstil.«

»Ich denke, das ist keine gute Idee«, sagte ich.

»Warum nicht?«

»Weil«, begann ich langezogen, »er noch viel nachzuholen hat.«

»Stimmt. Er fehlt ziemlich oft. Hat er irgendwas? Ist er krank?«

Ich schüttelte den Kopf. Alex schwänzte einfach oft. Heute war er zwar zur Schule gekommen, aber solange Liam in unserer Nähe war, ging er uns aus dem Weg. Nach dem Poetry-Slam hatte Carina ihm Vorhaltungen gemacht wegen seines harschen Rachegedichts. Aber genauso wie Liam war auch er nach zwei Wochen nicht mehr wütend.

Liam hatte Carina erst nicht einladen wollen, weil er meinte, die Musik wäre nichts für sie. Doch ich hatte ihn schnell davon überzeugt, dass sie sich sehr freuen würde.

Carina verlor gerade ein paar Worte über Alex' unmögliches Lernverhalten, da deutete sie plötzlich mit dem Zeigefinger zur Eingangstür. Ich sah einen schwarzen Mantelzipfel um die Ecke wehen.

»Da war er.« Carina warf ihr Sandwich in die Brotbüchse und schulterte ihren Rucksack. »Kommt!«

Bevor ich sie daran hindern konnte, ihm zu folgen, war sie auch schon einige Schritte gelaufen. Ich wollte sie davon abbringen, Alex unter Druck zu setzen. Wenn er nichts mit Liam zu tun haben wollte, dann hatten wir seine Meinung zu respektieren.

Liam und ich holten Carina auf der Treppe ein. Zwei Jungs aus der Parallelklasse standen Alex auf dem Flur gegenüber. Ich erkannte Tommy an seiner olivfarbenen Bomberjacke und seinem Militärhaarschnitt. Er drängte unseren Freund gegen die Wand. Alex hielt seinen Kopf gesenkt. Ich beschleunigte meine Schritte.

»Denkst du, wir schlagen keine Brillenträger?«, fragte Tommy.

Sein Freund trug ein schwarzes Basecap mit einer weißen 42 darauf. Er wühlte in Alex' Rucksack herum, bis er sein Notizheft gefunden hatte. Dann zog er ein Feuerzeug aus seiner Hosentasche und hielt es darunter. Kurz bevor er es entflammen konnte und ich bei ihm ankam, hastete Liam an mir vorbei.

»Sofort aufhören!«, schrie er.

Er schlug Tommys Arm weg und stellte sich vor Alex. Ich schnappte mir das Notizheft. Liam packte Tommy am Kragen und presste ihn gegen die Wand. Alex zog mir das Notizheft aus der Hand. Ich sah ihn entgeistert an.

Die Nummer 42 wollte Tommy aus Liams Griff befreien, stolperte, kam ins Wanken und fiel die Treppe hinunter. Carina wich ihm aus und schaute fassungslos zu uns hinauf. Stöhnend rappelte Tommys Freund sich auf und rannte nach kurzem Abwägen davon.

Liam drückte seinen Unterarm an Tommys Kehle. »Was zur Hölle soll das?«

»Lass mich los!«

»Dann antworte!«

»Mann, der Kerl hat's verdient«, keifte Tommy. »Der hat uns bloßgestellt.«

Alex wich Liams Blick aus. »Die haben das Video gesehen«, murmelte er.

»Was für ein Video?«, fragte Carina, die sich neben mich gestellt hatte.

»Das vom Poetry-Slam«, antwortete Alex. »Die haben das bei Youtube hochgeladen.«

»Das kann jetzt jeder sehen?«, fragte Carina besorgt.

»Krass!«, entfuhr es mir und ich lächelte Alex an.

Ich war stolz auf ihn, dass er sich endlich traute, seine Texte zu veröffentlichen.

»Der ist irre«, sagte Tommy. »Der will uns alle umbringen.«

Liam furchte die Stirn und beäugte Alex abschätzend. Sein Arm an Tommys Hals lockerte sich ein wenig. Alex sah Tommy hasserfüllt an.

»Alex würde niemals jemandem etwas antun«, sagte Carina.

Ich nickte. »Er schreibt nur Gedichte.«

Liam ließ Tommy los, der sich den Hemdkragen glattstrich.

»Das hat ein Nachspiel.«

»Oh, ich hoffe es«, erwiderte Liam. »Leuten, die Schwächere schlagen, zeige ich immer gern, wo's langgeht.«

Tommy schnaubte und trottete die Treppe hinunter. Alex stopfte das Notizheft in seinen Rucksack. Liam hob ein Blatt vom Boden, das aus dem Heft gefallen war, und reichte es ihm. Alex riss ihm das Papier aus der Hand und knüllte es in seine Hosentasche.

»Was hast du dir dabei gedacht?«, fragte Carina.

Er wich ihrem Blick aus. Als sie ihn am Arm berührte, ging er einen Schritt zurück.

»Ihr hättet nicht kommen sollen«, sagte Alex und eilte davon.

***

Am Abend stand ich mit Carina und Liam in einer abgedunkelten Halle. Alex hatte behauptet, die Band sei ein Geheimtipp. Er zockte viel und chattete mit anderen Nerds. Dabei war er auf sie gestoßen. Doch die Tausenden von Fans um uns herum behaupteten das Gegenteil. In den Charts war die Band dennoch nie.

Die Leadsängerin mit dem pinken Haar bedankte sich mit einem Südstaaten-Akzent bei den Fans für die Wall of Death. Nachdem das Lied zu Ende war, hatte sich der Pulk wieder aufgelöst. Der Gitarrist hängte sich seine Akustikgitarre um und zupfte eine Melodie. In der Halle wurde es still.

Die Leute zückten ihre Feuerzeuge und Handys und bewegten sie langsam im Takt der Ballade hin und her. Ein Kribbeln durchfuhr mich und ich hielt den Atem an. Ich wollte meinen Arm um Carina legen, doch als ich mich zu ihr umdrehte, sah ich, dass Liam seine Hände auf ihre Hüfte gelegt hatte. Sie hatten die Augen geschlossen. Carinas Wangen waren gerötet. Liam lächelte verschmitzt. Ich drehte mich zur Bühne.

Der Schlussakkord ertönte und Liam ließ Carina los. Er verschwand in der Menge, um Getränke für uns zu holen.

»Die Band ist cooler als erwartet«, rief Carina mir zu, um die Stimme der Sängerin zu übertönen.

»Alex hat halt Geschmack.«

»Schade, dass er nicht mitgekommen ist.«

Ich zuckte mit den Schultern. »Liam hat ihm ja eine Karte besorgt. Er wollte nicht mit.«

43

Carina nickte betrübt. Die Band setzte zum nächsten Lied an. Während des zweiten Refrains legte jemand von hinten seine Hände auf meine Taille. Ich drehte mich um.

Ein Typ mit langen schwarzen Haaren grinste mich an. Alle Muskeln in meinem Körper spannten sich an. Ich ballte die Fäuste und sah ihn mit hochgezogenen Augenbrauen an.

Er lehnte sich vor und öffnete den Mund. Ich sah Arthurs Mund, der sich auf meine Halsbeuge legte, ich fühlte Arthurs Hand, die über meinen Bauch, hinab zu meinem Hosenbund fuhr.

Ich erstarrte. Der Typ sagte etwas, das ich nicht verstand. Er legte seine Hand erneut auf meine Hüfte. Ich holte mit der rechten Hand aus, doch schlug ins Leere. Der Mann stolperte dennoch nach hinten und riss zwei andere Konzertbesucher mit sich um. Erschrocken hob ich den Blick und sah in Liams wutverzerrtes Gesicht.

Die Lippen des Fremden bewegten sich, doch seine Stimme übertönte nicht die Musik. Er rappelte sich auf. Liam schob mich zur Seite.

»Halt Abstand!«, schrie er den Mann an. »Verstanden?«

Die beiden starrten sich wutentbrannt an. Carinas Hand umschloss meine Faust. Ich spürte, wie sich meine Finger entspannten. Schließlich drängte sich der Typ durch die Menge und verschwand aus unserem Sichtfeld. Liam sah mich entschuldigend an, ich dankte ihm mit einem Nicken.

Vor der ersten Zugabe holten wir unsere Jacken von der Garderobe, um den Andrang zu umgehen. Viele Fans hatten denselben Plan oder hatten die Garderobe von vornherein umgangen.

Ein Teil der Gäste stürmte zur Bushaltestelle oder zu den Parkplätzen, ein anderer Teil blieb an der Straße stehen, um zu rauchen. Betrunkene grölten beim Verlassen der Halle die Songs der Band, Nüchterne diskutierten die Auswahl der Lieder.

»Soll ich uns ein Taxi holen?«, fragte Liam.

»Nein. Ich bin mit dem Fahrrad hier.«

»Du willst jetzt mit dem Fahrrad heim? Es ist Mitte November.«

»Kein Grund, kein Geld zu sparen«, sagte Carina lachend und zog ihren Fahrradhelm aus dem Rucksack.

»Ich kann euch ein Taxi ausgeben«, sagte Liam und griff in seine Hosentasche.

Carina legte ihre Hand auf seinen Unterarm. »Nein, du hast uns schon die Tickets ausgegeben.«

»Okay. Aber ich begleite euch wenigstens ein Stück.«

Gemeinsam schlenderten wir zu den Fahrradständern und unterhielten uns über das Konzert. Liam schien die Band gefallen zu haben. Er hatte sie zuvor nicht gekannt, Carina nur vom Hörensagen. Erst nachdem ich ihm vor einer Woche von dem Konzert erzählt hatte, war ihm aufgefallen, dass seinem Vater die Location gehörte. Einen Tag später war er mit den Tickets in der Schule aufgekreuzt und hatte sie uns überreicht. Er nannte es ein verfrühtes Nikolausgeschenk.

Carina öffnete das Schloss und schob ihr Fahrrad zu uns. Dabei fiel ihr Blick auf die Mauer hinter uns. Sie runzelte die Stirn.

»Wusste gar nicht, dass Tommy auch auf die Band steht.«

Liam und ich drehten uns um. Tommy stand inmitten einer Gruppe Jugendlicher. Er hatte seine Kapuze tief ins Gesicht gezogen, doch ich erkannte ihn an seiner Bomberjacke. Wir beobachteten, wie er einem anderen Jungen ein Päckchen in der Größe einer Zigarettenschachtel reichte.

»… und mit Drogen dealt«, sagte Liam mit zornigem Unterton.

Liam hatte auf der Halloweenfeier das Kokain seiner Ex-Freundin Felicitas auf einige hundert Meter Entfernung wie ein Drogenspürhund gewittert. Wenn er jetzt eine ähnliche Szene machte wie auf der Feier, würde der Abend eventuell wie unser erster Clubbesuch enden.

»Vielleicht sind es auch nur Zigaretten«, sagte Carina, doch Liam stapfte bereits auf Tommy zu.

Ich griff nach seinem Handgelenk, doch er riss sich von mir los. Carina und ich hasteten ihm nach. Als Tommy uns sah, ließ er etwas in seiner Hosentasche verschwinden.

»Pech gehabt. Haben wir schon auf Video«, sagte Liam.

Er wies auf die Überwachungskamera, die an der Backsteinmauer hing. Tommy sah irritiert nach oben.

»Was willst du, Kleiner?«, fragte ein muskulöser Typ und bäumte sich vor uns auf.

Sein Kumpel ergriff ihn am Ärmel. »Das ist Liam Pilgrim, der Sohn von Vincent Pilgrim.«

Der Bodybuilder wich einen Schritt zurück.

»Sorry, Mann«, stotterte er. »Wusste nicht, dass …«

»Lass stecken!«, sagte Liam und drehte sich zu Tommy.

»Ich deale hier schon länger«, begann er, »und es ist nie Besuch gekommen.«

»Dann sollte ich vielleicht meinen Onkel anrufen und ihm davon erzählen?«, sagte Liam.

»Von dem hab ich die Drogen doch.«

»Von meinem Onkel?«, fragte Liam.

»Ja, von Colin.« Tommy grinste. »Er hat mit Abstand den besten Stoff in der Stadt.«

»Verpiss dich!«, schrie Liam ihn an.

»Wenn es um deinen Kumpel, diesen Alex, geht«, sagte Tommy mit eingezogenem Kopf. »Ich wollte ihn heute in der Schule echt nicht …«

»Halt's Maul und verpiss dich einfach!« Liam stieß Tommy von sich. »Colin Pilgrim gehört diese Halle nicht. Sie gehört meinem Vater: Vincent Pilgrim. Merk dir den Namen! Der eine hat mit dem anderen nichts zu tun. Verstanden?«

Tommy nickte mit weit aufgerissenen Augen. Liam gab ihm mit einer schnellen Kopfbewegung zu verstehen, dass er gehen sollte. Die anderen Jungs folgten ihm.

Carina und ich betrachteten Liam eine Weile stumm. Er lehnte sich an die Wand und starrte auf seine Schuhe.

»Wer ist denn dieser Colin?«, fragte ich ihn nach einer Weile.

»Der Grund, wegen dem die McMillans uns nicht leiden können.«

Carina und ich sahen uns irritiert an.

Liam löste sich aus seiner Starre und kam auf uns zu. »Ich kann euch das nicht so einfach erklären … Fakt ist: Mein Vater und sein Cousin können sich auf den Tod nicht ausstehen. Wir haben keinen Kontakt zu seinem Teil der Familie, auch wenn wir denselben Nachnamen tragen. Pilgrim ist eben nicht gleich Pilgrim.«

»Ist er wirklich ein Drogendealer?«, fragte Carina vorsichtig.

»Offensichtlich«, sagte Liam. »Und er dealt im Terrain meines Vaters. Das kann nicht gut gehen.«

Juli

vor 8 Jahren

Ich lief den Granitsteinweg entlang bis zur blauen Haustür. Die rosafarbenen Rosen verbreiteten einen angenehmen Duft. Unter dem Apfelbaum standen fünf Holzstühle mit grünen Auflagen und an der Hauswand lehnte ein Kinderfahrrad.

Ich drückte die Hausklingel. In wenigen Sekunden wurde mir geöffnet.

»Alles Gute zum Geburtstag!«, sagte ich und umarmte meinen Onkel.

Patrick wohnte in einem grauen Einfamilienhaus am Stadtrand. Obwohl er es sich leisten konnte, ins Zentrum zu ziehen, wohnte er nahe dem Frachthafen. Als in dessen Wasser eine Leiche entdeckt worden war, hatte seine Frau Veronica ihn gebeten umzuziehen, doch er blieb standhaft. Wenn die schäbigen Industriehallen ringsumher erst einmal verschwunden waren – so seine Worte – würde der Ausblick fantastisch sein.

»Komm rein!«

Patrick nahm mir die Lederjacke ab und hing sie an einen Kleiderbügel. Als ich die Schuhe ausziehen wollte, winkte er ab.

48

Ich zog eine dunkelbraune Holzschatulle aus meiner Jackentasche und hielt sie ihm entgegen. Patrick beäugte mich skeptisch und öffnete sie. Sein Mund stand offen, als er kehlig auflachte und die Schatulle schnell wieder schloss.

»Du weißt, was Veronica davon hält.«

Ich grinste verschwörerisch. »Und ich weiß, wie sehr du diese Zigarren liebst.«

Patrick öffnete das Etui erneut und hielt es sich an die Nase. Er roch genüsslich daran, bevor er es mit einem Blick über die Schulter zurück in meine Jackentasche steckte. Er schlug mir mit einem Zwinkern auf den Rücken und führte mich durch das Esszimmer in die Veranda.

Meine Mutter saß bereits am Tisch. Sie lachte mit Patricks Frau und meiner Freundin Abigail über einen Witz, den ich leider verpasst hatte. Vor ihnen stand eine Sahnetorte, in deren Mitte die Reste der 54 zu erkennen waren.

Ich begrüßte Abigail mit einem Kuss. Eine schwarze Haarsträhne fiel ihr ins Gesicht und ich strich sie zurück hinters Ohr. Sie lächelte mich an und wandte sich wieder meiner Mutter und Veronica zu.

Ich setzte mich neben Patricks Halbbruder Bruce McMillan, der sich mit seiner Frau und seinem jüngsten Sohn unterhielt. Er war zehn Jahre jünger als mein Onkel und hatte drei Söhne. Sein Ältester beendete gerade das Studium der Wirtschaftswissenschaften, der Jüngere machte seinen Schulabschluss.

»Du bist spät dran«, sagte Veronica und schob ein Stück Torte auf einen Teller, den sie mir reichte.

Meine Mutter sah mich besorgt an. »Gab es ein Problem?«

Ich schüttelte den Kopf. Ich kam von einem Treffen mit meinem Anwalt. Es ging um nicht bezahlte Strafzettel. Dort hatte ich Fanny getroffen. Sie arbeitete als Sekretärin in Hanssens Kanzlei.

Nach nur zwei Jahren hatte sie sich von ihrem Mann scheiden lassen. Ich konnte sie verstehen. Nachdem ich vor zwanzig Jahren meinen Großvater ermordet hatte, war für mich auch nichts mehr wie zuvor gewesen. Fanny erzählte mir von ihren Problemen. Sie nahm an, dass Hohenheim auch mein erster Toter wäre.

Die folgenden Katastrophen meiner Jugend hatten mich in einen Sog aus Rachsucht und Selbstmitleid gezogen, und letztlich zum Alkoholiker werden lassen. Allein hätte ich es nicht geschafft, meine Sucht zu überwinden. Patrick, meine Mutter, Bens Vater und meine Freundin Abigail hatten mich aus dem Sumpf gezogen. Da ich endlich wieder auf festem Grund stand, wollte ich Fanny meine Hand reichen, um sie aus dem Morast zu befreien.

Wir tranken Kaffee und redeten über den Aufstieg des Unternehmens. Nachdem Hohenheims Unternehmen zerbrochen war, hatte Patrick das Monopol auf Lederwarenartikel in der Region zurückgewonnen. Er hatte mir kostenlose Handschuhe auf Lebenszeit und einen unbefristeten Arbeitsvertrag angeboten. Ich hatte mich nur für Ersteres entschieden und arbeitete mittlerweile als KFZ-Mechatroniker in der Werkstatt eines Großonkels.

Nach dem Essen stellte sich Justin nach kurzer Diskussion mit seiner Mutter in die Tür zum Esszimmer. Fiona hatte extra seine Geige eingepackt. Während er darauf spielte, beobachtete ich Patrick, der die quietschenden und krächzenden Töne mit Rührung aufnahm.

Ich stellte mich ans Fenster und verfolgte den Anflug der Schwalben auf das geöffnete Schuppenfenster des Nachbarn. Am Horizont waren die Lichtkegel der Hafenkräne zu erkennen. Bruce kam mit einem Glas Rotwein in der Hand zu mir.

»Ich hab gehört, du hast Heiratspläne?«

Ich schmunzelte. »Kann sein?«

»Hast du den Ring schon gekauft oder brauchst du Hilfe beim Aussuchen?«

»Lass das mal meine Sorge sein! Obwohl ich deine Meinung gern bei der Kindererziehung hätte.«

Bruce lächelte bitter. »Da würde ich eher auf das Urteilsvermögen meiner Frau vertrauen. Fiona kann mit unseren Söhnen.«

Justin strich den Bogen sacht über die Saiten, nahm das Kinn von der Geige und verbeugte sich schüchtern. Wir klatschten und schmunzelten, als Justin sich mit hochrotem Kopf zurück an den Tisch setzte und die Lobeshymne der Verwandtschaft über sich ergehen ließ.

»Du bist Bürgermeister. Du arbeitest hart«, sagte ich. »Da ist es normal, dass du weniger Zeit für deine Familie hast. Sie verstehen das sicher.«

»Das sehen meine Söhne leider anders. Theodor ist ausgezogen, bevor er volljährig war, und Arthur färbt sich die Haare in den merkwürdigsten Farben.« Bruce verzog das Gesicht. »Sie reden nicht mit mir über ihre Freunde. Ich weiß nicht einmal, ob Theodor eine neue Freundin hat. Fiona hat wohl irgendwas aufgeschnappt. Dabei soll einer von ihnen mal mein Erbe antreten.«

Er seufzte und nahm einen Schluck aus seinem Weinglas.

»Da kann ich dir leider nicht helfen.«

51

Bruce sah mich verschwörerisch an. »Ich dachte, du hättest guten Kontakt zu deinem Patensohn. Ich habe das Gefühl, er sieht in dir einen zweiten Vater. Vielleicht sogar einen besseren als mich.«

Kurz nach seiner Heirat mit Fiona hatte Bruce mich gefragt, ob ich die Patenschaft für einen seiner Söhne übernehmen würde. Ich hatte gezögert, wusste nicht, ob ich der Herausforderung gewachsen war. Doch ich hatte mich schließlich von Fiona und Patrick überzeugen lassen.

Damals hatte ich mir nicht vorstellen können, jemals eigene Kinder zu haben, doch Abigail wünschte sich so sehr welche. Ich sah zu ihr hinüber, wie sie sich mit den anderen drei Frauen unterhielt. Ich liebte diese Frau und war froh, dass mein Freund Emil sie mir vorgestellt hatte.

Mein Blick fiel auf Justin, dann auf meinen Patensohn. Ich liebte auch diesen Jungen. Er war ein Rebell, auch wenn er recht spät mit seiner Rebellion begonnen hatte. Mittlerweile kapselte er sich mehr und mehr von seinem Vater ab, lebte sein eigenes Leben. Ich war mir sicher, dass er nach seinem Abschluss seinen Weg finden würde.

Ich verließ die Familienfeier gegen Mitternacht. Mutter und Abigail waren bereits mit dem Taxi heimgefahren. Abigail hatte Regelbeschwerden vorgetäuscht. Doch die hatte sie schon seit zwei Monaten nicht mehr. Sie war schwanger, doch vor der zwölften Woche sollte es niemand wissen.

Ich lief Patricks Palisadenzaun entlang und bog in die Nebenstraße. Wegen Abrissarbeiten an mehreren Industriehallen in der

Umgebung waren die Parkmöglichkeiten eingeschränkt. Deshalb hatte ich von vornherein am Hafen geparkt.

Einige Querstraßen weiter sah ich meinen VW Golf im Laternenlicht silbern glänzen.

Per Fernbedienung öffnete ich die Wagentür. Ein tiefes Stöhnen aus der Nebenstraße hielt mich jedoch davon ab, einzusteigen. Das Stöhnen ging in einem Schluchzen unter. Eine Frau wimmerte. Ich horchte in die Dunkelheit.

»Schnauze!«, knurrte ein Mann.

Ich schlich den Geräuschen entgegen und lugte um die Ecke. Ein Mann drückte eine Frau gegen die Hauswand. Ihre langen Haare waren zerzaust, das Make-Up verschmiert. Ihr panischer Blick streifte meinen. Sie riss die Augen auf.

»Sofort weg von der Frau!«, rief ich.

Der Mann machte unbeirrt weiter. Er schob ihr geblümtes Sommerkleid hoch und griff in ihren schwarzen Slip. Vor meinem inneren Auge änderten sich die Gesichtszüge der Frau, sie wurde jünger und ihre Haare wurden länger. Ich sah die 15-jährige Anna vor mir. Im schwachen Licht der Straßenlaterne wurden die Haare des Mannes grau wie die meines Großvaters.

»Lass sie los, Arschloch!«

Mit wenigen Schritten war ich bei dem Mann und zerrte ihn von der Frau weg. Sie kauerte sich an der Mauer zusammen. Ich schlug dem Mann mit der Faust ins Gesicht. Er fiel auf den Boden und ich kniete mich auf seinen Brustkorb.

Immer wieder trafen meine Fäuste auf sein Gesicht. Wie bei einem Punchingball erst die Linke, dann die Rechte. Es verschwamm zu einer Fratze, als würde es in Flammen stehen – den Flammen, die den Körper meines Großvaters verzehrt hatten. Das Feuer loderte an meinen Armen empor bis zu meinem Herzen, wo es als Zorn weiterbrannte, der all die Jahre über geglüht hatte.

Schwer atmend ließ ich von dem entstellten Gesicht ab und setzte mich auf den kalten Asphalt. Erst als ich eine Bewegung im Augenwinkel wahrnahm, erinnerte ich mich an die Frau.

Sie umschlang ihre Beine mit den Armen und starrte den regungslosen Mann an. Ein ängstlicher Ausdruck trat auf ihr Gesicht, nachdem der Schock vergangen war.

Ich sah auf meine Hände, auf denen das Blut des Mannes trocknete. Ich hatte wieder gemordet. Nein, es war Nothilfe gewesen. Ich habe diese Frau gerettet, dachte ich. Und dennoch bezweifelte ich, dass ich freigesprochen werden würde.

Sascha Baumann war auch hinter Gittern gelandet, obwohl er nichts mit dem Mord am Ehepaar Neumann zu tun gehabt hatte. Nicht ganz nichts. Er hatte immerhin die Waffe besorgt, die ihm zum Verhängnis wurde.

Ich überlegte, was ich tun konnte. Sollte ich den Mann verschwinden lassen? Ich sah zu der Frau. War sie ein Risiko? Würde Fanny auch ein Risiko werden?

Ich erhob mich und ging einen Schritt auf die Frau zu. Sie zuckte zusammen und wich mir aus. Mit zittrigen Händen tastete sie nach ihrem zerrissenen BH-Träger, der über eine ihrer Brüste hing. Der Versuch, ihn irgendwie wieder zu befestigen, scheiterte. Also nahm sie ihre Strickjacke vom Boden und wischte sich damit fahrig übers Gesicht.

Ich reichte ihr die Hand, doch sie starrte mich an wie der Hase vor der Flinte. Sie zog sich unbeholfen den Slip hoch.

Ich sah währenddessen hinauf zu den erleuchteten Fenstern. Offenbar hatte keiner der Nachbarn uns gehört.

»Ich kümmere mich um den Kerl«, flüsterte ich.

Die Frau schluckte schwer und sah zum Toten. Dann zog sie sich die Strickjacke über und rannte davon. Dank meiner Handschuhe würde ich keine Fingerabdrücke hinterlassen. Die Spuren der Frau hafteten jedoch an der Leiche.

Ich hockte mich neben den Mann und zog ihm das Portemonnaie aus der Innentasche seiner Trainingsjacke. Ich nahm seinen Personalausweis heraus.

»Klaus Krauss«, las ich laut. »Was für 'n Scheißname.«

Ich steckte das Geld und seine Bankkarten ein. Wenn es nach einem Raubüberfall aussah, würde es weniger Aufsehen wegen des Toten geben. Ich zog die goldene Halskette aus seinem Kragen und die drei Ringe von seinen Fingern. Die Brieftasche mit dem Personalausweis legte ich auf seinen Bauch.

Kurz erwog ich, die Leiche im Hafen zu versenken. Der Verdacht würde dann auf denselben Täter gelenkt werden, der auch schon den letzten Mann dort entsorgt hatte. Doch auf dem Weg konnten mich unliebsame Zeugen sehen und die Suche nach dem Verschwundenen würde unnötiges Aufsehen erregen. Wenn die Polizei die Leiche sofort identifizieren konnte, würde die Ermittlung unauffälliger ablaufen.

Nach einem kurzen Blick auf sein blutverschmiertes Gesicht wandte ich mich von ihm ab und ging zu meinem Wagen.

4

Ich spülte das gefühlt hundertste Schnapsglas. Mit meinem vollkommen durchweichten Handrücken strich ich mir über die
Stirn. Schaum kribbelte an meiner Schläfe.

Ich nickte dem Mann im Fußballtrikot zu, der mir zuwinkte,
während er die Tür nach draußen aufhielt. Nach und nach
stolperte seine Mannschaft nach draußen. Noch Minuten später hörte ich, wie sie draußen grölten und pfiffen.

Ich atmete auf, als sich die Kneipe bis auf eine Handvoll Gäste
gelichtet hatte.

»Mach's gut, Bea«, sagte der schwarzbärtige Mann und rutschte mit einem Ächzen vom Barhocker.

Er legte einen Zwanzigeuroschein auf den Tresen und murmelte: »Stimmt so.«

Die Tageszeitung ließ er wie gewohnt liegen. Ich faltete sie
zusammen, damit Mika sie später lesen konnte. Er war vor einer
halben Stunde in der Küche verschwunden. Der Duft der Tomatensuppe, die er für Saskia kochte, ließ die Kneipe ein wenig
behaglicher wirken.

Obwohl Saskia das erste Drittel ihrer Schwangerschaft über-
standen hatte, litt sie an Übelkeit. Nach dem Tod ihres Ex-

Freunds hatte ich sie nur ein paar Mal gesehen. Sie verließ das Haus nur, um zum Frauenarzt zu gehen.

Als ich den Tresen abwischte und die Zeitung hob, fiel mein Blick auf den Nachnamen meines besten Freundes.

SOKO »SIEBENSCHLÄFER«
KOMMISSAR HARTMANN IM INTERVIEW
ÜBER DIE FORTLAUFENDE MORDSERIE

STADTANZEIGER: KOMMISSAR HARTMANN, SIE SIND DER LEITER DER SONDERKOMMISSION »SIEBENSCHLÄFER«. VOR 27 JAHREN WAR DIE MORDREIHE DIESES SERIENTÄTERS IN ALLER MUNDE. VIER OPFER STARBEN DAMALS. NUN SCHEINT DER SIEBENSCHLÄFER ERNEUT DREI OPFER GEFORDERT ZU HABEN. WAS KÖNNEN SIE UNS ÜBER DEN AKTUELLEN ERMITTLUNGSSTAND BERICHTEN?

HARTMANN: ES STEHT NICHT FEST, DASS ES SICH UM DENSELBEN TÄTER HANDELT. DENNOCH HABEN WIR AUFGRUND DER FORENSISCHEN ERKENNTNISSE DEN VERDACHT, DASS ES DIESELBE PERSON SEIN KÖNNTE.

STADTANZEIGER: DER MORD AM EHEMALIGEN BÜRGERMEISTER BRUCE MCMILLAN WAR NAHEZU EINE EXAKTE KOPIE DES ERSTEN MORDES DES SIEBENSCHLÄFERS. WIE ERKLÄREN SIE SICH DAS?

HARTMANN: ZUNÄCHST SAH ALLES NACH EINEM TRITTBRETTFAHRER AUS. DER MORD WIRKTE WIE NACHGESTELLT. NACHDEM DIE GERICHTSMEDIZIN ABER ALLE SPUREN AUSGEWERTET HATTE, MUSSTEN WIR UNS EINGESTEHEN, DASS ES HÖCHST WAHRSCHEINLICH DERSELBE TÄTER SEIN KÖNNTE. DESHALB BILDETEN WIR IM SEPTEMBER DIE SOKO »SIEBENSCHLÄFER«.

STADTANZEIGER: Um welche forensischen Erkenntnisse handelt es sich dabei?

HARTMANN: Leider kann ich aus ermittlungstechnischen Gründen nicht ins Detail gehen.

STADTANZEIGER: Können Sie die Mordreihe für uns kurz zusammenfassen?

HARTMANN: Der Modus Operandi des Siebenschläfers sieht vor, dass er seine Opfer zuhause aufsucht. Er findet seine Ziele dort, wo sie am angreifbarsten sind. Dabei wechselt er die Tatwerkzeuge, was ihn wahllos erscheinen lässt. Er verbrannte, erschlug, erstach oder erschoss seine Opfer. Jedoch hat er von einer Schusswaffe nur einmal Gebrauch gemacht. Diese Schusswaffe konnte kurz nach dem dritten Mord vor 27 Jahren Sascha B. zugeordnet werden.

STADTANZEIGER: Sascha B. wurde für den Mord an einem Polizisten und seiner Frau verurteilt. Die übrigen Morde konnten ihm nie nachgewiesen werden. Inoffiziell galt er dennoch über Jahrzehnte hinweg als der Siebenschläfer. Manche Experten meinten jedoch, der wahre Serienmörder sei noch auf freiem Fuß und töte weiter. Was sagen Sie dazu?

HARTMANN: Damals hätte ich das für reine Spekulation gehalten. Die Gerichtsmedizin hat uns aber eines Besseren belehrt. Dennoch möchte ich die Öffentlichkeit bitten, Ruhe zu bewahren und vorschnelle Urteile zu vermeiden. Spekulationen bringen uns nicht weiter. Die Polizei setzt alle verfügbaren Kräfte ein, um den Mörder des Bürgermeisters und der weiteren beiden Opfer zu finden.

Unter dem Interview prangte das Foto einer brünetten Frau, die ihr Haar zu einem strengen Zopf zusammengebunden hatte. Ich las weiter, dass die Sekretärin Fanny K. das neueste Opfer des Siebenschläfers sei. Vor zwei Tagen habe man sie in ihrer Wohnung aufgefunden. Sie sei erdrosselt worden. Dank der neuen forensischen Erkenntnisse habe man den Mord der Serie des Siebenschläfers zuordnen können.

Während ich las, betraten Riley McMillan und Carinas Vater das Pont Neuf. Riley war regelmäßig hier. Er war mit Herrn Schwarzmüller zusammen aufs Privatgymnasium gegangen, als der Amoklauf stattfand. Als sie auf den Tresen zusteuerten, legte ich die Zeitung zur Seite und lächelte sie an.

»Hallo, Julia«, sagte Riley. »Kriegt man bei euch noch einen Whiskey? Wir sind schon von Bar zu Bar gelaufen.«

»Mais bien sûr«, sagte Mika.

Ich drehte mich erschrocken um. Er griff eine goldbraun glänzende Flasche aus dem Regal.

»Du bist unsere Rettung«, sagte Riley und sprang auf einen Barhocker.

Herr Schwarzmüller zog seinen grauen Anorak aus und hängte ihn an die Garderobe neben dem Eingang. »Darfst du überhaupt Alkohol ausschenken, Julia?«

»Isch schenke aus«, sagte Mika grinsend und füllte zwei Gläser.

»Auf eine wunderbare Zusammenarbeit«, sagte Riley und erhob sein Glas.

»Mögen alle neuen Filialen genauso viel Gewinn bringen wie die erste.«

Sie stießen an, tranken einen großen Schluck und lächelten sich siegessicher an. Riley arbeitete in Patrick McMillans Lederwarengeschäft als Speditionskaufmann. Er war im Begriff das Geschäft zu übernehmen. Herr Schwarzmüller besaß ein Architekturbüro.

Mika griff nach der Zeitung, die vor mir auf dem Tresen lag, und überflog das Interview mit Kommissar Hartmann. Herr Schwarzmüller schaute auf das Foto der Sekretärin. Seine Lippen kräuselten sich.

»Der Mist hätte fast den Auftrag platzen lassen«, sagte er. »Zum Glück hast du gute Überzeugungsarbeit geleistet. Eine Expansion in so einer Lage ist riskant.«

Riley lächelte verschwörerisch. »Patrick wird es nicht bereuen. Das Geschäft läuft seit Jahren grandios. So ein Rückschlag wird uns nicht unterkriegen.«

Riley sah mich wachsam an, dann beäugte er das Glas in seiner Hand. Er trug genauso wie Simon McMillan einen braunen Handschuh. Rote und gelbe Fäden zierten das Leder.

Mika legte die Zeitung auf den Tresen und blickte durch den Raum. Die Gäste waren gegangen und eine Menge leerer Gläser standen auf einem der hinteren Tische. Eigentlich war es meine Aufgabe, sie abzuräumen, doch ich wollte die Bar nicht verlassen. Ein kurzer Blickaustausch mit Mika reichte, und er ging an meiner Stelle. Ich formte ein stummen »Merci« mit den Lippen.

»Kann man da nichts mit Lasern machen?«, fragte Herr Schwarzmüller nach einem weiteren Schluck aus seinem Glas.

»Ich will das Tattoo behalten«, sagte Riley mit rauem Unterton. »Es erinnert mich immer an den größten Fehler meines Lebens.«

»So groß war der nun auch nicht. Sie hat dich einfach verarscht. Es war gut, dass du die Schlampe abserviert hast.« Herr Schwarzmüller sah mich mit weit aufgerissenen Augen an. »Schlampe sagt man nicht. Tut mir leid.«

»Ich bin kein Kleinkind mehr«, sagte ich schmunzelnd.

Mika kehrte mit einem vollen Tablett zurück und deutete mit dem Daumen zum Billardtische. Die letzten drei Gäste hatten ihr Spiel beendet und die Bar verlassen.

Schnell sammelte ich die Kugeln ein und drapierte sie im schwarzen Dreieck. Nachdem ich die Queues in den Metallständer gestellt hatte, schlenderte ich unauffällig zum Tresen zurück.

»Wo wohnt sie jetzt?«, fragte Herr Schwarzmüller. »Doch nicht in der alten Wohnung?«

Riley schüttelte den Kopf. Er hatte sein halb geleertes Glas neben den Bierdeckel gestellt und zog eine Schicht nach der anderen von der aufgequollenen Pappe. Unzählige Schnipsel lagen bereits auf dem Tresen verstreut.

»Sie hat sich eine kleine Einraumwohnung genommen. Ist ganz hübsch.«

Herr Schwarzmüller hob die Augenbrauen. »Du hast sie besucht?«

»Als ich gehört hab, dass Bens Mutter wieder in der Stadt ist, musste ich sie einfach besuchen.«

Herr Schwarzmüller verschränkte die Arme und strich sich mit dem rechten Daumen über das linke Handgelenk. »Wie geht's ihr?«, fragte er leise. »Ich mein: Erst Ben, dann ihr Mann Richard. Sie hat alles verloren.«

»Sie war nochmal in Therapie, wie schon vor 27 Jahren. Hat nicht viel über die beiden erzählt. Was soll sie auch erzählen? Ihr Sohn und ihr Mann wurden von irgendwelchen Typen erschossen.«

»Was sagt sie dazu, dass der Siebenschläfer wieder aktiv sein soll?«

Riley hob den Kopf und runzelte die Stirn. »Was meinst du?«

»Na ja, der Polizist, der Ben damals erschossen hat, soll doch vom Siebenschläfer getötet worden sein. Der Typ, der ihren Mann vor zwei Jahren getötet haben soll, ist im Gefängnis. Und jetzt soll der Siebenschläfer wieder aktiv sein und weitermorden. Wie steht sie dazu?«

Riley atmete tief aus. »Haben wir nicht drüber geredet.«

»Ich denke, ich besuche sie auch mal«, sagte Herr Schwarzmüller. »Gibst du mir ihre Adresse?«

Riley nickte und leerte sein Glas in einem Zug. Er setzte es lautstark auf dem Tresen ab. Indem er es über den Tresen schob, gab er mir zu verstehen, dass er Nachschub verlangte.

»Bist du dir sicher?« Herr Schwarzmüller legte seine Hand auf Rileys Arm.

»Was?«, fragte Riley.

»Ob du noch eins verträgst.«

Riley riss seinen Arm mit einer ruckartigen Bewegung los und rollte mit den Augen.

»Ob ich das vertrage? Ja«, sagte Riley. »Ob ich heute schon ein paar Bier hatte? Ja. Ob es dich was angeht? Nein.«

Herr Schwarzmüller senkte den Blick. Dabei sah er die Titelseite der Zeitung neben mir. Eine ganze Weile herrschte Stille.

»Das ist doch Richards ehemalige Sekretärin, oder?«, fragte Herr Schwarzmüller und zog die Zeitung erneut zu sich. »Wie kann ein Mann nur eine Frau ermorden?«

»Es steht noch gar nicht fest, ob es überhaupt ein Mann war«, sagte Riley.

»Als ob eine Frau Bruce McMillan und seinen Sohn überwältigt hätte.«

Riley und Mika nickten.

»Warum?«, fragte ich und setzte eine unschuldige Miene auf. »Weil wir schwach und wehrlos sind?«

»Das wollte ich damit nicht sagen«, sagte Herr Schwarzmüller und hob die Hände. Mir fiel sein genervter Unterton auf.

Rileys jadegrüne Augen funkelten glasig und sein Kiefer spannte sich an. »Doch. Genau das.«

»Sie waren dabei, als ich Justin ins Gesicht geschlagen habe, oder?«

»Und ich war dabei, als Arthur über dich hergefallen ist.«

Ich rümpfte die Nase. Herr Schwarzmüller wandte sich Riley zu.

»Dein Patensohn Arthur?«

»Ja. Ich kam gerade rechtzeitig, um Schlimmeres zu verhindern.«

Herr Schwarzmüller betrachtete mich vorwurfsvoll und ich wich seinem Blick aus. Rileys Rolle bei Arthurs Übergriff hatte ich ihm auf der Halloweenfeier verschwiegen.

»Es tut mir wirklich leid, was Arthur getan hat«, sagte Riley in einem sanfteren Ton.

Ich schwieg. Letzten Endes hatte er mich vor Arthur gerettet und ich sollte ihm dankbar sein.

»Arthur redet seit Wochen nicht mehr mit mir, aber das kann ich verkraften. Er ist sehr impulsiv.«

»Hab ich gemerkt bei der Prügelei zwischen ihm und Liam.«

»Er kriegt sich wieder ein«, sagte Riley.

Herr Schwarzmüller schaute auf die Wanduhr.

»Fast Mitternacht. Ich muss heim.« Er zog sich seinen grauen Anorak an. »Darfst du überhaupt so lange arbeiten?«, fragt er, während er den Schal um seinen Hals legte.

»Excuse-moi. Isch 'abe die Zeit vergessen«, sagte Mika und schlug die Hände über dem Kopf zusammen.

Ich musste lachen. Herr Schwarzmüller beäugte uns misstrauisch, während Riley mir seine EC-Karte reichte. Ich beobachtete, wie Riley die Quittung unterzeichnete. Ob er den Drohbrief an mich geschrieben hatte?

»Komm gut nach Hause, Julia!«, sagte Carinas Vater beim Hinausgehen.

5

Nachdem Herr Schwarzmüller und Riley gegangen waren, putzte ich die Küche. Ich drehte das Gas des Herdes ab, als jemand hinter mir sagte:

»Kannst du anlassen!«

Ich zuckte zusammen und drehte mich um. Saskia stand im Hintereingang, der in Mikas Wohnung führte. Sie trug ihr weißblondes Haar in einem dicken Dutt. Unwillkürlich sank mein Blick auf ihren Bauch, der durch einen marineblauen Hoodie verdeckt wurde.

Ich schaltete den Gasherd wieder an. Saskia stellte sich vor den Kühlschrank und starrte unschlüssig hinein.

»Hat dir Mikas Tomatensuppe nicht geschmeckt?«

Saskia sah mich ablehnend an, antwortete jedoch nicht.

»Ich kann dir das Steak empfehlen«, sagte ich.

»Bin Vegetarierin.«

»Dann würdest du dich mit meinen Freunden Carina und Alex hervorragend verstehen.«

Saskia öffnete schweigend die Tiefkühltruhe und holte eine Packung heraus. Mechanisch schüttete sie die gefrorene Erbsen-

und Möhrenmischung in einen Topf und stellte ihn auf den Herd.

»Du solltest da noch ein bisschen Milch hinzugeben, damit es nicht anbrennt«, sagte ich.

»Ja, Mutti«, keifte Saskia.

Ich hob die Hände zur Abwehr, drehte mich um und wischte die Edelstahlplatte ab. Saskia nahm etwas aus dem Kühlschrank und schüttete es in den Topf. Ich lächelte.

»Wie geht's dir?«, fragte ich, ohne mich umzudrehen.

»Gut«, nuschelte Saskia.

»Und dem Kind?«

Sie stöhnte.

»Ma chérie. Was machst dü 'ier?«

Mika war in die Küche gekommen und küsste Saskia auf die Wange.

»Wie geht es deinem Magen?«

»Ich hab heute Mittag nochmal gekotzt. Aber seit ein paar Stunden geht es mir wirklich gut.«

Mika lächelte beruhigt. Dann wandte er sich mir zu und griff nach dem gelben Putzlappen in meiner Hand.

»Dü 'ast Besuch.«

Mit einem Stirnrunzeln verließ ich die Küche. Hinter dem Tresen standen Maja und Spike. Maja strahlte mich an. Ihre blonden Locken fielen in ihr tiefes Dekolleté. Ich legte den Kopf schräg und taxierte Spike.

»Wollt ihr mir jetzt nochmal einen Vortrag darüber halten, dass es zu spät für einen Teenager ist?«

66

»Ich bin nach wie vor gegen deinen Job hier«, sagte Spike. »Aber Mika meint, er braucht dringend Hilfe. Und er hat mir geschworen, dass er dich beschützt, genauso wie Saskia.«

»Ich kann mich sehr gut selbst beschützen.«

Maja zog ein Taschenmesser aus dem Innenfutter ihrer schwarzen Lederjacke. Sie hielt es mir hin. Bevor Spike es ergreifen konnte, schnappte ich es aus ihrer Hand.

»Maja«, rief er tadelnd.

»Es gehört ihr.«

»Du hast gesehen, was beim letzten Mal passiert ist, als sie es benutzt hat.«

»Du wirst es nicht leichtfertig verwenden, richtig?«, fragte Maja und ich nickte.

Es war leichtsinnig gewesen, Arthur auf der Halloweenfeier mit dem Messer zu attackieren. Aber ohne dieses Taschenmesser fühlte ich mich hilflos.

Spike machte eine Kopfbewegung in Richtung Toiletten. Maja und ich folgten ihm. Eine Treppe führte neben den WCs zu einem Raum, den ich bisher noch nicht betreten hatte. Wenn Gäste sich hierhin zurückzogen, war es Mika vorbehalten, sie zu bedienen.

Ein luxuriöser Pokertisch stand am Ende des Raums. Daneben hingen zwei Dartscheiben, deren Pfeile offenbar noch komplett waren im Gegensatz zu denen in der Kneipe oben.

Wir setzten uns an einen der drei runden Holztische, in dessen Mitte eine Schale mit gesalzenen Erdnüssen stand.

»Hast du von dem neuen Opfer gehört?«, fragte Maja.

»Ja.«

»Fanny Köppe war damals die Sekretärin von Richard Hanssen.«

Ich hob die Augenbrauen.

»Ja, genau«, sagte Maja. »Der Mann, der vor zwei Jahren erschossen wurde.«

Sie ließ die Aussage bewusst offen. Dabei war uns klar: Richard Hanssens Mörder saß in unserer Runde.

»Seither hat Fanny Köppe für Liams Vater gearbeitet«, fuhr Spike fort. »Und jetzt ist sie tot. Komischer Zufall, oder?«

»Ich denke, an Zufälle glaubst du nicht?«, fragte ich.

Spike nickte ausdruckslos.

»Entscheidender ist, dass sie unmittelbar nach dem Mord an ihrem ehemaligen Chef zu Hanssens Kanzlei gewechselt ist«, erklärte Maja. »Die Polizei ermittelt gerade, ob der Siebenschläfer etwas mit dem Tod ihres Chefs zu tun hat.«

»Das würde bedeuten, der Siebenschläfer und Fanny Köppe kannten sich bereits vor über zehn Jahren«, sagte Spike. »Wenn das stimmt, könnte sie Zeugin von Hohenheims Mord gewesen sein. Der Siebenschläfer könnte sie als Mitwisser ausgeschaltet haben.«

»Was meint ihr, wer er ist?«, fragte ich.

»Ich glaube, dass es Bruce McMillan war«, sagte Maja.

»Aber er ist tot«, sagte ich.

»Richtig. Und ich denke, dass er der echte Siebenschläfer war. Er hat den damaligen Bürgermeister umgebracht, um selbst an den Posten zu kommen. Dann hat er Sascha Baumann seine Taten in die Schuhe geschoben, um ihn nach seiner Haft aus dem Weg zu räumen.«

»Und wer hat dann ihn umgelegt?«

»Vielleicht ein Angehöriger eines seiner Opfer?«, sagte Maja. »Einer seiner Söhne. Vielleicht sogar Theodor, der neue Bürgermeister? Vielleicht wollte er an die Macht?«

Spike sah sie streng an. »Du weißt, dass das wilde Spekulationen sind.«

»Ich kann mir beim besten Willen nicht vorstellen, dass ein Mann 28 Jahre lang mordet, ohne geschnappt zu werden.«

Spikes Mundwinkel verzogen sich zu einem schmerzlichen Lächeln, doch er nickte.

»Was denkst du?«, fragte ich ihn.

»Der Vater deines Freundes hat gerade ein Interview in der Tageszeitung gegeben«, sagte er. »Auch er geht davon aus, dass der Siebenschläfer noch aktiv ist. Ich hatte gehofft, es sei Richard Hanssen. Aber ich habe mich wohl geirrt.«

»Woher weißt du, dass er der Vater meines Freundes ist?«, fragte ich angespannt.

»Ich war auf der Polizeischule und bin ein guter Ermittler.«

»… der den Falschen erschossen hat«, vervollständigte ich seinen Satz.

»Touché.« Spike nickte. »Und weil wir nun alle wissen, dass es nicht der Anwalt war, denke ich, es war ein McMillan.«

Maja öffnete den Mund, doch er hob die Hand. Sie verzog das Gesicht und griff nach den Erdnüssen. Drei verschwanden in ihrem Mund, als Spike weitersprach.

»Nicht Bruce McMillan. Ich gehe davon aus, dass er noch immer mordet. Es könnte einer der Paten sein. Damals hatten wir Justins Patenonkel Dean McMillan in Verdacht. Als er an Krebs

69

starb, blieben noch Riley und Simon McMillan.« Spike zählte an den Fingern ab. »Sie haben das richtige Alter. Sie sind beide mit Benjamin Hanssen zur Schule gegangen. Sie haben beide eine Beziehung zu Anna McMillan. Ich denke, einer von beiden ist es.«

Ich erinnerte mich daran, dass Benjamins und Annas Fotos an den Tatorten gefunden wurden. Riley und Simon waren verdächtig. Aber auch eine weitere Person passte ins Bild.

»Was ist mit Frau Hanssen?«

»Was soll mit ihr sein?«, fragte Maja.

»Riley war vor ein paar Stunden hier. Er hat Bens Mutter besucht. Sie ist zurück in der Stadt. Vielleicht will sie Rache?«

»Das denke ich nicht.« Spike kratzte sich am Hals. »Frau Hanssen war in psychiatrischer Behandlung und …«

»Eben«, sagte ich. »Wenn sie die neuen Morde gefakt hat, damit du aus deiner Deckung kommst? Wenn sie weiß, dass du ihren Mann vor zwei Jahren getötet hast und dass dein Vater Ben in der Schule erschossen hat? Das ist ein astreines Motiv.«

Spike schüttelte den Kopf und verzog die Lippen. »Das trau ich ihr nicht zu.«

»Warum? Weil das zu viele Zufälle auf einmal wären?« Ich beugte mich vor. »Diese Frau hat ihren einzigen Sohn und ihren Ehemann durch deine Familie verloren. Wenn einer einen Grund hat, dir ans Bein zu pissen, dann ist es sie.«

Spike lachte auf.

»Wenn jemand zu Recht meinen Tod wollte, dann wäre sie es. Das ist wahr. Aber sie ist nicht der Typ dafür. Ich kenne sie.«

Ich runzelte die Stirn.

»Ich war vor zwei Jahren, bevor Maja und ich nach Paris ausgewandert sind, auf der Beerdigung von Richard Hanssen.«

»Riskant für den Täter, auf der Beerdigung seines Opfers zu erscheinen.«

Maja warf mir einen missbilligenden Blick zu. Er lächelte herausfordernd und stützte sich auf den Ellenbogen ab.

»Ich war gerade aus der U-Haft entlassen worden. Sie haben nur Gutes über den Toten gesagt. Und ich dachte damals noch, dass ich den Richtigen gestellt hatte. Hanssen hatte mir vor seinem Tod gestanden, dass er meine Eltern getötet hat. Er wusste Details über den Tod meiner Eltern, die ich nur aus dem Polizeibericht kannte.«

»Vielleicht hatte er ihn gelesen?«

Spike winkte ab. »Was zählt: Seine Frau war am Boden zerstört. Gabriela Hanssen hat noch bei der Trauerrede über ihren Sohn geredet. Sie hat gesagt, dass ihr Mann vielen Menschen geholfen hat, aber sich genauso viele Feinde gemacht hat. Sie hat sogar eingestanden, dass er auch Mörder freigesprochen hat.« Spikes Hände zitterten. »Sie wusste von seinen Taten. Vielleicht kennt sie sogar die Identität des Siebenschläfers. Wenn sie weiß, wer er ist, und er den Verdacht hat, dass sie es nicht für sich behalten wird, wird er sie vielleicht umbringen. Sie ist eine Zeugin, genauso wie Fanny Köppe. Was denkst du, warum Riley bei ihr war? Vielleicht wollte er nur auskundschaften, was sie weiß und wie stabil sie ist?«

Als ich etwas erwidern wollte, erhob Spike den Zeigefinger. »Ich sag dir eins: Wenn Gabriela Hanssens Name als Nächstes in den Todesanzeigen auftaucht, wissen wir Bescheid.«

Spike lehnte sich zurück und verschränkte die Arme vor der Brust.

»Diese Frau ist ein Opfer, kein Täter. Mein Vater hat ihr den Sohn genommen. Es sei dahingestellt, ob sein Schuss gerechtfertigt war. Fakt ist: Mein Vater hat jemanden getötet. Ich habe jemanden getötet. Gabriela Hanssen leidet an beiden Taten.«

»Und wenn sie doch Rache will für deine Tat?«, flüsterte ich.

Spike schluckte. »Dann bin ich bereit Buße zu tun.«

Seine Stimme war gedämpft. Maja legte ihre Hand auf seine gekreuzten Unterarme.

»Und was ist mit den Pilgrims?«, fragte sie leise. »Fanny Köppe hat bis zuletzt für Vincent Pilgrim gearbeitet. Könnte ihr Tod nicht unabhängig vom Siebenschläfer sein? Vielleicht war er es gar nicht. Es gibt noch keine genauen forensischen Erkenntnisse. Im Moment beruhen alle unsere Verdächtigungen auf Spekulationen.«

»Das ist wahr«, sagte Spike. Er schaute mich eindringlich an. »Wir haben eine Bitte an dich.«

Ich reckte das Kinn erwartungsvoll.

»Es gibt einen Universalschlüssel für die Clubs der Pilgrims«, fuhr Maja fort. »Liam hat einen. Wir brauchen einen Abdruck davon. Es reicht, wenn du ihn uns für wenige Minuten aushändigst.«

»Ich soll meinen Freund bestehlen?«, fragte ich.

Maja hob eine Hand. »Damian hat auch einen, aber er trägt ihn an einer Goldkette um seinen Hals. Ich hab neulich versucht, ihn nach dem … Sex zu entwenden, aber er passt zu gut darauf auf. Liam dürfte da nachlässiger sein.«

»Ihr wollt also ernsthaft, dass ich meinen Freund bestehle?«

»Du sollst ihn nicht bestehlen«, sagte Spike. »Ich will nur einen Abdruck, um mir Zugang zu den Datenbanken der Pilgrims zu verschaffen. Danach vernichte ich die Kopie, versprochen. Die Pilgrims sind sehr penibel mit ihren Angestellten, machen immer einen gründlichen Backgroundcheck. Das ist auch der Grund, weshalb ich mich nicht selbst bei ihnen einschleusen kann.«

»Und da komme ich euch gelegen?«

»Es ist die einfachste Möglichkeit«, sagte Maja. »Wenn Spike nur einmal rein und raus geht, kann ich ihm einfach ein Alibi besorgen. Genauso wie er es damals für mich im Kaufhaus getan hat. Aber für eine lang aufgezogene Spionageaktion fehlt uns einfach die Zeit.«

Spike sah mir wachsam in die Augen. »Wenn wir diesen verdammten Mörder endlich dingfest machen, bist du uns für immer los.«

»Und mit ›dingfest machen‹ meinst du …?«

»Verhaften und hinter Gitter bringen«, antwortete Maja an Spikes Stelle.

Sie sah ihren Partner mahnend an. Spike wandte seinen Blick nicht von mir ab. Eine Weile belauerten wir einander wie zwei angriffslustige Raubkatzen. Ich stand auf und stemmte meine Hände auf die Tischplatte.

»Wenn ich euch den Schlüssel besorge, und du die fehlenden Daten hast, dann verschwindest du aus meinem Leben?« Spike nickte. »Dann fahr ich jetzt nach Hause und leg mir einen Plan zurecht.«

Auf halbem Weg zur Tür blieb ich im Raum stehen und drehte mich um.

»Riley McMillan hat vorhin übrigens mit Karte gezahlt. Vielleicht könnt ihr herausfinden, ob seine Unterschrift zu der Handschrift auf dem Drohbrief des Siebenschläfers passt? Simon hat sicher auch schon mal mit Karte gezahlt.«

Maja lächelte mich anerkennend an. Ich verließ den Raum mit einem triumphalen Lächeln. Sollte Spike noch einmal behaupten, ich sei keine Hilfe für seine Ermittlungen!

6

Am nächsten Morgen hatte sich unsere Klassenstufe am Schulhoftor getroffen. Von dort waren wir zu einer Schnitzeljagd aufgebrochen. Unser Geschichtslehrer hatte uns in Teams aufgeteilt und mit dem ersten Zettel losgeschickt.

Die dritte Station für uns war die barocke Sankt-Jakobi-Kirche im Ortszentrum. Der Altar war mit goldenen Ornamenten verziert. Tommy machte sich über die alabasterfarbenen Engelfiguren lustig.

»Wow. Wer kam auf die Idee, fette kleine Kerle an die Decke zu malen?«

»Balthasar Mang«, nuschelte Carina. »Und das sind Putten.«

»Puten?«, fragte Tommy.

Carina sah von dem Zettel auf, den sie eingehend studiert hatte. »Putten, du Hornochse. Diese Engel haben nichts mit Hühnern zu tun. Und wir müssen raus auf den Kirchhof.«

»Warum?«, fragte ich und feixte über Tommys schnippischen Gesichtsausdruck.

»Weil wir die Eingangstore der Kirche zählen müssen, um die Lösung zu finden.«

Seit unserem Start waren zwei Stunden vergangen. Ich war froh, dass ich mit Carina in einer Gruppe war. Einerseits hatte sie die beste Allgemeinbildung, andererseits waren die Wege von Station zu Station mit ihr zusammen lustiger.

Alex hatte Pech gehabt und war mit Felicitas in einem Team gelandet. Sicher redete sie in einer Tour vom Sex mit Arthur. Liam hingegen unterhielt seine Kumpels sicher mit Geschichten über seine Ex.

Der nächste Zettel führte uns zum Privatgymnasium. Jedem von uns war klar, was unser Ziel sein würde. Vor 27 Jahren war Benjamin Hanssen dort Amok gelaufen. An der Backsteinwand neben dem Eingangstor der Schule hing eine Steintafel, auf der die Namen der Opfer eingraviert waren. Einige Namen waren von der Witterung ausradiert.

»Lisa Fischer«, las Tommy den fünften Namen vor. »Bestimmt sollen wir zum Hafen gehen.«

»Da stehen nur zwölf Namen«, murmelte Carina.

»Ja«, sagte eine Mitschülerin und tippte auf die zwei Spalten der Liste. »Neun Schüler, drei Lehrer.«

»Und wo ist Benjamin Hanssen?«

»Der Amokläufer?«, fragte Tommy. »Was hat der bitteschön darauf zu suchen?«

»Er ist genauso gestorben an dem Tag. Er wurde von der Polizei gestellt und erschossen.«

»Und er hat zwölf Menschen getötet«, sagte die Schülerin. »Warum sollte man sich an ihn erinnern?«

»Er ist auch ein Opfer«, sagte Carina.

Die beiden funkelten sich wütend an.

»Aber es wäre eine Zumutung für jeden Angehörigen, der hierherkommt, um an seine Liebsten zu denken. Meine Tante ist vor 27 Jahren hier draufgegangen.« Sie tippte auf einen Namen am Ende der Liste. »Dieser Ben hat sie ohne Gnade erschossen. Wer sollte ihm ein Denkmal setzen?«

Carina zögerte. »Mein Vater war mit ihm befreundet.« Unsere Klassenkameraden sahen sie fassungslos an. »Er hat gesagt, dass Ben gemobbt wurde. Jeden Tag haben sie ihn in eine Ecke gedrängt und verprügelt …«

»Willst du behaupten, meine Tante hätte ihren Tod verdient?«, unterbrach unsere Mitschülerin sie.

Sie machte einen Schritt auf Carina zu. Ich trat zwischen die beiden. Meine Freundin hob ihre Hände und wich vor unserer Mitschülerin zurück.

»Nein. Aber ich will sagen, dass Ben hier nicht der Täter ist. Die Täter sind diejenigen, die ihn jeden Tag in die Ecke drängten und zu dieser Tat zwangen.«

Tommy sah zu Boden. Seine Augen waren leer, die Miene versteinert. Er dachte wahrscheinlich, genauso wie ich, an den Vorfall Anfang der Woche. Sollte Carina recht behalten? Würde Alex seine Rachefantasien irgendwann in die Tat umsetzen, wie es Ben damals getan hatte?

Die dritte Gruppe schloss derweil zu uns auf. Ich erkannte Felicitas an ihren zwei blonden Zöpfen. Ihre beste Freundin Neele hatte die Haare auch geflochten. Hinter den übrigen sechs Schülern trottete Alex mit blauen Kopfhörern auf den Ohren.

»Hoffen wir einfach, dass sowas nie wieder geschieht«, sagte ich, während Alex die Kopfhörer abnahm und mir zunickte.

»Wenn doch, dann weiß ich schon, wer sich die Waffe seines Vaters schnappt und uns alle kaltmacht«, sagte unsere Mitschülerin.

Sie sah Alex an, der ihren Kommentar mit Grabesmiene quittierte. Carina bedachte sie mit einem wütenden Gesichtsausdruck, den ich noch nie an ihr gesehen hatte. Tommy beobachtete Alex wachsam, dessen Gesicht vor Hass verzerrt war.

Mein Mund wurde trocken und ich schluckte. Alex suchte meinen Blick. Carina biss sich auf die Unterlippe. Ich wusste, dass sie sich wie ich bereits ausgemalt hatte, wie Alex einen Amoklauf planen würde. Natürlich war das reine Spekulation, aber allein die Tatsache, dass wir es ihm zutrauten, erfüllte mich mit solcher Scham, dass ich ihn nicht ansehen konnte.

Die angespannte Stille wurde unerträglich, deshalb wandte ich mich unserer Mitschülerin zu.

»Wenn er dich erwischt, bist du zu Recht gestorben.«

Ein Dutzend schockierter Augenpaare war auf mich gerichtet. Sogar Alex konnte seine Überraschung nicht verstecken. Ich sah unsere Mitschülerin mit hochgezogener Augenbraue an. Sie schwieg.

»Zum Hafen, meint ihr?«, fragte ich übertrieben laut. »Dann mal los!«

Ich wandte mich ab und stapfte die Buchsbaumhecke vor dem Backsteingebäude entlang. Niemand folgte mir, bis ich hinter dem Schulgebäude in eine Seitenstraße einbog. Ich blieb drei Meter weiter stehen und atmete zum ersten Mal seit Minuten richtig durch.

»Alex ist kein Amokläufer«, wiederholte ich immer wieder in meinen Gedanken.

Ich hörte eilige Schritte und drehte mich um. Carina stand mir gegenüber.

»Da bist du ja. Wo sind die anderen?«

Carina zuckte mit den Achseln.

»Wo ist Alex?«

»Weggegangen.«

Ich seufzte.

»Zum Hafen?«, fragte Carina und ich nickte.

Zusammen gingen wir unserer Gruppe voran die Straße entlang. Je näher wir dem Fluss kamen, desto frischer wurde der Wind. Carina zog ihren orangefarbenen Schal enger um den Hals.

Tatsächlich fanden wir unseren Geschichtslehrer vor einer grauen Lagerhalle am Ende der Straße stehen. Mit einer Handbewegung versuchte er sein wild zerzaustes Haar irgendwie zu bändigen. Sieben Schüler standen um ihn herum und lauschten seinem Vortrag über die Entwicklung des Industriegebiets nach dem zweiten Weltkrieg. Wir stellten uns stumm dazu.

Liam lächelte Carina und mich an, als die restlichen Schüler zu uns aufschlossen. Sein blauer Schal schlug ihm ins Gesicht. Die Wellen prallten mit einem lauten Krachen gegen die Hafenmauer und die Gischt stob auf.

»Wo ist Alex?«, fragte unser Lehrer, nachdem er die letzte Gruppe begrüßt und durchgezählt hatte.

Felicitas lächelte ihn unschuldig an. »Der ist einfach abgehauen. Keine Ahnung, warum.«

Ich sah sie zornig an, während unser Geschichtslehrer den Kopf schüttelte.

»Wie will er nur das Schuljahr beenden? In zehn Tagen ist Lehrerkonferenz.«

Carina runzelte die Stirn und sah mich fragend an. Ich zuckte nur mit den Schultern. Unser Lehrer wandte sich einem Krahn zu, der grüne Container auf einen Frachter lud. Nach einigen Sekunden hatte er den roten Faden wiedergefunden und zählte Fakten über die städtische Industrie auf. Er erwähnte die Vorhaben der Stadterneuerung, die der neue Bürgermeister zu vereiteln versuchte.

»Wir haben noch gar nicht das Büro des Bürgermeisters besucht«, sagte Tommy.

»Stimmt«, sagte Felicitas. »Gehört nicht der Siebenschläfer genauso zu unserer Stadtgeschichte wie der Amoklauf am Privatgymnasium?«

»Das tut er«, sagte unser Geschichtslehrer. »Aber es steht noch nicht fest, ob er es überhaupt war. Das sind reine Spekulationen.«

»Der Siebenschläfer ist nicht mehr aktiv«, behauptete Neele, »es ist längst November.«

»Glaubst du wirklich, dass ihn eine Jahreszeit aufhält?«, fragte ich herablassend und gluckste. »Du bist so naiv. Es ist reiner Zufall, dass alle Morde im Sommer lagen. Außerdem heißt der Siebenschläfer nur so, weil zwischen dem ersten und zweiten Mord sieben Monate vergingen.«

Meine Mitschüler betrachteten mich irritiert.

»Ich finde es löblich, dass du weißt, wann der Siebenschläfer Winterschlaf hält«, sagte unser Lehrer zu Neele, dann wandte er sich mir zu. »Aber das Thema ist hier fehl am Platz. Wir können uns – solltet ihr Interesse daran haben – gern in der nächsten Geschichtsstunde darüber unterhalten.«

Ich wich seinem Blick aus. Nein, ich hatte kein Interesse daran, auch noch in der Schule über das Thema zu reden. Ein Serienmörder bedrohte mich und meine Freunde. Er wusste, wo ich zur Schule ging und dass ich Kontakt zu Arthur hatte.

Unser Geschichtslehrer schickte uns zum Gymnasium. Ich trottete neben Carina her, die vergeblich versuchte, Alex anzurufen.

Die Grüppchen trennten sich. Einige holten sich Mittagessen in der Innenstadt, der Rest ging in die Schule zurück. Carina und ich setzten uns in den Aufenthaltsraum. Carina holte sich einen Kräutertee am Automaten und setzte sich neben mich. Während ich mein Pausenbrot aß, musterte ich die Bilder des Kunstleistungskurses an der Wand. Endlich hatten sie die alten Landschaftszeichnungen durch abstrakte Gemälde ersetzt.

Nach einer Weile gesellte sich Liam zu uns, der begann allerlei Dinge in die Bilder hineinzuinterpretieren und so Carina zum Lachen brachte. Fünf Minuten später trafen seine Freunde ein und er setzte sich zu ihnen auf die rote Couch.

Einige Tische waren zusammengestellt und bildeten eine große Tafel. Felicitas und ihre Clique saßen eine Bank weit entfernt und diskutierten über die letzten Vorbereitungen für die Weihnachtsfeier in zwei Wochen.

Jedes Jahr organisierte die Theater-AG ein Bühnenprogramm in der Aula. Seit Beginn des Schuljahres probte Carina zweimal die Woche für den Auftritt. Seit Monaten freute sie sich auf die Rolle und hatte ihr viktorianisches Kostüm sogar selbst genäht.

Ich biss schweigend in mein Salamitoast, als Carina mir ihr Smartphone hinhielt. Ich las die geöffnete Nachricht. Alex wollte sich mit uns treffen.

»Ich lad ihn morgen zum Mittag ein«, sagte sie und tippte eine Nachricht.

Bei dem Gedanken an das Treffen mit ihm wurde mein Magen flau. Ich legte mein Brot zur Seite und wandte mich Liam zu, der sich mit seinen Kumpels über das letzte verlorene Fußballspiel unterhielt.

»Weil die Mädels uns nicht gut genug angefeuert haben«, sagte ein Mitschüler und stieß seinen Ellenbogen sanft in die Seite seiner Freundin.

»Hauptsache«, erwiderte ein anderer grinsend, »der Siebenschläfer feuert uns nicht an.«

Die Jungs lachten auf, nur Liams Gesicht blieb ausdruckslos. Ich öffnete den Mund, um dem selbsternannten Klassenclown eine Erwiderung ins Gesicht zu knallen, doch Felicitas kam mir zuvor.

»Halt's Maul! Über sowas macht man keine Scherze.« Sie war aufgestanden und stemmte die Hände auf den Tisch. »Mein Freund hat seinen Vater und Bruder durch diese Bestie verloren.«

»Ja, genau. Nicht witzig«, sagte Neele.

Liam hatte sich zwar zu seinen Freunden gesetzt, Carina und mich jedoch nicht aus den Augen gelassen. Während der Diskussion hatte er uns mehrmals angelächelt, nun war sein Blick jedoch wachsam. Der Kommentar über den Siebenschläfer war ausgerechnet von einem seiner Freunde gekommen.

»Sollte nur ein Scherz sein«, sagte der Klassenclown. »Wer weiß schon, was dieser kranke Bastard sich dabei gedacht hat, jemanden anzuzünden?«

»Vielleicht haben die McMillans ja jemanden verärgert?«, fragte Tommy. »Wer weiß, wie dieser Theodor McMillan an die Macht gekommen ist?«

»Arthur meint, das neue Opfer wird nicht das letzte sein«, sagte Felicitas. »Und er hat gesagt, dass seine Familie nichts mit den Morden zu tun hat.«

»Aber meine, oder was?«, keifte Liam. »Warum sollten wir was damit zu tun haben?«

Felicitas verzog schnippisch das Gesicht. »Um an das Erbe zu kommen? Wer weiß?«

»Welches Erbe?«, fragte Liam. »Mein Vater hat bereits das Erbe meines Urgroßvaters erhalten.«

»Das eigentlich Arthurs Mutter zusteht«, säuselte Felicitas.

Liam schlug mit der flachen Hand auf den Couchtisch vor sich. Unwillkürlich zog ich die Schultern hoch. Er richtete sich auf dem Sofapolster auf.

»Das ist das Bescheuertste, das ich jemals gehört habe … Oh, Moment. Dein Freund hat behauptet, mein Vater hätte Bruce McMillan ermordet. Das war mit Abstand das Bescheuertste, das ich jemals gehört habe.«

»Und dann hast du ihn verprügelt.«

Liam funkelte Felicitas böse an. »Er hat eine Freundin von mir beleidigt. Und ich lass nichts auf meine Freunde kommen. Dieser Drecksack hat jeden einzelnen Schlag verdient.«

»Du hast deinen Cousin verprügelt?«, fragte Liams bester Freund. »Für ein Mädchen? Wer war sie? Muss ja hammergeil gewesen sein.«

Ich wich Liams Blick aus und hoffte inständig, dass ich nicht rot wurde.

»Arthurs Mutter ist eine Pilgrim«, fuhr Felicitas unbeirrt fort. »Sie ist die Tochter von Marco Pilgrim. Wenn nicht ihr das Erbe zusteht, wem dann?«

»Meiner Oma, weil sie die Erstgeborene ist«, bellte Liam.

»Fiona Pilgrim musste in die Familie McMillan einheiraten, damit sie über die Runden kam, nachdem ihr Vater die Familie verlassen hatte.«

Liams Faust lockerte sich und er hob beschwichtigend die Hand. »Es tut mir wirklich leid um Arthurs Mutter. Sie hat ihren Mann und ihren Sohn Justin verloren. Aber ihre Söhne hatten genauso viel Interesse am Tod ihres Vaters wie jeder andere Anwärter auf den Bürgermeistertitel auch.«

»Und wie erklärst du dir dann den Tod eurer Sekretärin?« Liam sah unseren Klassenkameraden neben sich entsetzt an. »Wenn es derselbe Mörder war, wie die Medien sagen, dann habt ihr eindeutig mehr Verbindungen zu den Opfern als jeder andere.«

»Ist das hier ein Kreuzverhör?«, fragte Liam entgeistert. »Vielleicht will ja jemand den Verdacht auf uns lenken? Schon mal darüber nachgedacht, Sherlock?«

Unser Mitschüler schaute zu Boden.

»Wer sagt eigentlich, dass Arthur seinen Bruder nicht selbst umgebracht hat?«, fragte Liam. »Er hat ihn gehasst. Du verstehst das vielleicht nicht, weil du ein Einzelkind bist, Felicitas, aber Neid unter Geschwistern kann große Konflikte auslösen.«

»Du bist doch auch ein Einzelkind«, sagte Felicitas abfällig.

»Und warum? Weil meine Eltern ein Imperium aufgebaut haben. Und was hat deine Mutter währenddessen getan? Sie ist mit dem nächstbesten Kiffer ins Bett gestiegen.«

Felicitas blieb der Mund offen stehen. Carina sah mich mit aufgerissenen Augen an. Doch auch sie wusste, dass Liam recht hatte. Felicitas' Mutter war dafür bekannt, ständig wechselnde Partner zu haben. Sie hatte in der Grundschule jeden Monat behauptet, einen neuen Papa zu haben. Dennoch hörten wir von jedem nur kurz etwas, dann wechselte der Name. Die Storys blieben gleich.

»Und du bist keusch, oder was?«, rief Neele dazwischen, doch Liam ignorierte sie.

»Deine Mutter lässt wohl nichts anbrennen. Genauso wie Arthur nichts hat anbrennen lassen.«

Sein Freund feixte hinter seinem Rücken. »Außer seinem Vater.«

Ich riss den Mund auf und war nicht imstande etwas zu erwidern. Liam drehte sich zum Klassenclown um.

»Dein scheiß Ernst?« Seine Augen glühten vor Zorn. »Darüber macht man keine Witze!«

Er trat gegen seinen Stuhl, der scheppernd an der Zimmerwand abprallte. Dann warf er sich seinen Rucksack über die Schulter und stapfte davon.

August

vor 8 Jahren

Ich klopfte an die gelbe Wohnungstür. Langsam kamen Schritte näher. Frau Niebuhr öffnete. Ihre Augen weiteten sich und sie versuchte, die Tür zuzuschlagen. Ich stellte meinen Fuß in den Rahmen. Sie schrie auf und ließ die Klinke los. Ich schob mich durch die Öffnung und schloss die Tür leise hinter mir.

Sie hielt sich mit der rechten Hand an der Garderobe fest. Die linke krallte sich in den Stoff ihres roten Bademantels. Ich sah auf ihre nackten Waden, die in Wollsocken endeten.

»So begrüßt man doch keinen Gast.«

»Was wollen Sie?«, fragte Frau Niebuhr mit zittriger Stimme.

»Reden«, sagte ich und ging auf sie zu. »Ganz einfach reden.«

Sie stolperte rückwärts durch den Flur. »Verlassen Sie meine Wohnung!«

»Wollen Sie die Polizei rufen?«, fragte ich und deutete mit dem Daumen hinter mich. »Vielleicht erwischen Sie die Beamten von eben ja noch? Die können noch nicht allzu weit sein.«

»Was wollen Sie?«

Ihre Stimme hatte sich um eine Oktave gehoben.

»Ich möchte nur wissen, was Sie denen erzählt haben.«

»Nichts«, stammelte Frau Niebuhr.

»Dafür waren die beiden aber ziemlich lange hier. Ich möchte gern informiert sein, wenn die Polizei morgen vor meiner Tür steht.«

»Wird sie nicht. Ich habe Sie nicht erwähnt.«

»Was dann?«

Ich war Frau Niebuhr bis in den Wohnraum gefolgt, der in eine offene Küche überging. Eine weiße Anrichte mit edler Holzplatte trennte die Räume optisch voneinander. Auf der Kommode neben dem Eingang stand ein Foto, das Frau Niebuhr und eine Frau mit demselben braunen Haar zeigte.

Ich setzte mich auf einen grünen Cocktailsessel, sie sich mir gegenüber auf einen Vintage-Hocker. Sie zog ihren Bademantel enger zusammen und strich sich durchs feuchte Haar.

»Mich hat wohl irgendjemand mit … diesem Arschloch die Bar verlassen sehen«, erklärte sie. »Deshalb sind die Beamten zu mir gekommen und haben mich befragt.«

»Haben Sie ihnen die Wahrheit gesagt?«

»Welche Wahrheit? Dass er mich … vergewaltigt hat?« Tränen stiegen ihr in die bereits geschwollenen Augen. »Ja, das habe ich erzählt. Und dann haben sie gemeint, dass man ihn ausgeraubt und getötet hätte.«

»Wie haben Sie darauf reagiert?«

»Gar nicht. Ich bin in Tränen ausgebrochen«, schluchzte Frau Niebuhr. »Mein Gott, er ist tot.«

»Aber die Polizei geht nicht davon aus, dass Sie es waren. Sonst hätten die Sie direkt mit aufs Präsidium genommen.«

»Das wollten sie erst, aber dann hat die Frau gemeint, dass es auch reicht, wenn ich mich jetzt vom Arzt untersuchen lasse und sie die Ergebnisse erhalten.«

»Sie gehen also von einem Raubmord aus?«, fragte ich.

»Sie meinten, dass die heftigen Schläge ins Gesicht auf eine persönliche Tat hinweisen würden.«

»Das ist gut.«

Dann würden sie im näheren Umfeld von Krauss nach Verdächtigen suchen. Ich war froh darüber, dass Frau Niebuhr die Polizisten angelogen hatte und gleichzeitig überrascht, dass niemand sie in Verdacht hatte.

Es wäre mir unangenehm gewesen, wenn sie für mich ins Gefängnis gegangen wäre. Obwohl man für Notwehr oder Nothilfe, wie ich herausgefunden hatte, meist straffrei davonkam. Bei den Verletzungen, die ich diesem Krauss jedoch zugefügt hatte, hätte uns keiner geglaubt.

Frau Niebuhr sah mich forschend an.

»Wie können Sie so cool bleiben?«, fragte sie. »Sie haben immerhin einen Mann getötet.«

»Einen Mann, der vor meinen Augen eine Frau vergewaltigt hat«, sagte ich trocken und hob den Zeigefinger. »Solch eine Reaktion ist nicht verwerflich.«

Sie schluckte schwer bei der Erwähnung der Vergewaltigung. Ich verschränkte die Finger ineinander und beugte mich vor.

»Aber es war nur im Affekt. Sie wollten ihn nicht umbringen«, sagte sie.

Wir schwiegen, bis sie auf ihre zierliche Armbanduhr blickte. Abrupt erhob sie sich.

»Ich soll so schnell wie möglich zum Arzt, haben die Polizisten gesagt. Wollen Sie mich begleiten?«

Ich sah sie argwöhnisch an. Sie lächelte gequält und schaute an mir vorbei zur Kommode am Eingang.

»Ich habe versucht mit meiner Schwester zu reden, aber ich habe mich nicht getraut.«

»Niemand weiß davon?«, fragte ich entsetzt.

»Niemand. Außer Ihnen. Und der Polizei.«

Ich dachte an meine Großtante Anna, die ihre Vergewaltigung ebenfalls bis zu ihrem Krebstod verschwiegen hatte. Dabei schützten diese Frauen nur die Täter, nicht ihre Angehörigen oder sich selbst. Am Sterbebett würde diese Geschichte Frau Niebuhr einholen. Obwohl der Tod dieses Monsters wohl bereits Vergeltung genug war.

Ich überschlug die Risiken. Könnte es in irgendeiner Weise auffällig sein, wenn ich sie zum Arzt begleitete? Vielleicht war gerade das Gegenteil der Fall?

»Denken Sie ruhig darüber nach! Ich zieh mich schnell an«, sagte sie.

Frau Niebuhr verschwand in einem Nebenzimmer, das an die Küche grenzte. Ich erhob mich vom Sessel und lief zur geschlossenen Balkontür. Auf weißgestrichenen Europaletten lagen dunkelblaue Polsterkissen. In geleerten Limonadenflaschen standen Ringelblumen, die ihren Hals der Sonne entgegenstreckten.

Im Augenwinkel bewegte sich etwas ruckartig. Ich zuckte zusammen. Mit einer anmutigen Eleganz landete eine grau getigerte Langhaarkatze auf dem Fensterbrett und sah mich misstrauisch an. Ich presste die rechte Hand auf meine Brust und spürte meinen rasenden Herzschlag. Hinter mir gluckste Frau Niebuhr.

»Finden Sie es so schlau, mich hier unbeaufsichtigt zu lassen?« Ich drehte mich zu ihr um. »Ich hätte sonst was tun können.«

Sie zog eine Augenbraue hoch. »Ich denke, Francis passt gut auf mich auf. Außerdem bin ich doch in der Küche.«

Frau Niebuhr zog ein Messer aus dem Block neben sich und schwang es fachmännisch in der Hand hin und her. Mit einer schnellen Bewegung steckte sie es zurück. Ich lächelte und sie erwiderte das Lächeln verhalten.

»Sie sollten immer ein Messer bei sich tragen, wenn Sie so gut damit umgehen können.«

Sie zuckte mit den Achseln. »Mein Vater hat mir beigebracht, wie man mit einem umgeht … Und dennoch konnte ich meins nicht rechtzeitig ziehen, bevor … Nun, Sie waren ja rechtzeitig da.«

Sie sah mich dankbar an, nahm den Hausschlüssel vom Haken und öffnete die Tür.

»Haben Sie noch ein paar Tipps für mich?«, fragte sie.

»Lassen Sie um Gottes willen einen Spion in die Tür einbauen! Sonst kommt hier jeder dahergelaufene Idiot rein.«

Sie lachte auf.

***

Keine Wolke war am Himmel zu sehen. Die Sonne schien auf die Trauergäste. Der sanfte Wind verteilte den Duft des Sommerflieders auf dem Friedhof. Die Pastorin redete darüber, dass Krauss ein rechtschaffener und treuer Ehemann gewesen war. Bei der

Vorstellung, dass er den meisten Leuten so in Erinnerung blieb, kochte Wut in mir hoch.

Frau Niebuhr stand auf der anderen Seite des Urnengrabs. Ein schwarzes Tuch mit weißen Punkten hielt ihre braunen Locken im Zaum. Zusammen mit der schwarzen Caprihose und dem offenen Hemd über einem weißen Shirt wirkte sie, als wäre sie einem Film aus den Fünfzigern entsprungen.

Ich lächelte sie an, als sie mich sah. Ich wusste, dass es ein Risiko war, die Beerdigung des Opfers zu besuchen. Das lehrte einen jede Kriminalserie. Bei genauerer Beobachtung erkannte ich auch die Ermittler in Zivilkleidung, die Frau Niebuhr bereits in ihrer Wohnung aufgesucht hatten.

Nach der Zeremonie verließen die meisten Trauergäste den Friedhof. Ein Ermittler wollte mit Frau Krauss reden, doch sie wies ihn mit erhobener Hand ab. Sie griff die Hand ihres Sohns und schliff ihn in Richtung Ausgang. Abschätzig betrachtete sie Frau Niebuhr, die aufs Grab hinabschaute.

Der zweite Beamte hatte sich derweil Frau Niebuhr zuge-wandt und sprach gedämpft mit ihr. Ich blieb minutenlang am Grab stehen. Mit verschränkten Fingern betrachtete ich die bunten Blumenkränze und las die Mitleidsbekundungen auf den Schleifen, bis wir endlich allein waren. Dann stellte ich mich stumm hinter Frau Niebuhr unter die knorrige Eiche.

»Tragen Sie die Handschuhe wegen der Schlägerei?«, fragte sie über ihre Schulter hinweg.

Ich schmunzelte. Meine Fingerknöchel schmerzten noch immer. Meine Handschuhe zu tragen, war eine einzige Qual. Ich hatte mir von Patrick neue Handschuhe anfertigen lassen, genauso wie nach dem Unglück auf der Weihnachtsfeier vor vier Jahren. Auf mein Markenzeichen wollte ich nicht verzichten. Trotz der Handschuhe hatte ich meine Finger verletzt. Nicht viele dachten daran, dass Schläge auch Verletzungen beim Täter hinterließen. Polizisten schon.

Mein Blick huschte zu den Ermittlern, die auf dem Weg zum Ausgang eine weitere Angehörige angesprochen hatten, um sie zu befragen. Einer der Polizisten sah zu uns herüber. Mit barmherziger Miene verabschiedete er sich von Frau Niebuhr, doch sie starrte auf die Urne hinab. Statt ihr erwiderte ich sein Nicken.

»Ich habe darüber nachgedacht, was die Pastorin gesagt hat.«

»Was hat sie denn gesagt?«, fragte ich.

»Sie haben ihr nicht zugehört?«

»Ich war schon auf so vielen Beerdigungen. Die quatschen immer dasselbe.«

Ich hörte ein belustigtes Schnaufen und stellte mir vor, wie das Schmunzeln ihr zartes Gesicht aufhellte. Doch schlagartig erstarb der entzückende Ton.

»Wenn er wirklich so ein rechtschaffener Mann war«, begann sie, »war ich vielleicht selbst schuld dran. Immerhin habe ich ein kurzes Kleid getragen und mit ihm rumgemacht. Vielleicht hab ich nicht laut genug Nein gesagt? Vielleicht …«

»Keine Frau ist schuld daran, wenn Männer ihre Triebe nicht unter Kontrolle haben«, unterbrach ich sie. »Außerdem war er doch so ein guter Ehemann.«

Sie nickte. Nach wenigen Sekunden sah sie zu mir auf. Ihre Iris war grau, doch ein grüner Schleier verdeckte sie wie Morgennebel.

»Sie haben also doch zugehört.«

»Mit halbem Ohr«, sagte ich grinsend.

Frau Niebuhr schenkte mir ein Lächeln. »Ich hab mich noch gar nicht bedankt.«

»War doch selbstverständlich.«

Frau Niebuhr seufzte. »Wie kann ich mich nur erkenntlich zeigen?«

»Gehen Sie einen Kaffee mit mir trinken!«

***

Frau Niebuhr führte mich in eine verschlafene Chocolaterie, in der wir uns stundenlang unterhielten. Während sie eine Anekdote nach der anderen aus ihrem Erzieherinnenalltag erzählte, nippte ich an der besten Schokolade, die ich je getrunken hatte.

»Vor einem Monat habe ich ein Fernstudium angefangen.«

»So spät noch?«, fragte ich.

»Meinen Sie, das bringt nichts mehr?« Ich schüttelte hektisch den Kopf und ihre ängstliche Miene verschwand langsam. »Ich hab wirklich lange darüber nachgedacht. Zehn Jahre habe ich in der alten Kita gearbeitet. Aber die Kolleginnen … Können Sie sich vorstellen, wie es ist, mit sechs Zimtzicken zusammenzuarbeiten?«

»Nicht wirklich.«

Frau Niebuhr biss in ihren Brownie. »Sie Glückspilz.«

»Ich weiß nur, wie es ist, monatelang mit einem chauvinistischen Arschloch als Chef klarzukommen.«

»Auch nicht viel besser«, sagte sie mit einem mitleidigen Lächeln.

»Ich denke, Veränderung braucht jeder Mal. Wenn man nichts Neues wagt, kommt man nicht voran und wird unglücklich.«

Frau Niebuhr legte ihre Hand auf meinen Handschuh. »Ich bin sehr froh, dass ich Sie kennengelernt habe.«

»Auch wenn es nicht sehr erfreulich war«, sagte ich.

Ihre grün-grauen Augen fixierten mich. »Für mich ist dieser Nachmittag heute sehr erfreulich.«

»Für mich auch.« Ich grinste und hob meine bauchige Keramiktasse. »Und ich bin froh, dass sie mich zu der Schokolade überredet haben.«

»Kaffee ist eine Unart«, sagte sie grinsend. »Genauso wie Alkohol.«

Ich stöhnte auf. »Das sagt meine Freundin auch immer.«

Wir lachten.

Eine Stunde später öffnete ich meine Wohnungstür. Abigail saß auf der beigen Couch und las einen Liebesroman. Über den Bildschirm des Fernsehers flackerte stumm der dritte Teil von »Herr der Ringe«.

»Hallo, Goldhase«, sagte ich.

Sie starrte ohne eine Reaktion auf die Buchseiten, während ich den Schlüsselbund ans Board hängte.

Ich erinnerte mich an die Anfangszeit. Als wir vor vier Jahren in diese Wohnung gezogen waren. Aus der Küche war der verführerische Geruch eines Steaks gekommen. Abigail hatte am Herd gestanden und sich zum Rhythmus der Musik bewegt. Ihr wunderbarer Gesang war durch die Wohnung gedrungen wie ein Liebeslied.

Seit Monaten sang sie nicht mehr. Sie wollte endlich ein Kind. Wir hatten alles versucht. Abigail hatte Folsäure-Tabletten eingenommen. An ihren fruchtbaren Tagen hatten wir mehrmals miteinander geschlafen. Ich hatte mir sogar manchmal extra freigenommen. Irgendwann hatte der Sex wegen des permanenten Drucks keinen Spaß mehr gemacht.

Als sie endlich schwanger geworden war, quälte sie die Übelkeit, die über Wochen anhielt. Aber sie lächelte mich wieder so an wie damals. Vor vier Tagen hatte ich sie dann mit starken Blutungen ins Krankenhaus gebracht. Sie hatte unser Kind verloren.

Morgen war ihre Ausschabung, doch sie wollte mich nicht dabeihaben. Ich hatte versucht, sie in den Arm zu nehmen, mit ihr zu reden, bei ihr zu sein. Ich wollte mit ihr rausfahren, an die Ostsee oder in die Berghütte, in der wir vor zwei Jahren Urlaub gemacht hatten. Aber sie hielt mich auf Abstand, schob meine Hand weg und mied die Räume, in denen ich mich aufhielt.

Ich setzte mich neben sie und wollte meinen Arm um sie legen. Ohne mich anzusehen, stand sie auf und ging ins Schlafzimmer. Ich schlief noch vor der Zerstörung des Rings ein und träumte von einer Frau mit grün-grauer Iris.

7

»Hi«, sagte Carina. »Die Männer werkeln noch in der Küche.«

Ich betrat ihre Wohnung. Aus der Küche drangen das Klirren von Geschirr und zwei aufgeregte Stimmen. Es roch nach frisch gehackten Kräutern.

Carina umarmte mich und nahm mir die Lederjacke ab. Als sie meine roten Chucks ins Regal stellte, blieb sie mit den grünen Armstulpen an einem Stiefelreißverschluss hängen.

»Spencer«, schrie sie.

Aus der Küche antwortete ihr Bruder: »Was denn?«

»Wie oft hab ich dir gesagt, du sollst deine doofen Stiefel ordentlich wegstellen?«

Sie machte die Reißverschlüsse zu und ordnete die Schuhpaare. Dann kontrollierte sie, ob der Filz ihrer Stulpen heil geblieben war.

»Soll ich in der Küche helfen?«, fragte ich.

»Nein. Bevor Alex kommt, möchte ich mit dir reden.«

Wir gingen in ihr Zimmer und setzten uns auf ihr Bett. Ich verschränkte die Hände im Schoß und strich mir mit dem linken Daumen übers Handgelenk.

Carina atmete tief aus.

»Was läuft zwischen dir und Liam? Empfindest du etwas für ihn?«

»Für Liam?«, fragte ich. »Nein.«

»Gut.« Sie fuhr sich mit der Hand durch die blonden Locken. »Denn ich würde ihm gern näherkommen.«

Ihre Wangen färbten sich rot. Sie blickte unverwandt auf den orangefarbenen Flokati, in den sie ihre Zehen grub.

Ich versuchte, meinen aufsteigenden Widerwillen in Worte zu fassen, ohne sie zu verletzen. Als ich eine Weile geschwiegen hatte, schaute Carina mich erwartungsvoll an.

»Du willst ihm also … näherkommen?«, fragte ich mit einem Grinsen und setzte das letzte Wort in imaginäre Anführungszeichen. Carina öffnete den Mund, griff nach einem der geblümten Kissen und warf es auf mich.

»Ja. Er ist hübsch.« Carina lächelte verträumt. »Und wie er mich immer ansieht …«

»Aber du solltest bedenken, dass er mit deiner Erzfeindin zusammen war und … nun ja … Körperflüssigkeiten getauscht hat.«

Carina verzog das Gesicht und tat so, als wolle sie sich den Zeigefinger in den Hals stecken. Dann wurde ihr Ausdruck ernst.

»Hast du schon davon gehört?«

»Wovon?«

Sie sprang auf und griff ihr Smartphone vom Schreibtisch, das sie mir unter die Nase hielt.

»Ist das …?«

»Ja«, antwortete Carina. »Das ist sie.«

Die Hausklingel ertönte. Carina wollte sich gerade erheben, da wurde die Zimmertür geöffnet.

»Ich geh schon«, sagte Herr Schwarzmüller und ließ die Tür angelehnt.

Carina wischte über das Handydisplay und ein weiteres Foto erschien, auf dem Felicitas' Gesicht gut zu erkennen war. Auf beiden Fotos saß sie breitbeinig auf einem Bettbezug und lächelte verführerisch in die Kamera. Den Zeigefinger hatte sie auf die Lippen gelegt und biss sich auf den Fingernagel.

Ich konzentrierte mich auf den Oberkörper, weil ich nicht wissen wollte, was sich unter dem T-Shirt mit der Aufschrift »Just Do It« verbarg. Vom Bauchnabel abwärts war sie nackt.

»Auf dem nächsten Foto hat sie die Hand nicht mehr am Mund«, flüsterte Carina und sah verstohlen zur Zimmertür.

»Too much information«, sagte ich und legte das Smartphone auf das blaue Spannbettlaken. »Woher hast du die?«

»Tommy hat einen Screenshot davon in den Klassenchat gepostet. Heute Morgen.« Ich schüttelte missbilligend den Kopf. »Ich schätze, sie hat die Aufnahmen selbst gemacht. Wer sie aber online gestellt hat … keine Ahnung.«

»Wer macht sowas?«

»Liam«, rief Alex aus dem Flur. »Wer sonst?«

Wir sahen zum Türspalt, der langsam größer wurde.

»Dein Freund ist da, Carilein«, flötete Carinas Bruder.

Alex hatte seinen schwarzen Mantel an die Garderobe gehängt. Er wischte seine Brillengläser am schwarzen Pullover ab und beäugte uns argwöhnisch.

»Liam würde sowas niemals tun«, sagte Carina.

Sie sah mich auffordernd an, doch ich schwieg. Liam hatte auf der Halloweenfeier von solchen Fotos erzählt. Bei dem gestrigen Streit zwischen ihm und Felicitas war er außer sich gewesen.

»Ich weiß nicht, was alle an diesem Typen finden«, sagte Alex mit finsterer Miene.

Carina öffnete den Mund für eine Erwiderung, da betrat ihr Vater den Flur.

»Essen ist fertig … Schön, dass du da bist, Alex. Kommt ihr?«

Ich sah Carina entschuldigend an. Sie steckte ihr Smartphone in die Tasche ihres Jeansrocks und wir gingen in die Küche. Es duftete nach selbstgemachtem Minzpesto. Wir setzten uns an den langen Holztisch, der am Fenster stand. Alex starrte auf die Zweige des Ahornbaumes, die der Wind gegen die Scheibe drückte. Erst als Herr Schwarzmüller eine große Schüssel mit dampfenden Spaghetti auf den Tisch stellte, wandte er sich vom Fenster ab.

Während wir aßen, erfüllte das Klirren unseres Bestecks und Herr Schwarzmüllers gelegentliches Räuspern die große Küche. Von Zeit zu Zeit wechselten Carina und ich hilfesuchende Blicke. Ihr Vater versuchte eine Konversation mit Alex zu starten, doch nach seinen einsilbigen Antworten gab er es auf.

»Du magst den Typen nicht, von dem Cari ständig schwärmt, was?« Alex sah Carinas Bruder stirnrunzelnd an. »Ich auch nicht. Seit diesem Schuljahr redet sie von nichts anderem.«

»Halt die Klappe, Pee Spee!«, zischte Carina.

Spencer war vier Jahre jünger als sie. In der Grundschule hatte er sich einmal in die Hosen gepinkelt, weshalb sie ihn mit diesem Spitznamen ärgerte. Seine blonden Haare standen vom Kopf ab, als hätte er gerade in eine Steckdose gefasst.

»Ist doch wahr«, murmelte Spencer mit verzogenen Mundwinkeln. »Liam hier, Liam da. Und wie toll er über den Bock gesprungen ist. Und wie schön er schreiben kann. Und wie schön dies und wie schön das.«

»Na, Spence«, sagte Carinas Vater. »Sie hat sich nun einmal verliebt.«

»Ja, in einen arroganten Bonzen«, nuschelte Alex.

»Du kennst ihn gar nicht«, keifte Carina. »Und trotzdem bildest du dir eine Meinung über ihn.«

»Ich fand ihn anfangs auch nicht sympathisch«, sagte ich, »aber nachdem ich einmal mit ihm unterwegs war, hat sich das geändert. Er ist eigentlich ganz nett.«

»Nett ist die kleine Schwester von Scheiße.«

»Und Bonze eine Beleidigung, die du besser zurücknimmst«, sagte Carina.

Herr Schwarzmüller stand mit einem Stöhnen auf. Er stellte seinen leeren Teller in die Spüle und fragte uns, ob wir Nachschlag wollten.

Alex ließ das Besteck sinken und sagte: »Mir ist der Appetit vergangen.«

Carina sah aus, als hätte er ihr kaltes Wasser ins Gesicht gekippt. Ich drückte kurz ihre Hand.

»Ihr klärt das!«, sagte Herr Schwarzmüller und schlug lautstark den Geschirrspüler zu. »Ich will keinen Streit unter meinem Dach.«

Zusammen mit Spencer verließ er die Küche.

»Du willst also nichts mit Liam zu tun haben«, sagte Carina ruhig.

»Richtig. Mit dem werde ich nicht grün.«

»Er ist schließlich auch kein Vegetarier«, sagte ich und hob die Augenbrauen, doch Alex sah mich düster an.

Carina seufzte. »Dann war's das wohl.«

»Wie meinst du das?«, fragte ich.

»Julia und ich sind mit Liam befreundet«, sagte sie und lehnte sich zurück. »Wenn du von uns verlangst, ihm die Freundschaft zu kündigen, werden wir das nicht tun. Und ein Doppelleben kommt nicht infrage.«

Mir wurde bewusst, dass ich Liam gegenüber ein Doppelleben führte. Er wusste nichts von Spike. Alex schon. Aber er wusste nicht, wohin unsere erste Begegnung geführt hatte.

»Das heißt, ihr wollt mir die Freundschaft kündigen?«, fragte Alex perplex.

»Nein«, sagte ich hastig.

Carina schwieg.

»Wie konnte es nur so weit kommen?«, fragte er kopfschüttelnd. »Steht ihr beide auf ihn?«

»Nein«, wiederholte ich. »Aber er hat mir geholfen. Und dir auch.«

»Ja, er hat sich selbstlos für mich eingesetzt«, sagte er und verdrehte die Augen. »Wie heldenhaft.«

»Was willst du damit sagen?«, fragte Carina.

»Er hat mir doch nur geholfen, weil er euch imponieren wollte!«

Alex stand so ruckartig auf, dass sein Stuhl gegen die Wand knallte.

»Das stimmt nicht«, rief Carina. »Er hätte dir auch geholfen, wenn wir nicht dabei gewesen wären.«

»Denkt ihr.«

»Ja, das tun wir. Liam setzt sich immer für andere ein.«

»Weil er sein Image pflegen muss.«

»Mag sein, dass sein Image ihm wichtig ist«, sagte ich. »Aber er hat mir geholfen, als es drauf ankam.«

Ich erzählte vom Aufeinandertreffen mit Arthur, ließ aber die Vorgeschichte mit dem Gefängnis und Autorennen aus. Alex hatte sich wieder hingesetzt und hörte mir mit steinerner Miene zu.

»Wisst ihr eigentlich, in was für einem Milieu der Typ unterwegs ist?«, frage er, nachdem ich von der Schlägerei zwischen Arthur und Liam berichtet hatte.

»Was meinst du damit«, fragte Carina.

»In der Schule geht das Gerücht um, dass Liams Familie nicht ganz koscher ist. Sie sollen mit Drogen handeln.«

»Alles dummes Gerede«, sagte ich und Carina nickte.

Nach der Razzia vor drei Wochen wusste es wohl jeder. Liam hatte uns versichert, dass jemand seinem Vater etwas anhängen wollte. Vielleicht sein Onkel Colin oder Arthur McMillan. Sie wollten die Schuldigen finden und bestrafen.

»Okay. Die Pilgrims nehmen es mit dem Jugendschutz nicht so ernst. Cari und ich mussten nicht einmal unseren Muttizettel vorzeigen beim Konzert. Aber Drogen? Du hättest Liam sehen sollen, wie er ausgerastet ist, als er Tommy beim Dealen erwischt hat.«

»Apropos. Tommy ist gestern zu mir gekommen, nachdem … ihr wisst schon.«

»Was wollte er?«, fragte Carina.

Die Kälte war aus ihrer Stimme gewichen.

»Er hat mich gefragt, ob Liam und ich befreundet sind«, antwortete Alex. »Hab nicht gleich geantwortet. Und als ich fragte, was ihn das anginge, ist er zurückgerudert. Hat gesagt, es sei nicht so wichtig.« Carina und ich tauschten misstrauische Blicke. »Ich sag euch: Der hatte ohne Scheiß eine Heidenangst vor Liam. Als würde er eine Abreibung befürchten.«

»Das ist doch gut«, sagte Carina. »So lässt er dich wenigstens in Ruhe.«

»Ich will aber nicht, dass jemand erpresst wird, nur damit er mich in Ruhe lässt.«

»Du hast doch gar keinen Beweis dafür, dass er ihn erpresst.«

Vielleicht hat Tommy gar nicht so viel Angst vor Liam, sondern vor seiner Familie, dachte ich.

»Liam wusste nicht, dass Tommy Drogen vertickt, als er dir geholfen hat«, sagte Carina. »Das hat er erst auf dem Konzert danach erfahren.«

»Ihr geht oft mit ihm aus«, sagte Alex und sah auf seine Hände, die in seinem Schoß lagen. »Kein Wunder. Er kann es sich ja auch leisten.«

»Er hätte dir auch ein Konzertticket geschenkt, wenn du …«

»Ich will aber keine Almosen«, unterbrach Alex mich. »Sogar mein Vater sagt, dass ich mich von den Pilgrims fernhalten soll. Er hat erzählt, dass Liams Vater neulich vorgeladen wurde wegen eines Mordes. Er hat sich geweigert, Informationen über seine Sekretärin weiterzugeben.«

»Das ist ja auch sehr privat«, sagte Carina.

»Die Frau ist tot. Es wird sie sicher nicht weiter stören.«

103

»Aber vielleicht Liams Vater? Das sind immerhin firmeninterne Daten.«

»Auf jeden Fall wird mein Vater demnächst mit einem Durchsuchungsbefehl bei ihm aufschlagen«, sagte Alex. »Hat sich mächtig über diesen – Zitat – ›arroganten Drecksack‹ aufgeregt. Ihr hättet ihn beim Abendbrot erleben sollen.«

Er schnaubte.

»Ich verstehe überhaupt nicht, warum dein Vater dir davon erzählt«, sagte Carina. »Solche ermittlungsinternen Sachen dürftest du gar nicht wissen.«

»Und trotzdem tue ich es. Wenn mein Vater herausfindet, dass Liams Vater etwas mit dem Tod seiner Sekretärin zu tun hat …«

»Klar, jetzt ist er auch noch ein Mörder«, sagte ich. »Ich gebe ja zu: Liam hat ein Motiv dafür, Felicitas auflaufen zu lassen mit den Nacktbildern. Aber seinen Vater als Mörder hinzustellen …«

»Aber vielleicht ist sein Vater ja involviert? Er hat ein Motiv.«

»Sicher.« Ich legte meinen rechten Zeigefinger an die Schläfe und lachte hysterisch auf. »Du spinnst doch.«

»Sagt später nicht, ich hab's euch nicht gesagt!« Alex hob die Augenbrauen. »Meinetwegen könnt ihr mit diesem Typen rumhängen. Aber zwingt mich nicht, ihm zur Begrüßung auf die Wange zu küssen! Oder sonst wohin.«

»Ich küsse ihn gar nicht auf die Wange«, sagte ich.

»Und ich habe ihn noch nie woanders …«, begann Carina, doch Alex legte schnell die Hände auf die Ohren.

»La, la, la.«

»Das ist kindisch«, sagte Carina.

»Oh, Liam«, quiekte Alex. »Wie gut du küssen kannst. Halt

mich für immer in deinen starken Armen!«

Er bewegte den Kopf hin und her. Seine Augen waren geschlossen, die Lippen gespitzt. Ich musste kichern, doch Carina sah mich vorwurfsvoll an. Mit schräg gelegtem Kopf beäugte ich sie, bis sie sich das Grinsen nicht mehr verkneifen konnte.

»Sehe ich das richtig, dass du dich nicht auf dem Plakat verewigt hast?«, fragte Carina.

Alex hielt mitten in der Bewegung inne und öffnete die Augen. »Was für ein Plakat?«

»Letzte Woche ging so ein Plakat rum, auf das jeder seinen Namen mit Adresse und Telefonnummer schreiben konnte«, erklärte Carina. »Wir sollen alle auch noch ein Foto hinzukleben.«

»Warum das denn?«

»Weil wohl einige vorhaben nach dem Schuljahr abzugehen.«

Alex und ich tauschten besorgte Blicke. Carina wusste noch nichts von unseren Plänen. Alex und ich hatten darüber gesprochen, das Schuljahr abzuschließen und eine Ausbildung anzufangen.

»Wir sollten uns alle eintragen, damit wir in Kontakt bleiben können.«

»Und auf den Kontakt zu diesen Vollidioten lege ich ja auch so viel Wert«, sagte Alex höhnisch. »Die können mich schön suchen, wenn sie später mal was von mir wollen.«

»Ganz meine Meinung«, sagte ich und hob die flache Hand.

Alex zögerte kurz, dann lächelte er und schlug ein.

»Außerdem werde ich ein berühmter Schriftsteller und dann will ich nicht, dass jeder meine privaten Daten hat. Dann müsste ich meine Telefonnummer ändern, wegziehen, womöglich eine neue Identität annehmen.«

»Wegziehen werde ich sowieso«, sagte ich. »Irgendwohin, wo mich keiner kennt.«

»Aber du kommst doch sicher mal vorbei und besuchst uns?«, fragte Carina leise. »Du musst schließlich später meine Kinder kennenlernen und meinen Ehemann.«

»Oh, Gott. Du willst heiraten?«, fragte Alex. »Manchmal bist du echt so eine Spießerin, Carilein.«

»Natürlich komm ich mal mit meinem Motorrad vorbei«, sagte ich, »aber die Tattoos werde ich nicht abdecken. Damit musst du klarkommen.«

»Tattoos sind doch assi …«

»Sagt die Spießerin. Ein oder zwei Tattoos sind auf jeden Fall drin.«

»Aber nicht, dass es so ausartet, wie bei deinem Vater.«

»Der hat gar nicht so viele Tattoos«, sagte ich. »Nur zehn oder zwanzig. Was macht das für einen Unterschied?«

Wir lächelten uns an und zum ersten Mal nach über einem Monat hatte ich das Gefühl, alles sei wieder wie früher. Damals waren meine größten Sorgen, beim Spicken erwischt zu werden und im neuen Schuljahr nicht mit Carina und Alex zusammensitzen zu können.

Bevor ich Spike auf dem Damenklo getroffen und einen Drohbrief von einem Fremden erhalten hatte, der mich wahrscheinlich nach wie vor stalkte. Bevor der Sohn des ehemaligen Bürgermeisters mich beinahe vergewaltigt und der Klassenschwarm sich meinetwegen mit seinem Cousin geprügelt hatte.

Mein Leben war ein einziges Chaos – und alles hatte mit einem Mann in Frauenkleidern begonnen.

8

Spike und Arthur McMillan betraten das Pont Neuf gegen zwanzig Uhr. Sie liefen an mir vorbei und setzten sich an einen Tisch ganz am Ende der Bar. Ich schrubbte weiter die zartgrüne Wand neben dem Eingang, an der jemand eine Bierflasche zerschlagen hatte. Dabei spürte ich Arthurs Blick im Rücken. Eine Gänsehaut durchfuhr mich.

Ich fegte noch die letzten Scherben auf, dann lief ich zurück zum Tresen. Beim Bierzapfen stierte ich auf meine vom Spülwasser durchweichten Hände.

»Zwei Bier, bitte.«

Ich sah Spike mit hochgezogenen Augenbrauen an, dann schielte ich an ihm vorbei zu Arthur. Er strich sich durch den roten Iro und lächelte wölfisch. Wortlos zapfte ich zwei Gläser und reichte sie ihm mit ausdrucksloser Miene.

»Du erinnerst dich noch an meine Warnung?«, fragte er.

»Ich bin auf deiner Seite.« Die Blicke von Arthur und mir kreuzten sich wie zwei Schwertklingen. »Aber nicht auf seiner.«

»Ich werde das tun, was ich für richtig halte«, sagte Spike mit gedämpfter Stimme.

»Davon gehe ich aus.«

Wenige Minuten nachdem er Arthur das Bier gebracht hatte, verschwand dieser in Richtung der Toiletten. Spike starrte mich unverwandt an. Ich wurde das Gefühl nicht los, dass er mir etwas sagen wollte.

Theodor und Simon McMillan betraten unterdessen die Bar und holten sich je ein Bier. Als sie zum Hinterzimmer gingen, rannten sie in Arthur hinein. Arthur drängte sich naserümpfend an ihnen vorbei. Als er auf die Theke zuging, verschwanden die beiden McMillans aus meinem Sichtfeld.

»Alter, Mika«, plärrte Arthur. »Du solltest mal wieder das Klo putzen.«

»Pourquoi?«

»Alles voller Kotze.«

»Mon dieu«, sagte Mika mit einem Seitenblick auf mich.

Ich schüttelte leicht den Kopf. Auf keinen Fall wollte ich Arthur diese Genugtuung gönnen.

»D'accord. Isch geh.«

Mika warf mir das Geschirrtuch zu und ging zur Hintertür, doch ich rief ihn auf halber Strecke zurück. Auch wenn es ein Racheakt von Arthur war, wollte ich nicht, dass Mika das für mich erledigte. Schließlich war das eine Sache zwischen Arthur und mir.

Ich nahm den Eimer und den Allzweckreiniger aus dem Schrank und lief damit an Mika vorbei. Mit hoch erhobenem Haupt ging ich zu den Toiletten und versuchte mir meine Wut nicht anmerken zu lassen.

In keiner der beiden Kabinen fand ich Erbrochenes. Als ich aus der zweiten Kabine herauskam, betraten Arthur und Spike die Herrentoilette. Arthur grinste hämisch, während Spike sich in der Tür positionierte.

Ich dachte an Majas Messer, das in meiner Jackentasche lag.

»Komm schon!«, sagte ich und ballte die Hand zur Faust. »Gib mir einen Grund!«

»Komisch. Dasselbe wollte ich dir gerade sagen.«

Ich schwang den Eimer und schüttete ihm das Spülwasser ins Gesicht. Spike sprang zur Seite, um dem Schwall Wasser zu entgehen. Arthurs Iro legte sich wie rote Algen auf seine Schläfen. Er spuckte aus.

Ich lachte auf und schaute hinab auf seine grünen Chucks, die über den Boden rutschten. Als er mit einem Fuß zurücktrat, traf seine Faust auf mein Gesicht. Ich ging zu Boden, wurde aber an meinen Haaren auf die Füße gezerrt. Spikes Muskeln spannten sich an, doch er blieb zwischen den Türpfosten stehen und verschränkte die Arme.

Vor Schmerz schrie ich auf und wehrte mich gegen den festen Griff. Arthur drückte mich rücklings gegen die Wand. Ich rammte meine Fingernägel in seine Unterarme. Meine Haare rissen eines nach dem anderen. Ich sah Arthurs grünes Stern-Tattoo und schwor mir, es ihm aus dem Arm zu schneiden.

»Was ist hier los?«, hörte ich Simons Stimme von der Toilettentür her.

»Verschwinde!«, schrie Arthur. »Wir haben hier was zu regeln.«

Spike wich Simon aus, der nun das Männerklo betrat.

»Ich denke, das habt ihr schon auf der Halloweenparty zur Genüge.«

»Verpiss dich! Du bist nur der Handlanger meines Bruders.«

Arthur funkelte Simon über die Schulter hinweg an.

»Und ich passe auf ihn auf. Wer passt auf dich auf?«, fragte Simon mit einer schnellen Kopfbewegung zu Spike.

Der löste seine verschränkten Arme und ballte die Fäuste. Sein Kinn reckte sich in die Höhe.

»Was soll das heißen?«, fragte Arthur.

»Nun. Justin hat Frauen nicht besonders gut behandelt. Jetzt ist er tot.« Simon ging langsam auf Arthur zu. »Theodor scheint der Einzige zu sein, der noch Anstand hat in dieser Familie.«

Arthur ließ mich los. Ich sackte auf die kalten Fliesen und rieb mir die brennende Kopfhaut. Arthur drehte sich zu Simon um und hob die Hand. Simon griff seinen Arm mit einer blitzschnellen Bewegung und drehte ihn auf seinen Rücken.

»Und du.« Simon wandte sich Spike zu. »Du solltest deiner Freundin mehr Respekt entgegenbringen!«

»Sie ist nicht meine Freundin.«

»Man sollte jeder Frau Respekt gegenüber zeigen«, sagte Simon.

Arthur versuchte sich aus dem festen Griff zu befreien. Simon trat ihm in die Kniebeuge, was ihn wie einen angestochenen Ballon zusammensacken ließ.

Die Tür öffnete sich und Mika trat ein. Er sah Arthur an, der vor Simon kniete. Dann wandte er sich Spike zu.

»Nischt in meine Bar«, schrie er, stapfte zu Simon und packte ihn an den Schultern, um ihn von Arthur wegzuziehen.

»Nischt in meine Bar, est-ce que tu comprends?«

»Nein, das …«, stotterte ich. »Das ist nicht, wonach es aussieht.«

»Quoi?«, fragte Mika und hielt inne.

»Arthur hat mich angegriffen«, sagte ich mit Blick zu Spike. »Arthur und sein Freund.«

Verwundert sah Mika zu Spike, der zwei Schritte zurückwich, ihn aber dennoch kühl anstarrte. Mikas Gesichtsausdruck wurde eiskalt. Er packte Arthur am Genick, zog ihn nach oben und stieß ihn aus der Tür.

»Verschwindet! Tout de suites. Tout les deux.«

Arthur stolperte und sah entgeistert zu uns zurück. Simon taxierte Spike abschätzig, der die Szenerie teilnahmslos beobachtete. Er folgte Arthur zur Tür und blieb neben Simon stehen. Sekundenlang taxierten sich beide, während Arthur sein nasses Haar richtete.

»Wisch dir das Blut aus dem Gesicht!«, sagte Simon.

»Welches Blut?«

Simon riss Spike mit einer schnellen Handbewegung das Piercing aus dem Nasenflügel. Irritiert sah Simon auf den Clip, den er zwischen den Fingern hielt. Dann lachte er schallend.

»Du und dein Freund, ihr seid so erbärmlich«, sagte Simon an Arthur gewandt.

Simon warf ihm das falsche Piercing zu. Reflexartig fing er es auf. Spikes wutentbrannter Blick folgte Simon, der mir die Hand reichte. Widerwillig ließ ich mir von ihm hochhelfen.

Arthur und Spike eilten den Flur entlang zum Hinterausgang. Die Tür knallte und wir standen zu dritt vor dem Waschbecken. Mika und Simon schauten mich abwartend an und ich rannte los.

Ich lief in die Küche und schnappte meine Lederjacke, in deren Tasche ich Majas Messer fühlte. Plötzlich fühlte ich mich sicherer.

Wie konnte es sein, dass ich schon zum zweiten Mal von diesem Typen überwältigt worden war? Und zum zweiten Mal musste mich ein Mann retten, damit es nicht zu noch Schlimmerem kam.

Ich verstand Alex' Reaktion vor einer Woche. Auf der einen Seite war ich froh, dass Simon da gewesen war. Auf der anderen Seite verfluchte ich ihn dafür, dass er mich in dieser Situation ertappt hatte. Außerdem verurteilte ich mich dafür, mein Messer hier liegengelassen zu haben. Aber hätte ich es wirklich gegen Spike erhoben?

Als ich mich umdrehte, stieß ich gegen Mika. Er schob mich sanft zurück und schloss die Tür. Wir standen zwischen dem Herd und der Tiefkühltruhe.

Mika stellte sich mir in den Weg, als ich versuchte, an ihm vorbeizugehen. Er legte seine Hände auf meine Schultern.

»Lass mich los!«, rief ich und zog an seinen Armen.

Mika sah mich unverwandt an. »Non.«

»Was willst du von mir?«

Ich hob meinen Kopf. Erst jetzt erkannte ich die Sorge in Mikas Gesicht.

»Was ist passiert?«, fragte er ruhig.

Ich wandte den Kopf ab. Ich wollte sagen, dass es ihn nichts anginge, dass ich weg wollte und dass ich nicht wiederkäme. Ich öffnete den Mund, doch meine Stimme versagte. Tränen stiegen in meine Augen.

Mika machte keinerlei Anstalten, mich zu umarmen oder zu trösten. Ich sah zu ihm auf. Entsetzen stand ihm ins Gesicht geschrieben.

»Es ist nicht so, wie du denkst.«

»Was denke isch denn?«, fragte Mika.

»Du glaubst, er hat mich …«

»'At er nischt?«

Stockend berichtete ich ihm vom ersten Übergriff. Davon, wie Arthur mich verfolgt und Riley mich gerettet hatte; dass ich seither zurückhaltend auf Berührungen reagierte.

»Ünd 'eute 'at er es wieder versücht?«

»Nein. Er wollte sich nur rächen.« Mika sah mich mitleidig an. »Weißt du, ich fühle mich so ausgeliefert und hilflos. Als wäre ich nicht in der Lage, mich zu verteidigen. Das kann ich nämlich. Warum müssen mich immer Männer retten, wenn ich in solche Situationen komme?«

Mika strich mir sanft über die Wange. Ich dachte, er wolle mir eine Träne wegwischen, doch er hielt seinen Finger hoch, an dem Blut klebte. Schnell nahm ich ein Geschirrtuch von der Arbeitsplatte und wischte damit über meine Wange.

Ich bückte mich zum Ofen des Herdes und betrachtete mich in der Spiegelung des Glases. Es war eine kleine Platzwunde über meiner linken Augenbraue, die kaum noch blutete.

»An sisch dürften Frauen gar nischt in solche Situationen kommen.«

»Tun sie aber«, sagte ich.

»Ünd dann liegt es eben an die Männer, die Fehler der anderen Männer auszüradieren.«

Mika lächelte mich väterlich an und nahm mich in den Arm. Ich lehnte mich an ihn und nahm seinen Geruch aus Spülmittel und kaltem Zigarettenrauch war. Wie sehr wünschte ich mir jetzt meinen Vater an seine Stelle. Meine Tränen sickerten in sein weißes Hemd.

»Das hast du schön gesagt«, flüsterte ich schluchzend.

Ein Klicken ertönte und langsam öffnete sich die Tür. Theodor McMillan betrat die Küche. Mika stellte sich vor mich. Ich wischte mir hastig mit meinem Ärmel übers Gesicht.

»Simon hat mir davon erzählt. Wie geht es ihr?«

»Bien«, antwortete Mika abweisend.

»Hey«, rief Theodor. »Ich habe mit der Sache nichts zu tun.«

»Er ist dein Brüder, diese Kretin«, erwiderte Mika. »Bring ihn zur Räson!«

»Das werde ich«, versicherte Theodor mit Nachdruck. »Ich gehe davon aus, dass mein Bruder Barverbot hat?«

Mika nickte. Es entstand eine lange Pause.

»Arthur ist in letzter Zeit …«, begann Theodor, doch Mika unterbrach ihn.

»Red disch nischt mit die Tod von Justin raus! Wag es nischt! Und sag Arthur, er soll seine Geschäfte woanders machen, nischt in meine Bar!«

Theodor hob die Hände und senkte den Blick. »Hab schon gehört, dass er wieder drauf sein soll.«

»Nischt nür er. Auch die Pilgrim ist 'ier aufgetaucht. Und isch 'abe ihm gesagt, er ist 'ier nischt erwünscht. Merk dir das!«

Theodor runzelte die Stirn. »Colin Pilgrim ist wieder im Geschäft?«

»Er scheint mit deine Bruder gemeinsam zu arbeiten. Komisch, dass dü davon nischts weißt.«

»Ja, komisch«, sagte Theodor abwesend.

Nachdem einige Sekunden Stille geherrscht hatte, sah Theodor an Mika vorbei zu mir.

»Darf ich vorschlagen, Julia nach Hause zu bringen?«

»Das darfst dü. Aber sie wird es nischt annehmen.«

Es war eigenartig, dass Mika für mich sprach. Doch im Moment war es mir lieber. Meine Stimme war vom Weinen sicher brüchig.

»Sie kann unmöglich allein nach Hause«, sagte Theodor. »So wie ich Arthur kenne, versucht er, ihr aufzulauern.« Mika nickte. »Vielleicht kann Simon sie bringen?«

»Nein«, sagte ich rasch und wiederholte noch einmal ruhiger: »Nein, danke.«

Mika wandte sich zu mir um. »'Ast dü einen Freund, der disch ab'olen kann?«

9

»Was ist passiert? Deine Nachricht klang …«

Bevor Liam seinen Satz beenden konnte, umarmte ich ihn. Er drückte mich fest an sich und schmiegte seinen Kopf an meinen.

»Was ist passiert?«, fragte er.

»Können wir das bitte nicht hier besprechen?«

Ich spürte, wie Liam sich auf der schwach befahrenen Straße umsah. Die Laternen spendeten ausreichend Licht, um jeden Passanten gut zu erkennen. Als ich mir vorstellte, dass Arthur uns in diesem Moment beobachtete, lief mir ein Schauer über den Rücken.

»Sollen wir zu mir fahren?«, wisperte Liam an meinem Ohr.

Ich gluckste. »Warum klingt die Frage aus deinem Mund nur so versaut?«

»Was wir dann vor Ort machen, ist dir überlassen.«

Langsam löste ich mich von ihm. Er lächelte mich an und reichte mir einen Helm. Wir fuhren durch dichten Nadelwald bis zur Villa der Pilgrims. Der Fahrtwind war eiskalt und kaum ein Auto außer uns auf der Landstraße unterwegs. Allein der Scheinwerfer spendete uns Licht.

Das Eingangstor schwang automatisch auf. Die Lichter in den Fenstern waren bereits erloschen, als Liam seine grüne Kawasaki neben einem weiteren Motorrad und drei Autos in der Garage parkte.

Liam führte mich in die Küche. Bald würde er sein Motorrad gegen ein Busticket tauschen müssen, erzählte er mir, während das Wasser im Wasserkocher brodelte.

Nachdem der Kamillentee aufgebrüht war, setzten wir uns in die Loggia im ersten Stock. Liam stellte das Holztablett mit meiner blauen Tasse und der dazu passenden Teekanne vor mir auf dem Glastisch ab.

Durch die große Fensterfront hatten wir Blick auf den weiten Garten. Der Mond beschien die Baumkronen und in den Beeten standen Solarleuchten, die in warmen Farben schimmerten.

Mit einem aufmunternden Lächeln forderte er mich auf zu reden. Ich berichtete ihm von Arthur und seinem Freund, dessen Namen ich für mich behielt. Stattdessen nannte ich ihn so, wie Spike sich selbst auf Arthurs Feier Damian gegenüber vorgestellt hatte.

»Dieser verfluchte Wichser«, sagte Liam. »Als hätte ihm die Abreibung vor einem Monat nicht gereicht. Holt er sich noch eine von diesem Simon ab.«

»Er hat ihm voll eine runtergehauen.«

»Ja, aber stell dir vor, er wäre nicht dagewesen und du wärst mit ihm und diesem gehirnamputierten Steven allein gewesen! Was da hätte alles passieren können …«

Ich legte meine Hand auf seine. Seine Faust lockerte sich und er ergriff meine Hand.

»Dieser Kerl wird dir immer wieder nachstellen.«

»Es ist doch alles gut gegangen«, sagte ich. »Mika hat mir versprochen, dass er Arthur nicht mehr in seine Bar lässt.«

»Dann lauert er dir eben auf der Straße oder vor der Schule auf. Was soll ihn davon abhalten?«

»Sein Job?«, sagte ich und lachte, doch Liams besorgte Miene blieb. »Was wäre denn die Alternative? Soll ich ihn anzeigen? Was denkst du, wie wütend er dann erst ist? Oder willst du mir einen Geleitschutz besorgen, der mich Tag und Nacht überwacht?«

»Das könnte ich tun.«

Ich stutzte. »Aber es ist sinnlos. Ich denke, Simon hat ihm genug zugesetzt.«

Liam streichelte meinen Handrücken. »Ich rede trotzdem mit meinem Vater. Das kann ich so nicht stehenlassen.«

Ich sah auf seinen Daumen, der innehielt. Seine grünen Augen durchdrangen mich und ein angenehmes Kribbeln durchfuhr meine Haut.

»Soll ich dich nach Hause bringen?«, fragte Liam. »Oder willst du heute Nacht hierbleiben?«

Ich zögerte. »Ich muss meinen Vater anrufen. Das letzte Mal, als ich in den Morgenstunden heimkam, ist er ausgerastet.«

»Und damals war auch Arthur Schuld daran.«

Liam verzog verärgert das Gesicht und erhob sich. Ohne seine Hand auf meiner begann ich zu frieren. Bevor ich mein Handy aus der Hosentasche gezogen hatte, hielt Liam mir seines entgegen.

»Ist kostenlos. Du hast doch ein Prepaidhandy, oder?«

Ich nahm sein Smartphone entgegen. Liam füllte meine Tasse erneut mit Kamillentee. Drei Freizeichen später nahm Ole ab.

»Ja, bitte?«

»Hallo Vati, ich …«

»Wo bist du, Julia?«, blaffte er. »Wir hatten ausgemacht, dass du mich spätestens 22 Uhr anrufst, wenn du später kommst. Es ist fast Mitternacht.«

»Ich bin noch bei einem Freund«, erwiderte ich kleinlaut.

»Alex?«

Tatsächlich hatte ich darüber nachgedacht, Alex anzurufen. Doch Liam war mit seinem Motorrad flexibler. Außerdem war ich ihm keine umständlichen Erklärungen schuldig.

»Liam«, korrigierte sich Ole selbst. »Ich will, dass du sofort nach Hause kommst. Morgen ist Schule.«

»Es ist aber praktischer, wenn ich direkt von hier aus mit ihm …«

»Auf keinen Fall«, unterbrach er mich. »Er fährt Motorrad. Das ist mir zu gefährlich. Ich hol dich ab. Wo muss ich hin?«

»Du hast kein Auto«, sagte ich. »Willst du laufen?«

»Wenn's notwendig ist?«

Ich sah zu Liam hinüber, der meinen wütenden Gesichtsausdruck mit einem Stirnrunzeln quittierte.

»Du hast dich in Garys Bar doch so gut mit ihm verstanden. Was ist dein Problem?«

»Wenn du mir nicht sagen willst, wo Liam wohnt, dann frag ich eben Gary«, sagte Ole.

Sein Kumpel und Besitzer von Vatis Stammkneipe musste wieder einmal Gerüchte über Liams Familie verbreitet haben. Er konnte die Pilgrims nicht leiden. Immerhin nahmen sie ihm mit ihren Clubs und Spielotheken die Kundschaft weg.

»Ich bleib diese Nacht hier«, sagte ich und legte auf.

119

Mit rasendem Herzen sah ich zuerst das Smartphone dann Liam an. Er musterte mich interessiert. Schnell senkte ich den Blick und stand auf.

»Wo kann ich schlafen?«

»Im Gästezimmer«, sagte Liam und führte mich in den ersten Stock. »Das Bett ist frisch bezogen. Wir erwarten morgen Besuch. Aber ich kann es vor der Schule einfach nochmal wechseln. Kein Problem.«

Wir ließen uns erschöpft aufs Bett fallen. Minutenlang starrten wir an die Zimmerdecke.

»Ich weiß nicht, was mein Vater gegen dich hat, ganz im Ernst.«

»Vielleicht hat er die Tageszeitung gelesen?« Ich sah Liam irritiert an. »Da standen heute Morgen ein paar unschöne Dinge über meinen Vater drin.«

»Und zwar?«

»Dass in unseren Clubs mit Drogen gehandelt wird in großem Stil.«

»Wird es nicht?«, fragte ich scherzhaft.

Liam sah mich vorwurfsvoll an und verneinte mit angespanntem Kiefer.

»Es ist eine Schmutzkampagne«, sagte er, »und wir glauben zu wissen, wer sie ins Leben gerufen hat.« Er machte eine kurze Pause. »Mein Großonkel Colin. Ich hab euch schon von ihm erzählt.«

»Ja, beiläufig.«

»Er war schon immer das schwarze Schaf der Familie, hat schon in seiner Jugend geklaut und war wegen Drogenhandels im Knast. Irgendwann hat er die Stadt verlassen und ist in die

Schweiz gezogen. Als mein Urgroßvater vor drei Jahren gestorben ist, kam er wieder.«

»Aber das Erbe ging an deinen Vater«, sagte ich.

»Das hat er nie richtig verkraftet«, sagte Liam. »Ich weiß nicht, was er dachte, was passieren würde. Als ob Marco ihm sein ganzes Vermögen überschrieben hätte. Das ist doch lächerlich. Meine Großmutter und Damians Vater waren die einzig logische Wahl, aber beide waren schon zu alt oder krank, um den Konzern der Pilgrims zu führen. Und sieh dir Damian und meinen Vater an!« Liam deutete mit den Händen zur Zimmerdecke. »Ein unschlagbares Team. Mein Vater ist der Kopf, Damian der Macher. Innerhalb von drei Jahren haben sie unzählige Clubs aufgebaut und populär gemacht. Was hat Colin in der Zwischenzeit getan? Ein Drogenkartell aufgebaut? Als würde so einer zum Erben ernannt werden.«

Liam hatte sich mehr und mehr in Rage geredet und war immer lauter geworden. Dennoch nahm ich seine Stimme immer entfernter wahr. Meine Augen waren geschlossen und mein Kopf wurde schwer. Er machte eine lange Pause.

Dann fragte er leise: »Schläfst du schon?«

»Ja«, sagte ich gähnend.

Liam schmunzelte. »Dann gehe ich in mein Zimmer.«

Als er aufstehen wollte, griff ich nach seinem Handgelenk. Er sah mich verwundert an.

»Kannst du hierbleiben?«, fragte ich. »Bis ich eingeschlafen bin?«

Liam sah mich fürsorglich an. Wieder strich er mir sacht über den Handrücken.

»Ich hol meine Schlafsachen.«

***

Schwer atmend wachte ich auf. Ich setzte mich auf und legte die Hand auf meine Brust. Mein Herz wummerte. Ich versuchte mir die Bilder meines Traums ins Gedächtnis zu rufen. Da waren vermummte Männer gewesen, die mich verfolgten. Ich rannte weg, doch kam nicht von der Stelle.

Die Hälfte des Betts, wo Liam gelegen hatte, war leer. Ich stand auf und ging leise zu meinem Rucksack, um mein Handy zu holen. Es war erst zwei Uhr morgens und ich war hellwach. Ich öffnete die Tür zum Flur, um zur Toilette zu gehen. Ich hatte keine Ahnung, hinter welcher Tür sich eines der vielen Bäder befand. Nur Liams Zimmer kannte ich noch von unserem letzten Treffen.

Ich schlich zu seiner Tür, die einen Spalt breit offen stand. Es herrschte eine unheimliche Stille. Ich schob die Tür auf und flüsterte Liams Namen in die Dunkelheit. Als keine Antwort kam, tastete ich an der Wand entlang und fand den Lichtschalter. Liams Bett war verlassen. Auf einem Stuhl neben dem Bett lagen seine Sachen, die er gestern getragen hatte.

Spikes Bitte trat in mein Gedächtnis. Doch sollte ich ihm wirklich Liams Universalschlüssel besorgen nach der Aktion in Mikas Bar? Auch wenn seine Mittel nicht immer nachvollziehbar waren, so machte dieser Plan jedoch Sinn. Ich konnte zumindest schauen, ob der Schlüssel hier war. Maja hatte gesagt, Liam wäre nachlässig. Vielleicht bewahrte er den Universalschlüssel in seiner Hose auf?

Langsam schlich ich zu dem Stuhl und tastete die Jeans ab. Sie war leer. Einerseits war ich froh darüber, andererseits wusste ich, dass Spike diesen Schlüssel brauchte, um die Unschuld der Pilgrims zu beweisen. Im Grunde tat ich Liam einen Gefallen, indem ich ihm den Schlüssel stahl. Zumindest, solange sein Vater die Sekretärin Frau Köppe nicht getötet hatte.

Ich setzte mich auf die Kante von Liams Bett. Mein Blick wanderte durch den Raum. Er hatte die Fotos an seiner Pinnwand ersetzt. Statt der fremden Feierwütigen vom letzten Mal konnte ich einige Mitschüler erkennen. Deshalb hatte er also von uns dreien Fotos auf dem Schulhof gemacht.

Vor Liams Kleiderschrank lag ein schwarzes T-Shirt. Ich rutschte vom Bett und ergriff das Shirt. Der Aufdruck lautet: Just Do It. Während des Unterrichts hatte es heute kein anderes Thema als Felicitas' Nacktfotos gegeben. Sie hatte nicht sagen wollen, welchem ihrer unzähligen Ex-Freunde sie die Fotos geschickt hatte. Dass sie alle selbst aufgenommen hatte, war allen klar. Aber war die Bettwäsche nicht genauso grün gewesen wie die von Liam?

Geräusche im Flur schreckten mich auf. Zwei Männer murmelten in der Nähe der Tür. Wie erstarrt stand ich da. Die Stimmen wurden lauter. Ich ließ das T-Shirt fallen. Die Zimmertür flog auf. Liam stand vor mir und sah mich gehetzt an.

»Julia«, sagte er.

Hinter ihm stand Theodor McMillan, der mich mit gerunzelter Stirn musterte.

»Wohin?«, fragte er Liam.

»Auf den Dachboden.«

Er nahm meine Hand und zog mich mit sich. Bevor wir sein Zimmer verließen, schaltete er das Licht aus. Wir folgten Theodors Handytaschenlampe durch den Flur.

»Wohin gehen wir?«, flüsterte ich, als wir vor einer Treppe stehenblieben.

Liam wies auf eine Luke über der obersten Stufe. Theodor eilte hinauf und drehte sich zu uns um. Liam griff einen Metallstab, mit dem er durch ein Loch die Luke öffnete. Das Loch passte sich dank der dunklen Holzvertäfelung perfekt der Decke an.

Eine Holzleiter glitt herunter. Liam gab mir mit einer schnellen Kopfbewegung zu verstehen, dass ich vorausgehen solle. Die Panik der beiden steckte mich an. Nervös stieg ich die Leiter nach oben und hob mich auf den Holzboden.

Als Theodor zu mir geklettert war, beleuchtete er mit seinem Smartphone den Dachboden. Es wirkte so sauber und ordentlich, dass ich mich kurz fragte, ob die Pilgrims ihren leeren Dachboden putzten.

Als Liam die Dachbodenluke hinter sich geschlossen hatte, fragte ich: »Was ist hier los?«

Liam legte den Zeigefinger an seine Lippen und sah mich ernst an. Theodor tippte auf sein Smartphone und das Licht erlosch. Wir standen im Dunkeln. Ich atmete tief ein und griff nach Liams Arm. Er zog mich an sich. Gemeinsam gingen wir in die Hocke. Theodor schien uns zu folgen.

Meine Augen gewöhnten sich an die Schwärze. Der zunehmende Mond schien durch ein kleines Dachfenster. Die Männer atmeten ebenso wie ich schwer ein und aus.

»Was ist hier los?«, fragte ich mit zitternder Stimme.

»Einbrecher«, flüsterte Theodor.

Liam drückte mich an sich. »Sie sind vielleicht bewaffnet.«

Mein Herz raste. Ob der Siebenschläfer wusste, wo ich war? Ob er gekommen war, um mich zu holen? Dabei hatte ich mich doch von den McMillans fernhalten wollen.

»Wir müssen die Polizei rufen«, flüsterte ich.

»Pscht.« Liam streichelte über meinen Arm. »Damian regelt das.«

Schritte hallten durch das Haus. Jemand schrie, dann fielen zwei Schüsse. Ich fuhr zusammen und krallte meine Finger in Liams Shirt. Sein Herz wummerte wild an meinem Ohr. Theodor sprang auf. Durch die Schlitze der Luke drang Licht nach oben. Er legte sich flach auf den Boden und spähte in den Flur.

»Liam«, rief eine Frau. »Schatz? Wo bist du?«

»Hier oben!«

Liam stand auf, öffnete die Dachluke und stieg die Leiter nach unten. Theodor und ich folgten ihm. Liams Mutter küsste seine Stirn mehrmals und wiegte ihren Sohn dann in den Armen. Ihre braunen Locken waren vollkommen zerzaust. Als sie Liam losließ, umarmte sie auch Theodor und mich.

»Die Polizei kommt jeden Moment«, sagte Tora und wischte sich über die Wange. »Lasst uns in der Küche warten!«

Sie wandte sich der Treppe zu, doch Theodor hielt sie am Handgelenk zurück.

»Könntet ihr mich da rauslassen?«

Tora sah ihn mit gerunzelter Stirn an, doch schließlich nickte sie langsam.

»Geh in Liams Zimmer!«

125

Theodor lächelte sie dankbar an. Auf dem Weg ins Erdgeschoss hörten wir die Sirenen. Im Esszimmer standen zwei Beamte der Polizei, eine Frau mit kurzen schwarzen Haaren und ein glatzköpfiger Mann. Vincent Pilgrim schilderte gerade die Vorkommnisse.

»Meine Frau und ich haben schon tief und fest geschlafen, als der Alarm losging«, erläuterte Liams Vater. »Ich hab so eine Warn-App auf meinem Smartphone, die mit dem Sicherheitssystem verknüpft ist.«

»Ich bin sofort mit den Kindern auf den Dachboden geflüchtet«, ergänzte Tora.

»Vom Wohnzimmer aus habe ich gesehen, wie drei vermummte Männer durch den Garten aufs Haus zuliefen. Einer trug definitiv eine Waffe. Da habe ich zwei Warnschüsse durch die geöffnete Haustür abgegeben, um sie zu verscheuchen.«

Liams Vater deutete auf die Pistole auf dem Esstisch, die einer der Beamten sofort in Augenschein nahm.

»Sind das Ihre Kinder?«, fragte die Polizistin.

»Nein. Julia ist unser Gast«, antwortete Tora. »Liam ist unser Sohn.«

»Sind außer Ihnen noch irgendwelche Leute in diesem Haus?«

Vincent schüttelte den Kopf. Ich verzog nachdenklich die Lippen. Er sah mich eindringlich an und ich nickte ihm unauffällig zu.

»Ich habe dir gesagt: Wir brauchen einen Panikraum«, rief Tora. »Aber du wolltest nicht hören, Vincent.«

»Beruhig dich, Schatz!«

Herr Pilgrim ging einen Schritt auf seine Frau zu, doch sie wich ihm aus.

»Nein. Was hätte alles passieren können? Stell dir nur vor! Und wir hatten sogar Gäste.«

»Gäste?«, fragte ein Polizist, wobei er die letzte Silbe betonte.

»Zum Glück hattest du die Waffe«, sprach Tora unbeirrt weiter. »Das hat die Einbrecher wohl abgeschreckt.«

»Apropos«, sagte der Polizist mit Vincents Waffe in der Hand. »Könnten wir Ihren Waffenschein sehen?«

»Jetzt muss ich mich auch noch rechtfertigen für die Waffe, die ich zu meinem eigenen Schutz gekauft und eingesetzt habe?«

»Wir sind nicht in Texas«, sagte Tora wütend. »Hol einfach den verdammten Schein aus dem Tresor!«

Vincent Pilgrim spannte den Unterkiefer an, wandte sich aber kommentarlos ab und verschwand mit dem Polizisten im Flur. Liam legte seine Hand auf meine Schulter.

»Und Sie sind eine Mitschülerin von Liam Pilgrim?«, fragte die Polizistin.

»Ja«, sagte ich mit festem Blick. »Julia Morawetz.«

Die Polizistin notierte meinen Namen auf ihrem Notizblock.

»Übernachten Sie öfter bei ihrem Freund?«

Ich runzelte die Stirn. Worauf wollte sie hinaus? Hilfesuchend sah ich Liam an.

»Wir waren gestern Abend noch aus und es wurde spät. Da haben wir entschieden, dass sie hier übernachtet.«

»Sind die Eltern informiert?«

Liam nickte. Nachdem Herr Pilgrim und der Polizist zurückgekehrt waren, durchstreiften die Beamten den Garten und verabschiedeten sich anschließend. Tora lief hinauf, um Theodor zu holen.

»Wo ist Damian?«, fragte Theodor, als er ins Esszimmer getreten war.

»Versteckt sich noch vor der Polizei«, antwortete Liams Vater mit einem verstohlenen Seitenblick auf mich.

»Danke für euer Verständnis«, sagte Theodor.

Tora seufzte. »Wir müssen es nicht noch komplizierter machen, als es ohnehin schon ist. Aber bitte verschwinde jetzt! Ein Gast reicht mir für heute.«

»Natürlich«, sagte Theodor und zog sich seinen Mantel über. »Danke für eure Gastfreundschaft.«

Mai
vor 28 Jahren

»Was würdest du tun, wenn du nur noch ein paar Wochen zu leben hättest?«

Ben zuckte zusammen. »In meinem Alter?«

»Ja«, sagte ich, »auch wenn das unwahrscheinlich ist.«

»Einen Abschiedsbrief schreiben? Mein Testament aufsetzen? Auf jeden Fall würde ich meinen Nachlass regeln. Mich darum kümmern, was danach geschieht.«

Ich nickte nachdenklich. »Ich gehe mit meiner Mutter jede Woche mindestens dreimal zu meiner Tante, um sie zu beschäftigen. Anna ist sehr einsam, weißt du?«

»Besucht sie denn keiner?«, fragte Ben.

»Doch, aber es sind eben gerade die, mit denen sie keinen Kontakt möchte. Ihre Mutter und andere ehemalige Freunde. Menschen, die jetzt aus der Versenkung kriechen und ein schlechtes Gewissen haben.« Ben zischte abfällig durch die Zähne. »Die behandelnden Ärzte sind aber ganz nett. Sie kämpfen wirklich hart, um Annas Lebensqualität zu erhalten.«

Das Wort »Lebensqualität« hatte sich mir ins Gehirn gebrannt. Meine Mutter hatte mir erklärt, wozu Anna die Chemotherapie bekam und die vielen Medikamente einnahm. Man konnte die Ausbreitung der Krebsgeschwüre nicht stoppen. Wir konnten nur dafür sorgen, Annas Lebensende so angenehm wie möglich zu gestalten. Dabei war sie nicht einmal fünfzig Jahre alt.

»Erhaltung der Lebensqualität« war nichts weiter als ein Euphemismus für langsames Verreckenlassen. Ich hätte kotzen können, als mir das bewusst wurde. Aber zumindest waren Annas Schmerzen mit der Zeit abgeklungen. Dafür nahm sie jeden Morgen einen Cocktail an bunten Tabletten.

»Es tut mir wirklich leid für euch«, sagte Ben.

Ich wollte nicht mehr über Annas Tod nachdenken. Nicht an diesem wunderbaren Frühlingstag. Endlich hatten Ben und ich mal einen Tag für uns. Einen Tag, an dem seine neue Freundin Yvonne ihn nicht wie eine Spinne in ihrem Netz gefangen hielt.

Wir hatten uns bei mir Zuhause getroffen und vorgeglüht. Meine Mutter hatte diesen Abend bei Anna verbracht. Gegen Mitternacht waren wir in eine Diskothek gegangen und hatten dort stundenlang gefeiert. Jetzt waren wir auf dem Weg zu Bruce' Wagen.

Auch Annas Sohn Bruce hatte sich eine Auszeit verdient. Vor zwei Jahren war er Vater geworden. Seither kam er kaum mehr raus. Wenn er nicht gerade arbeitete, hielt ihn sein Sohn wach. Sein Schwager Aiden brachte ihn auf andere Gedanken. Zum ersten Mal nach Wochen sah ich ihn wieder einmal lachen.

Aiden Pilgrim plante, seinen achtzehnten Geburtstag in seinem Heimatort zu feiern. Durch die Heirat zwischen seiner älteren Schwester Fiona mit Bruce McMillan gehörte er zur Familie.

Bruce hatte seinen Opel vorsichtshalber entfernt vom Stadtkern geparkt. Zu oft wurden Autos in dieser Gegend aufgebrochen oder von Betrunkenen zerstört.

Wir schlenderten die lange Einkaufsstraße entlang. Die Straßenlaternen warfen orangefarbenes Licht aufs Kopfsteinpflaster. In den beleuchteten Schaufenstern konnte ich die Sommerkollektion erkennen. Neon war offenbar Trend.

Mit großen Schritten holten wir zu Aiden und Bruce auf.

»Das war nur ein C-Cup«, sagte Aiden.

»Nein, eindeutig Doppel D.«

»Laber nicht!«

»Ey, der Barkeeper hat es mir bestätigt«, sagte Bruce lallend.

»Und seit wann vertrauen wir Barkeepern?«

»Ich kenne Marcel … ähm … Marco …«

»Boah, red mir nicht von dem!«, rief Aiden und hob abwehrend die Hände.

»Du kannst deinen Vater noch immer nicht leiden, he?«, fragte ich.

»Nein«, sagte er hastig. »Seit er meine Mutter verlassen hat für diese Schlampe.«

Eigentlich hatte Marco seine ehemalige Frau mit Aidens Mutter betrogen und sie letztlich verlassen. Was keiner wusste: Er hatte nach wie vor Kontakt mit seiner Ex-Frau und zeugte mit ihr einen unehelichen Sohn. Colin war zeitgleich mit Aiden geboren worden.

Aber erst vor zwei Jahren flog sein Doppelleben auf. Marco trennte sich schließlich von seiner Frau und ging zu seiner Ex-Frau zurück.

»Wie geht's deinem Neffen?«, fragte Bruce unvermittelt. »Fiona hat keinen Kontakt mehr zu ihm seit der Scheidung.«

»Vincent? Der ist, glaub ich, ein Stück älter als euer Sohn. Wahrscheinlich wird er alles erben. Er ist einfach Marcos Liebling, weißt du?«

Bruce wies uns den Weg in eine Nebenstraße und wir bogen ab. Die Straßenlampen standen hier weiter voneinander entfernt und warfen einzelne Lichtkegel auf den schwarzen Pflasterstein.

»Wieso erbt keiner von Marcos Söhnen?«, fragte er. »Colin oder du, zum Beispiel.«

»Ich falle raus, weil: falsche Mutter. Und Vincents Mutter ist schließlich die Älteste.«

Aiden lehnte sich zu mir hinüber. Der Alkoholgeruch stach mir in der Nase. Seine Augen funkelten mich wild an.

»Ich sag dir eins«, flüsterte er hinter vorgehaltener Hand. »Manchmal überlege ich, ob ich den Wichser einfach kaltmache.«

Ben blieb abrupt stehen, also stoppte ich auch vor dem Fachwerkhaus.

»Sag das nicht zu laut!«, sagte ich zu ihm.

Aiden drehte sich zu uns um. »Denkst du nie darüber nach?«

»Worüber?«

»Deinen Großvater umzubringen.«

»Spinnst du?«, fragte ich und lachte auf. »Hector ist unser Familienoberhaupt.«

»Ja, na und? Seine Zeit läuft ab. Er ist schon über sechzig. Außerdem: Für die Nachfolge würde ich es tun.«

»Du bist irre, Mann. Richtig irre.«

Ich schob ihn von mir weg. Ben gluckste.

»Ja, das sagen viele«, sagte Aiden.

»Sagen die auch, dass du ein Bastard bist?«, fragte jemand hinter uns am Ende der Gasse.

Wir drehten uns um. Drei Schüler aus Bens Klasse traten in den letzten Lichtkegel. Ich hatte sie in der Disko gesehen. Ihnen voran erkannte ich ein mir sehr vertrautes Gesicht. Blonde Haare, blaue Augen, breite Schultern. Ein Vollblut-Pilgrim.

»Hab gehört, du bist in der Stadt«, sagte Colin. »Wollte es nicht glauben.«

»Hab gehört, du lebst in dieser Stadt. Wollte es nicht glauben«, erwiderte Aiden abschätzig.

Colin Pilgrim rümpfte die Nase, als würde es aus unserer Richtung nach Kuhdung riechen. Langsam durchschritt die Truppe den Lichtkegel, bis sie uns gegenüberstand.

»Habt ihr wegen eures Freunds so lange gebraucht, uns hinterher zu laufen?«, fragte ich und sah den fetten Kerl neben Colin an.

»Hey, wir wollen keinen Stress«, sagte Bruce und trat einen Meter zwischen die Gruppen.

»Wieso?«, fragte ich. »Wir sind vier gegen vier. Auf jeden Fall fair.«

Der Anblick von Bens Klassenkameraden ließ in mir eine Woge Wut aufflammen. Jedes Mal, wenn er mir von einer ihrer Schikanen erzählte, wünschte ich mir, ihnen eine Lehre zu erteilen. Ich wollte ihnen zeigen, dass sie nicht mit jedem machen konnten, was sie wollten – vor allem nicht mit meinem besten Freund.

»Zumal zwei von uns Pilgrims sind«, pflichtete Aiden mir bei und lächelte seinen Halbbruder herausfordernd an.

Er krempelte seine Ärmel hoch. Ich zog meine Jacke aus, denn sie war das Wertvollste, was ich besaß. Mutter würde mich umbringen, ginge sie kaputt.

»Jungs«, sagte Bruce mit Nachdruck. »Fiona wartet mit Theo Zuhause auf mich. Ich …«

»Dann setzt Fetti-Specki da drüben halt aus«, sagte Aiden.

Der dicke Kerl ballte die Fäuste und stapfte auf Aiden zu, doch Colin hielt ihn am Oberarm fest. Bruce schüttelte den Kopf und wich zurück, bis er auf unserer Seite stand.

»Das Muttersöhnchen will sicher auch nicht mitmachen«, warf Bens Mitschüler mit dem Ziegenbart ein.

Ben sah zweifelnd zu mir hinüber. Noch nie hatten wir uns gemeinsam mit ihnen angelegt. Das hier war eine einmalige Gelegenheit. Aiden und Colin taxierten sich, bereit einen Zweikampf auszutragen. Für sie ging es um die Familienehre, mir um die Ehre meines Freundes. Ich nickte Ben zu.

»Natürlich bin ich dabei«, schrie er.

»Dann ist ja gut, Weichei. Aber heul nicht hinterher!«

Ben ballte seine Fäuste und ging auf seinen Mitschüler zu.

»Dann mal los!«, rief Aiden.

Er stürzte sich auf seinen Halbbruder. Colin wehrte den ersten Faustschlag mit seinem Unterarm ab und holte mit der anderen Faust aus.

Meine ganze Aufmerksamkeit galt von da an den drei anderen Gegnern. Die Jungs stürmten auf uns zu. Als mich eine Faust am Kinn traf und zu Boden warf, konnte Bruce sich nicht mehr zurückhalten. Er sprang meinem Angreifer auf den Rücken und rang ihn nieder.

Ben schlug dem Ziegenbärtigen ins Gesicht, doch der zeigte keinerlei Reaktion. Stattdessen griff er nach seinem Unterarm. Er wich flink aus und der Mitschüler ging zu Boden. Triumphal grinste Ben mich an, da trat ihn der dicke Kerl einfach um.

Er landete neben mir auf dem Asphalt und keuchte. Als ihn der Ziegenbärtige am Kragen packte und hochriss, stellte ich ihm ein Bein. Beide fielen zu Boden. Doch das Geräusch des Aufpralls ging in einem lauten Knall unter.

Instinktiv hatte ich die Hände vor mein Gesicht gerissen. Als ich einen Blick durch meine Finger wagte, sah ich Colin. Er starrte auf die Pistole in seiner Hand. Niemand von uns rührte sich.

Colin steckte die Waffe in seine Jackentasche und rannte los. Seine Freunde folgten ihm. Nur der dicke Mitschüler von Ben blieb zitternd stehen und starrte auf Aiden, der am Boden lag. Aus seiner Brust quoll Blut. Bruce rannte zu ihm und ließ sich neben ihm auf die Knie sinken.

»Verschwindet! Sofort!«, rief er zu uns.

Ben und ich standen reglos nebeneinander. Aus der Ferne ertönten Schreie. Schritte kamen näher. Die Polizei fuhr zu dieser Tageszeit Streife. In wenigen Minuten würden sie hier sein. Ich sah meinen Freund beschwörend an.

»Geht schon!«

»Wir müssen … ein Krankenwagen«, stammelte Ben.

Bruce stand auf und rannte auf uns zu. Er packte uns an den Schultern und schubste uns vorwärts.

»Es ist zu spät. Er ist tot.«

10

»Kannst du einfach mal die Fresse halten?«, rief Felicitas.

»Was ist denn?«, kicherte ein Mitschüler und sah auf sein Smartphone. »Ich überlege halt, ob ich mir das Shirt auch zulegen sollte. Sieht irgendwie geil aus.«

Felicitas warf den Kopf hin und her. Neele legte ihr eine Hand auf den Arm. Hilfesuchend sah Felicitas auf zum eintretenden Lehrer, der jedoch ohne Umschweife die erste Formel an die Tafel schrieb.

Noch immer hatte sich niemand zu den Nacktfotos bekannt. Ich wusste nicht, wie ich reagiert hätte, wenn Arthur von mir derartige Bilder veröffentlicht hätte.

Felicitas redete erstaunlich wenig während des Matheunterrichts. Fast tat sie mir leid, aber ich genoss auch ihr Schweigen. Ich hatte nicht gut geschlafen, auch wenn das Gästebett der Pilgrims bequem gewesen war. Außerdem würde es heute noch Stress mit meinem Vater geben. Zu allem Überfluss stand ein Test in Physik an, für den ich nicht gelernt hatte.

Nach der Stunde ging ich auf die Toilette. Ich betrat die letzte Kabine, ließ meinen Rucksack auf den Boden fallen und schloss die Tür. Wenige Augenblicke später betraten zwei Schülerinnen die Toilette. Ich erkannte ihre Stimmen.

»Kann ich mir nicht vorstellen.«

»Wer soll es sonst gewesen sein?«, keifte Felicitas. »Liam ist der Einzige, dem ich die Fotos geschickt habe.«

»Vielleicht hat jemand dein Smartphone gehackt?«, fragte Neele. »Wie steht dein Freund eigentlich dazu?«

Felicitas schluchzte. »Arthur hat sich von mir getrennt.«

»Was? Wann?«

»Gestern Abend. Wir hatten Sex. Dann ist er plötzlich ausgetickt … hat mich angebrüllt und …«

»Was ein Arsch«, sagte Neele.

Sie machte eine lange Pause, in der das Plätschern von den Fliesen widerhallte. Mein Blick traf auf die bemalte Kabinentür. Einer der unzähligen Sticker zeigte ein rammelndes Hasenpärchen, darunter stand in Großbuchstaben: JUST DO IT.

»Aber sieh es doch mal so: Der Typ ist doch sowieso gestört. Was er alles von dir verlangt hat. Denk nur an diese perversen Nummern!«

»Das ist es ja grad«, sagte Felicitas leise. »Ich steh drauf. Mit Liam hatte ich nur Blümchensex, aber Arthur nimmt mich richtig ran. Es ist einfach …«

Ich hatte das Bedürfnis, in die Kloschüssel zu kotzen. Erinnerungen an Arthur stiegen mir ins Gedächtnis.

»Aber er hat dich geschlagen.«

»Da hab ich seinen Vater erwähnt«, sagte Felicitas.

»Kein Grund für eine Schelle.«

Felicitas jaulte auf wie ein Hund, dem man auf den Schwanz getreten hatte.

»Ach, City«, sagte Neele. »Es wird alles wieder gut. In einer Woche haben die anderen diese Fotos längst vergessen. Da ist schon wieder irgendwas anderes Thema.«

»Aber die Fotos lassen sich nie wieder löschen. Das zahl ich Liam heim.«

Neele schwieg. Felicitas schnäuzte sich. Ich hörte das Klirren von Gürtelschnallen und die Toilettenspülung. Sie öffneten die Kabinentüren, gingen zum Waschbecken und verließen die Toilette.

Als ich auf den Schulhof trat, ging ich zu Carina und Alex, die sich in der Nähe der Fahrradständer unterhielten. Wenig später kam Liam zu uns. Er fragte Carina nach ihren Notizen in Physik, weil er Lücken im Bereich Thermodynamik hatte.

Alex schaute währenddessen stur zur Turnhalle. Sein Blick war so finster wie die Gewitterwolken, die auf uns zuzogen. Er kaute auf der Unterlippe, bis er seinen Rucksack über die Schulter warf.

»Ich glaub, ich hab was im Raum vergessen«, sagte er und verschwand im Schulgebäude.

»Liegt's an mir?«, fragte Liam.

»Er kann dich nicht sonderlich gut leiden«, sagte ich.

Carina sah mich tadelnd an.

»Ist doch wahr. Warum sollten wir lügen?«

Liam seufzte. »Hat er was gegen mich, weil ich ein Pilgrim bin?«

»Das hab ich nicht gesagt.«

»Aber es stimmt, oder?«

Ein Blitz durchzog die Wolken am Horizont.

»Wahrscheinlich denkt er wie die anderen, dass du die Nacktfotos von Felicitas veröffentlicht hast«, sagte ich.

»Wer sagt das?«

»Felicitas und Neele.«

Carina sah Liam fragend an, doch er schwieg.

»Hast du?«, fragte ich.

Liam rollte mit den Augen. »Dass du mir sowas zutraust.«

»Hast du die Nacktfotos veröffentlicht?«, fragte ich eindringlicher.

Er verzog grimmig den Mund. »Nein.«

»Aber die Fotos sind bei dir entstanden.«

»Ja, auf meinem Bett. Und ja, ich habe die Fotos auf meinem Smartphone. Aber ich habe sie nicht in den Klassenchat gestellt. Das war Tommy.«

»Und von wem hat er die Fotos?«, fragte Carina.

»Woher soll ich das wissen?«

Liams Stimme war lauter geworden. Carina runzelte die Stirn und er griff seinen Rucksack.

»Ich bin euch keine Rechenschaft schuldig.«

»Na toll. Jetzt wollen weder Alex noch Liam bei uns stehen«, sagte Carina, während sie Liam nachsah.

Als wir im Physikraum saßen, durchblätterte ich meinen Hefter, um den Test wenigstens zu bestehen. Ein paar Mal drehte ich mich zu Alex um, der in der letzten Reihe saß und abwesend mit dem Stift auf seinem Block trommelte. Die Klingel ertönte und unsere Lehrerin verteilte die Aufgabenblätter. Ich starrte auf die erste Frage, ohne den Sinn zu erfassen. Ich dachte an Alex und seinen Vater.

Konnte ich das Risiko eingehen, Alex in die Ereignisse der letzten Wochen einzuweihen? Immerhin wusste er bereits von meinem Treffen auf Spike. Wenn er sein Wissen mit Alex' Vater teilen würde, wäre der Siebenschläfer vielleicht schon längst gestellt. Zudem würde Herr Hartmann den Siebenschläfer – soweit er es war, der die aktuellen Morde begangen hatte – ins Gefängnis bringen und keine Selbstjustiz üben.

»Julia. Bitte konzentrier dich auf deinen Test!«

Mein Gesicht wurde heiß, als ich merkte, dass mich die Lehrerin und meine Mitschüler anstarrten. Nur Felicitas, die vor mir saß, blickte nicht von ihrem Test auf. Ich presste meine Lippen aufeinander und senkte den Kopf. Erneut las ich die Textaufgabe und blickte nur noch einmal über die Schulter. Alex sah kurz auf. Sein Mundwinkel zuckte.

Alex hatte noch sechs Stunden, ich mit Musik eine Stunde mehr. Nach dem Test schrieb ich ihm eine SMS und fragte, ob wir uns heute treffen wollten. Allein, ohne Carina. Die wusste schon genug von Arthur.

Nach der letzten Stunde fuhr ich mit dem Bus zum Stadtpark. Ich schlenderte summend den Hauptweg entlang. Das Thema von Richard Wagners ›Ritt der Walküren‹ waberte durch meinen Kopf, während ich der langen Hecke bis zum Kinderspielplatz folgte. Die roten Stechpalmenbeeren sahen aus wie Blutstropfen, die aus den Ästen quollen.

Am Ende der Hecke hörte ich ein bekanntes Lachen. Ich blieb stehen und lugte um die Ecke. Neele und Felicitas saßen auf dem runden Schaukelnetz und schwangen sacht hin und her. Felicitas lehnte sich mit einer Zigarette im Mund zurück und ließ ihr langes, blondes Haar im Wind schwingen. Neele fotografierte sie mit ihrem Smartphone. Ich war ein wenig beruhigt, Felicitas wieder lachen zu sehen.

Ich sah auf mein Handy und öffnete Alex' letzte SMS:

»Harpyien besetzen den Spielplatz. Musste mich in Sicherheit bringen. Wollen wir Tischtennis spielen?«

Ich sah zu den Tischtennisplatten, die ein paar hundert Meter weiter entfernt standen. Alex lag auf einer der Platten, die Hände hinterm Kopf verschränkt. Er hatte die Augen geschlossen und die Brille mit den runden Gläsern neben sich gelegt.

»Du blockierst die Platte.«

»Na, und?«, sagte er mit geschlossenen Lidern. »Will doch eh keiner spielen nach dem Unwetter.«

Alex' schwarzer Mantelsaum war durchnässt. Wahrscheinlich hatte er damit die Tischtennisplatte abgewischt.

»Du Penner«, sagte ich mit Blick auf die Bierflasche.

Alex griff blind nach dem Flaschenhals neben sich und richtete sich langsam auf. Er blinzelte mich an, nahm einen Schluck und hielt mir die Bierflasche entgegen. Ich setzte an und verzog das Gesicht.

»Und? Wie geht's eurem Sahneschnittchen?«, fragte Alex grinsend.

Ich stieß die Flasche gegen seine Schulter und setzte mich neben ihn.

»Wie ist dein Physiktest gelaufen?«

»Sicher genauso beschissen wie deiner«, sagte er, »wenn du so viel Zeit hattest, mich beim Versagen zu beobachten.«

Ich gab ihm die Bierflasche zurück. Er schwang sie, sodass der Inhalt gluckernde Geräusche von sich gab. Der Wind rauschte durch die Stechpalmen, in denen Amseln Verstecken spielten.

»Meinst du, Liam hat die Nacktbilder veröffentlicht?«, fragte ich.

Alex nickte.

»Ich trau es ihm zu. Immerhin ist Felicitas seine Ex und … irgendwie hat sie es auch verdient.« Ich sah ihn schockiert an. »Ist doch wahr. Wenn sie mit jedem x-beliebigen Typen pennt und die genauso abfuckt wie uns, braucht sie sich nicht zu wundern. War nur eine Frage der Zeit, bis ein Ex-Freund sie bloßstellt.«

»Noch lange kein Grund, ihre Nacktfotos zu veröffentlichen«, sagte ich.

Alex musterte mich fragend. »Mein Video ist auch ungefragt online gegangen und ich musste die Konsequenzen tragen. Muss Felicitas jetzt halt auch.«

»Hätte sie diese Fotos doch nie gemacht.«

»Denkt sie sich bestimmt selbst gerade«, sagte Alex. »Bleibt halt nichts geheim in der heutigen Zeit.«

Ich dachte an die Geheimnisse, die ich vor meinen Freunden hatte. Carina wusste zumindest von Arthur. Aber ob ich ihnen jemals vom Drohbrief des Siebenschläfers, der Suche nach ihm und dem Team um Spike erzählen würde, wusste ich nicht.

Alex pulte das Etikett von der braunen Glasflasche.

»Ich muss dir was beichten«, sagte er. Ich hob eine Augenbraue. »Vor einem Monat. Da hab ich auch mal was Blödes gemacht.«

»Was? Nacktbilder veröffentlicht?«, fragte ich und lachte auf.

Sein ernster Gesichtsausdruck ließ mich verstummen.

»Ich war wütend auf Liam. Ich hatte euch zusammen auf dem Pausenhof gesehen, wie er Carina und dich umworben hat.« Er imitierte einen Würgereflex. »Und da hab ich …«

»Was hast du getan?«

Alex zuckte mit den Schultern. »Ich hab seinen Motorradreifen zerstochen.«

»Das darf doch nicht …«, platzte es aus mir heraus. »Bist du total bescheuert?«

Er rückte ein wenig von mir weg.

»Es war nur ein Reifen«, sagte er.

»Nur ein Reifen?«

Ich atmete heftig. Liams zerstochener Reifen hatte uns damals dazu gezwungen, einen Taxistand zu suchen. Dabei hatte uns Arthur abgepasst. Wegen Alex hatte Liam später eine Ohrfeige von seinem Vater kassiert, seinetwegen waren Liam und ich uns daraufhin aber auch näher gekommen. Ich konnte nicht glauben, dass diese kleine Racheaktion solche Auswirkungen gehabt haben konnte.

»Was hattest du da zu suchen?«, fragte ich mit gefasster Stimme.

»Bin zufällig vorbeigekommen.«

»Mitten in der Nacht? Verarsch mich nicht!«

»Okay, okay.« Alex rollte mit den Augen. »Ich bin euch gefolgt. Hab gehört, dass ihr abends ins Blue Nine wollt. Und dann bin ich da halt nachts vorbei und … ich wusste ja, dass Liam eine grüne Kawasaki fährt.«

Ich schüttelte den Kopf. »Warum?«

»Ich war … eifersüchtig«, sagte Alex mit gesenktem Blick. Die halbleere Bierflasche ließ er zwischen den Fingern baumeln. »Tut mir leid. Ich … ich hab's direkt bereut, als ich Zuhause ankam. Als ich dann von Carina gehört hatte, dass ihr in eine Schlägerei geraten seid …« Er sah mich aus dem Augenwinkel an. »Dir ist damals nichts passiert, oder?«

»Nein.«

An diesem Abend nicht, dachte ich, weil Liam da gewesen war. Es war wie ein Schmetterlingseffekt. Eine einzige Tat beeinflusst das gesamte Leben eines Menschen. Hätte ich Spike nicht damals auf dem Damenklo getroffen, hätte ich nie einen Drohbrief erhalten. Hätte der Siebenschläfer damals nicht Spikes Eltern getötet, wären Anwalt Hanssen und sein Chauffeur noch am Leben und Christian nicht im Gefängnis. Hätte Alex nicht Liams Reifen zerstochen, wären wir nicht in die Schlägerei mit Arthur geraten.

»Liam hat mich an diesem Abend gegen diesen Betrunkenen verteidigt«, erklärte ich. »Sonst wäre er über mich hergefallen.«

Alex sah mich mitleidig an. »Das tut mir wahnsinnig leid.«

»Ich weiß.«

Ich legte meine Hand auf seinen Unterarm. Er griff schnell nach meiner Hand.

»Du hättest mir davon erzählen müssen.«

»Was hat Carina ausgeplaudert?«, fragte ich genervt.

»Nur, dass euch damals ein Typ aufgelauert hat«, sagte er und stockte. »Wieso? Ist da noch mehr?«

Ich wich seinem Blick aus. Er drückte meine Hand fester.

»Ich denke, ich muss dir auch was beichten.« Alex betrachtete mich wachsam. »Kannst du dich an den Typen erinnern, den ich im Kaufhaus getroffen habe?«

***

Auf dem Weg zu meinem Wohnblock machte sich ein unangenehmes Flattern in meinem Bauch breit. Es fühlte sich an, als wäre ein Schwarm Hornissen aus ihrem Nest aufgescheucht worden.

Unschlüssig blieb ich vor der Wohnungstür stehen und drehte meinen Schlüssel in der Hand. Ich musste hinein, aber wollte noch ein paar Sekunden die Ruhe im leeren Hausflur genießen, bevor es laut wurde.

Das Schloss klickte leise und ich versuchte das Knarzen der Tür zu unterdrücken, indem ich sie so langsam wie möglich aufschob. Schnell schlich ich an Oles Schlafzimmer vorbei zu meinem Zimmer. Dort erst zog ich meine Lederjacke und die roten Chucks aus.

Da drang schon die strenge Stimme meines Vaters durch den Flur. Ich zuckte zusammen. Mein Herz pochte stärker als auf Liams Dachboden.

Die Tür öffnete sich langsam und mein Vater blieb im Türrahmen stehen. Er musterte mich von Kopf bis Fuß. Mit unbeugsamem Blick trat er auf mich zu. Seine Muskeln spannten sich an und die breiten Schultern ließen ihn wie einen Berserker erscheinen. Ich stand von der Bettkante auf.

»Was hast du dir dabei gedacht?«, fragte er drohend.

Ich blickte ihn unschuldig an. »Wobei?«

»Einfach aufzulegen. Nicht zurückzurufen. Ich hab mir Sorgen gemacht.«

Ole blieb vor mir stehen. Ich wich ihm aus und ging zu meinem Schreibtisch. Er blickte mich zornig an.

»Ich will nicht, dass du dich weiterhin mit diesem Jungen abgibst.«

»Er hat einen Namen«, sagte ich.

»Dieser Liam Pilgrim ist kein Umgang für dich.«

»Und deine Kumpels sind kein guter für dich.«

Ole machte einen Ruck nach vorn. Ich zog die Schultern hoch und hielt meine Hände vor mein Gesicht. Seine geballte Rechte schwang einige Zentimeter empor. Ich kniff die Augen zu.

Einige Sekunden passierte nichts. Ich hörte nur Vatis schweren Atem. Ich blinzelte. Ole stand mit entrüstetem Gesichtsausdruck vor mir. Er hatte die Hand gesenkt. Ich roch seine Schnapsfahne und den Geruch von Zigaretten, der an seinem Pullover haftete. Wahrscheinlich hatte er die letzte Nacht in seiner Stammkneipe verbracht.

Vati ließ sich wie ein nasser Sack auf die Matratze fallen. Ich setzte mich auf meinen Bürostuhl und sah ihn entschuldigend an.

»Ihr habt euch doch vor einem Monat super verstanden«, sagte ich. »Was hat sich geändert?«

Oles Kopf sank auf seine Brust, als er mit tiefer Stimme wiederholte: »Die Pilgrims sind kein Umgang für dich.«

Ich sah wütend zu Boden. »Meinst du Liam oder seinen Vater?« Sekundenlang kam keine Antwort. »Oder Colin?«

»Was weißt du über Colin Pilgrim?«, fragte mein Vater gedehnt.

Ich hatte ein Déjà-vu. Doch im Gegensatz zu Spike wollte ich meinem Vater nicht die Wahrheit sagen. Sonst dachte er womöglich noch, ich würde Drogen nehmen oder dergleichen.

»Er besitzt, genauso wie Vincent Pilgrim, einige Bars.«

»Und Puffs«, sagte Ole. »Und Saunaclubs, und Striplokale, und Tabledance Bars … Gary sagt, auch Liams Vater steckt da mit drin. Die Nachtclubs sind nur Tarnung für diverse andere Geschäfte. Du hast sicher davon gehört, dass in den Clubs Drogen verticktt werden.«

»Das schreiben die Klatschblätter«, sagte ich.

»Ja. Aber schon einige Pilgrims haben ihr Leben auf der Straße verloren. Colins Halbbruder Aiden zum Beispiel. Gary hat mir erzählt, dass er ihn kannte. Sein Mord wurde nie aufgeklärt. Ich will einfach nicht, dass du in dieses Milieu hineinrutschst.«

»Denkst du, ich nehme Drogen? Oder bin eine Hure?«, fragte ich.

Vati sah mich finster an.

»Du trägst andere Sachen als früher«, sagte er. »Du bist bis spät in die Nacht weg. Ich sehe dich nur morgens, wenn du zur Schule gehst – wenn du wirklich zur Schule gehen solltest …«

Ich fuhr ihm ins Wort: »Also schwänze ich auch noch? Gut zu wissen.«

»Wo bist du den ganzen Tag? Bei Liam?«

»Nein«, sagte ich. »Nicht den ganzen Tag. Ich kellnere wieder, okay?«

»Wo?«, fragte mein Vater misstrauisch.

»In einer Bar.«

»Was für einer Bar?«

Ich atmete gepresst aus. »Im Pont Neuf. Es wird von einem Franzosen geleitet. Er ist ein netter Kerl.«

»Was für Typen gehen da ein und aus?«

»Normale Menschen«, sagte ich und stöhnte. »Der Bürgermeister zum Beispiel. Die Gäste sind okay, verstanden?«

»Ich will einfach, dass es dir gut geht«, nuschelte Ole.

Ich setzte mich neben ihn auf die Bettkante. Als ich meine Hand auf seinen Oberschenkel legte, ergriff er sie.

»Das weiß ich«, sagte ich. »Aber Liam ist wirklich keine Bedrohung für mich.«

»Pass einfach auf dich auf!«

Ich nickte. Er legte seinen Kopf auf meine Schulter. Seit langer Zeit schloss ich meinen Vati wieder in den Arm. Es fühlte sich tausendmal besser an als Mikas Umarmung im Pont Neuf.

11

Am nächsten Tag lud Liam mich zu einem Rockkonzert ins Blue Nine ein. Die Fans standen dicht gedrängt vor der Bühne, auf der vier Männer in karierten Hemden standen. Der Schwarzhaarige zupfte die Saiten der Gitarre, während der Frontsänger eine Ballade über seine letzte Trennung sang.

Liam kehrte von der Bar zurück und reichte mir eine Pina colada. Unser runder Stehtisch stand weit genug entfernt von der Bühne, dass wir von der Nebelmaschine verschont blieben. Ich nahm das Ananasstück vom Glasrand und biss hinein. Er nippte an seinem Caipirinha.

Seit Liam mich abgeholt hatte, umgingen wir das Thema Felicitas.

»Ich hab meinem Vater von den Nacktbildern erzählt«, sagte Liam am Ende des Songs. »Er versucht die Fotos aus der Welt zu schaffen.«

»Ich denke, du hast damit nichts zu tun?«, fragte ich vorsichtig.

»Hab ich auch nicht.« Liam sah mich intensiv an. »Aber wenn alle denken, dass ich es war, will ich das aus der Welt schaffen. Meine Unschuld beweisen kann ich eh nicht.«

»Und das geht so einfach? Fotos verschwinden zu lassen?«

»Mit den richtigen Mitarbeitern geht alles.« Er grinste mich an. »Kompetenz wird in unserer Firma groß geschrieben.«

Er sah an mir vorbei und ich folgte seinem Blick. Liam griff nach seinem Glas und wies mit dem Zeigefinger zu den Separees. Ich folgte ihm in den Nebenraum.

Maja und Damian redeten mit einem Mann, dessen Muskeln sich unter einem weißen Achselshirt abzeichneten. Um den Hals trug er zwei blinkende Kettchen. Seine Brust und seine Arme waren voller Tribal Tattoos.

In der Mitte des Raums stand ein runder Tisch, der fast vollständig von einem schwarzen Ledersofa umgeben war. Eine Metallstange erstreckte sich bis zur Decke. Die Drei waren von einem matten Dunst umgeben, der durch die Tür waberte, bis Liam sie hinter uns schloss.

Ich dachte an den Kommentar meines Vaters über die Saunaclubs und Puffs, die die Pilgrims besitzen sollten.

»Du rauchst, Maja?«, fragte Liam. »Das wusste ich gar nicht. Bekomm ich auch eine?«

Maja taxierte mich verstohlen. »Manchmal kann man sich ruhig mal was gönnen. Außerdem teile ich mir nur eine Zigarre mit Damian.«

»Du bist minderjährig, mein Kleiner«, beantwortete Liams Onkel seine zweite Frage. »Und du weißt, was dein Vater vom Rauchen hält.«

Liam verzog die Mundwinkel und sah mich von der Seite an. »Mein Großvater ist an Lungenkrebs gestorben.«

»Nachdem er jahrzehntelang gequalmt hat wie ein Schlot«, fügte Damian hinzu.

»Ach komm, lass mich wenigstens einmal ziehen!«, sagte Liam.

Damian schüttelte den Kopf. Liam setzte sich neben Maja auf die Couch. Sie lächelte ihn mütterlich an und reichte die Zigarre Damian, der ein letztes Mal an ihr zog und sie im Aschenbecher ausdrückte.

»Im Grunde herrscht in den Bars der Pilgrims absolutes Konsumverbot«, sagte Damian, »Keine Drogen. Weder Ecstasy noch Zigaretten.«

»Aber Alkohol?«, fragte ich und stellte mein Glas auf den kleinen Tisch.

Als ich mich auf das Ledersofa setzte, nickte Damian mir anerkennend zu.

»Solange ihr uns nicht verpfeift, ist doch alles save«, sagte Damians tätowierter Freund.

»Und wenn die Jugendschutzbehörde kommt und Fragen stellt?«

»Dann machen wir es wie immer.« Damian grinste Liam ins Gesicht.

Unisono beendeten sie den Satz: »Wir kaufen die Behörde.«

»Ja, toll. Sehr erwachsen, Jungs«, winkte ich ab.

Liam wandte sich Damians Freund zu und begrüßte ihn mit einem Handschlag.

»Hey, Alter. Wie geht's?«

»Nenn mich nicht Alter! Ich bin jünger als dein Vater.«

»Stimmt. Und wie sieht's bei dir aus?«

»Von meiner Zigarre bekommst du keinen einzigen Zug«, sagte der Tätowierte. »Dein Vater würde mich umbringen.«

»Nein.« Liam verdrehte die Augen. »Ich meine, was du hier machst.«

»War grad noch mit Damian unterwegs. Und als ich diese wunderschöne Frau gesehen habe, mit der sich der Gute trifft«, er zwinkerte Maja zu, »da dachte ich: Die muss ich näher kennenlernen.«

»Du hast dich also wie immer einfach selbst eingeladen.«

»Hallo? Zur Halloweenfeier hatte ich immerhin eine schriftliche Einladung.«

Liam und er witzelten weiter herum, während Damian mir erklärte, dass sie sich vom Boxen kannten. Am Nachmittag hätten sie noch gemeinsam im Ring gestanden.

»Und Damian ist so was von aus der Form. Das glaubt man nicht«, sagte sein Kumpel grinsend.

»Musst du gerade sagen.«

»Also ich kann bestätigen, dass Damian so ganz und gar nicht außer Form ist«, sagte Maja und warf ihm einen Luftkuss zu.

Damians Freund wandte ein, dass es beim Boxen auf Technik ankäme und sein Partner unregelmäßig zum Training erscheinen würde.

»Damian war eine Zeit lang in U-Haft. Da kam er gar nicht. Und in letzter Zeit ist er ständig mit seinem Cousin unterwegs. Man bekommt ihn nur noch verdammt selten zu sehen.«

Ich sah Damian mit hochgezogenen Augenbrauen an. »Du warst im Knast?«

»Ja, war eine dumme Sache«, antwortete er und sah beschämt auf den Tisch.

»Er hat einen Unfall gebaut, bei dem ein Kind verletzt wurde«, sagte Liam leise.

»Lebt das Kind noch?«

»Es liegt im Koma … immer noch.«

Damian nickte. »Es hat sich herausgestellt, dass das Kind die Straße bei Rot überquert hatte. Deshalb wurde ich freigesprochen. Es muss schrecklich sein für die Eltern.«

Wir schwiegen.

Der Tätowierte legte Damian eine Hand auf die Schulter. »Dich trifft keine Schuld.«

Damian sah ins Nichts. Maja lächelte gequält, und sagte, dass sie aufs Klo wolle. Sie sah mich auffordernd an und ich erhob mich. Liams Spruch über Mädchen und gemeinsame Klogänge ignorierte ich geflissentlich.

Als wir vor den Waschbecken standen, fragte ich sie: »Wusstest du von dem Unfall?«

Sie nickte. »Er hat mir davon erzählt. Aber ich denke nicht, dass er ganz die Wahrheit sagt.«

»Nicht?«

»Er fährt immer noch genauso rasant wie vor zwei Jahren«, erklärte sie. »Außerdem wirkte seine Antwort wie auswendig gelernt. Mir hat er vor einer Woche genau dasselbe erzählt.«

»Und deshalb hältst du es für eine Lüge?«

Maja hielt ihre Hände unter den Wasserstrahl. »Gutes Lügen will gelernt sein. Du musst so nah an der Wahrheit bleiben, dass der Übergang zur Lüge verwischt. Selbst du musst die Lüge irgendwann glauben.«

Maja zog ihren pinken Lippenstift vor dem Spiegel nach und machte eine kurze Pause.

»Das mit der roten Ampel glaube ich nicht. Ich glaube, dass er zu schnell unterwegs war. Vielleicht hat er sogar an einem Autorennen teilgenommen wie damals am Hafen. Irgendwer muss die Zeugen bestochen haben, dass sie aussagen, das Kind sei bei Rot über die Straße gelaufen.«

Maja sah mich durch den Spiegel traurig an.

»Und du meinst, das war Vincent?«

»Vielleicht. Es gibt aber auch eine zweite Möglichkeit, um zu lügen. Du sagst einfach die halbe Wahrheit und lässt es darauf beruhen. Wer nicht nachfragt, will belogen werden.« Ich runzelte die Stirn und Maja fuhr fort. »Damian hat gar nicht gelogen. Es war Rot und das Kind ist gegangen. Wessen Ampel rot war, musste er nicht sagen, weil wir alle dasselbe hineininterpretiert haben.«

»Gehst du auch so vor, wenn du lügst?«, fragte ich.

Maja lächelte mich an. »Damian weiß von Christian und seiner Straftat. Er denkt aber, dass Christian mein Ex ist und Hanssen mein damaliger Freund, den er aus Eifersucht ermordet hat. Ich habe das so nie gesagt, seine Vermutung aber auch nicht dementiert.«

»Christian ist also nicht dein Ex?«

»Nein«, sagte sie. »Wir sind nur Partner gewesen. Mit Teammitgliedern würde ich nie ins Bett steigen. Da kann zu viel kaputtgehen.«

»Und mit Spike?«, fragte ich.

»Mit Spike war ich einmal in Versuchung, gebe ich zu.« Ich hob eine Augenbraue. »Als er aus der U-Haft entlassen wurde. Als wir wussten, dass Christian verurteilt wird und nie wiederkommt. In dieser Nacht kam es fast dazu. Danach haben wir uns geschworen, dass wir niemals etwas zwischen uns kommen lassen, nicht einmal Sex.«

Ich nickte nachdenklich und trocknete meine Hände ab.

»Ihm tut die Sache vor ein paar Tagen in Mikas Bar übrigens sehr leid«, fuhr Maja fort. »Spike war noch bis morgens um drei mit Arthur in den Bars unterwegs, um sicherzustellen, dass er dir nicht noch vor der Haustür auflauert.«

»Soll ich jetzt dankbar dafür sein?«, fragte ich.

»Solltest du.« Maja sah mich eindringlich an. »Spike tut sein Möglichstes, um dich da rauszuhalten.«

»Er hat mich doch erst da reingebracht.«

»Eben drum.« Sie lehnte sich rücklings gegen das Waschbecken. »Deshalb sieht er es als seine Aufgabe an, dich zu schützen. Egal, was dir zustoßen sollte, er würde sich selbst die Schuld daran geben.«

»Wäre ja auch seine Schuld«, sagte ich und wandte mich der Tür zu.

Als ich die Schwingtür aufstoßen wollte, betrat eine Frau die Damentoilette. Ich wich zurück und prallte beinahe gegen Maja. Als die Frau in einer Kabine verschwand, hielt Maja eine Hand unter den Lufttrockner neben uns. Das Sausen übertönte ihre geflüsterten Worte.

»Dein Hinweis zur Unterschrift des Siebenschläfers hat übrigens keine neuen Erkenntnisse gebracht. Weder Rileys noch Simons Unterschrift passt zum Drohbrief. Leider.«

»Was ist, wenn Arthur ihn geschrieben hat?«

Maja legte den Daumen an ihr Kinn. »Warum sollte er das tun?«

»Keine Ahnung. Ich traue ihm alles zu, genauso wie Spike.«

Die Kabinentür öffnete sich und die Frau trat ans Waschbecken. Eine peinliche Stille entstand zwischen uns. Sie wischte sich ihre nassen Hände schließlich an ihrem Satinrock ab und ging hinaus.

»Okay. Bist du bereit?«

»Wozu?«, fragte ich irritiert.

Maja richtete den Ausschnitt ihres Kleids und seufzte.

»Du holst dir Liams Schlüssel, ich sorge für die Ablenkung. Abgemacht?«

»Stimmt. Du willst Liams Schlüssel klauen.«

»Er trägt ihn heute in der Hosentasche. Es sollte kein Problem darstellen für dich.«

Eigentlich nahmen wir Liam seinen Schlüssel nur ein paar Minuten weg. Das Fehlen würde ihm gar nicht auffallen.

Maja und ich gingen zurück ins Separee. Damians Freund war verschwunden.

»Da seid ihr ja«, rief Damian. »Wir waren kurz davor, eine Stripperin zu bestellen, um die Zeit zu überbrücken.«

Maja zog sich prompt an der Stange hoch auf den Tisch. Mit den grünen High Heels schob sie gekonnt unsere Gläser zur Seite.

»Wozu Geld ausgeben, wenn man es auch umsonst haben kann?«

Liams Mund stand offen, während Damian süffisant lächelte. Maja ging in die Hocke und präsentierte ihm den Reißverschluss ihres moosgrünen Kleids. Er öffnete ihn langsam, sah ihr dabei jedoch tief in die Augen.

Sie streifte das Kleid ab, während sie sich aufrichtete. Als sie den Stoff fallen ließ, schnappte Liam neben mir nach Luft. Maja setzte ihr verführerischstes Lächeln auf und ich musste grinsen. So sprachlos hatte ich Liam noch nie erlebt.

Nur mit einem weißen Spitzen-BH und Tanga bekleidet begann Maja, sich an die Polestange zu schmiegen. Grazil legte sie die Hände über sich ans Metall. Dann ging sie vor uns in die Hocke und präsentierte ihren Schritt. Ich schielte zu Liam, der Majas Bewegungen wie hypnotisiert folgte.

Meine Hand wanderte über die Ledercouch bis zu seiner Jeanshose. Dummerweise stieß ich dabei gegen seine Hand. Sein selbstgefälliges Grinsen verriet mir, dass er die Situation fehlinterpretierte. Maja fuhr Liam durchs blonde Haar. Er wandte sich ihr zu.

»Du hast wunderschöne Goldsträhnchen«, säuselte sie. »Wie dein Vater.«

Ich zog den Schlüssel aus seiner Tasche und schob ihn unter meinen Po. Liams Handfläche blieb flach neben mir auf dem Sofa liegen, als Maja sich auf seinen Schoß setzte. Ich biss mir auf die Unterlippe.

Damian lehnte sich zurück und beobachtete seine Freundin wachsam. Nach einem Blick zu seinem Onkel legte Liam eine Hand auf Majas Taille. Ihr Gesicht kam Liams so nahe, dass er die Lippen spitzte. Doch sie wandte ihren Kopf ab und zog mich sacht am Ärmel in ihre Richtung. Ihr flüchtiger Kuss traf mich völlig unvorbereitet.

»Nicht auf der Lippe rumbeißen, Schätzchen!«

Maja schielte zur Seite. Ich folgte ihrem Blick und sah ihre Handtasche, die sie neben mir abgestellt hatte. Während die Männer Maja folgten, die sich wieder gegen die Stange lehnte, schob ich den Schlüssel in ihre geöffnete Tasche.

Elegant klemmte Maja die Polestange in ihre linke Kniekehle, um sich mithilfe einer Hand herum zu schwingen. Ihre langen, blonden Haare streiften mein Gesicht. Ich lehnte mich zurück.

»Turnt dich das an?«, fragte ich.

Liam konnte sich nicht von Maja lösen. »Auf jeden Fall ist es geil. Wer steht nicht auf einen guten Strip?« Ich stöhnte. »Keine Angst! Dich ignoriere ich schon nicht.«

»Danke«, sagte ich. »Da fühl ich mich gleich viel besser. Aber ich muss dich leider enttäuschen. Ich will nicht mit dir im Bett landen.«

»Sind wir doch schon.« Liam zwinkerte mir zu und ich zog eine Grimasse. »Nein, im Ernst. Dich will ich gar nicht erobern. Du bist eher wie meine kleine Schwester.«

»Kleine Schwester?«

»Ja. Eben eine gute Freundin. Mit der man Pferde stehlen kann. Aber mit ihr ins Bett steigen, das würde ich – glaube ich – nie. Ich mein, dann würde man irgendwie die Beziehung kaputt machen, findest du nicht auch?«

Er wandte den Blick von Maja und sah mir tief in die Augen. Er meinte es ernst. Ich lächelte ihn an. Hinter ihm kniete Maja auf der Tischplatte. Sie packte Damian am Hemdkragen und zog ihn zu sich heran, um ihn in einen verführerischen Kuss zu verwickeln.

Ein Klopfen an der Tür ließ mich zusammenfahren. Ohne auf Antwort zu warten, öffnete ein Mann in schwarzem T-Shirt. Damian erhob sich und wies mit dem Zeigefinger nach draußen, doch der Mann sah ihn auffordernd an.

»Du musst sofort kommen! Es gibt Ärger.«

12

»Wir wollten Arthur McMillan und Colin Pilgrim gerade anraten, den Club zu verlassen, als diese Frau hereinplatzte und hysterisch wurde«, erklärte ein Wachmann. »Als sie die Waffe zückte, brach Panik aus. Seitdem haben die drei sich nicht von der Stelle bewegt.«

Die Musik war verstummt und die Gäste drängten sich an die Wände. Die Security-Männer standen im Raum verteilt und hielten Teleskopschlagstöcke in den Händen. Einer flüsterte etwas in sein Mikrofon und sah wachsam zu einem Tisch in der Mitte des Raums.

Dort saß Arthur in einem blaukarierten Hemd. Sein roter Iro stand kerzengerade auf. Neben ihm überschlug Colin die Beine im schwarzen Anzug. Beide blickten in den Lauf einer Pistole. Die Frau vor ihnen hatte uns den Rücken zugekehrt. Ich erkannte ihr weißblondes, kurzes Haar.

»Was will Saskia?«, fragte Damian angespannt.

»Keine Ahnung. Sie spricht nur mit Arthur. Auf unsere mehrmalige Aufforderung, die Waffe niederzulegen, hat sie nicht reagiert.«

»Habt ihr die Polizei verständigt?« Der Mann von der Security schüttelte den Kopf. »Gut. Schlechte Publicity können wir uns nicht leisten. Ich will das schnell und sauber geklärt haben. Keine Videos! Keine Fotos! Und danach haben alle lebenslanges Hausverbot. Verstanden?«

»Haben die doch schon«, blaffte Liam neben mir. »Wie sind die beiden hier überhaupt reingekommen?«

Damian stand die Zornesröte im Gesicht, als er sich zu uns umwandte. »Ich habe dir gesagt, du sollst im Separee warten.«

»Wieso? Die sind doch auch hier.« Liam deutete auf Maja und mich. »Lass mich nicht außen vor!«

»Du hattest deinen Spaß mit Arthur. Das hier ist von größerer Bedeutung.«

»Ich kenne Saskia«, behauptete Liam. »Lass mich mit ihr reden!«

»Vergiss es!«

Liam verzog den Mund. Saskia und Arthur schienen sich zu streiten, doch über die Distanz verstand ich ihre Worte nicht. Arthur krallte seine Finger in den Stuhlsitz und schwang den Kopf heftig hin und her.

Colin verschränkte die Arme vor der Brust. Teilnahmslos beobachtete er die Szene, als wäre er sich sicher, dass in der Waffe nur Platzpatronen seien. Seine hellblonden Haare trug er kürzer als auf dem Foto, das ich mir im Internet angesehen hatte. Seine Locken hingen nicht mehr bis zum Kinn, sondern waren mit Gel zurückgekämmt. Der Bart war abrasiert, was ihn wie Mitte Dreißig erscheinen ließ, dabei war er zehn Jahre älter.

Saskia wedelte mit der Waffe vor Arthurs Gesicht. Ich dachte an das Baby in ihrem Bauch. Liam beendete die Diskussion mit seinem Onkel und schmollte. Schnell schlängelte ich mich an ihnen vorbei und rannte auf Saskia zu. Ich hörte Damians Schrei hinter mir.

Saskia drehte sich zu mir um und richtete die Waffe auf mich. Ich stoppte wenige Meter vor ihr mit erhobenen Händen. Der Hass in ihren blau-grauen Augen wandelte sich in Verwirrung. Tränen rannen über ihre Wangen.

»Saskia, leg die Waffe weg!«, sagte Liam hinter mir.

Ich sah ihn über die Schulter hinweg verwundert an.

»Nein«, sagte Saskia gepresst. »Er ist mir eine Erklärung schuldig.«

»Was soll er dir erklären?«, fragte ich.

»Warum er seinen Bruder ermordet hat.«

Arthur schluckte trocken, als Saskia sich zu ihm umdrehte und auf seine Stirn zielte. Sein Brustkorb hob und senkte sich hektisch und er sah fahrig zwischen Colin und Liam hin und her.

»Ich habe ihr schon mehrmals gesagt, dass ich nichts mit Justins Tod zu tun habe«, sagte Arthur. »Du solltest dich lieber mal im Raum umsehen. Da findest du genügend andere Verdächtige.«

»Fängst du wieder damit an?«, fragte ich genervt.

»Ist doch wahr. Welchen Grund hätte ich gehabt?«

»Du wolltest erben«, schrie Saskia. »Und da standen dir dein Vater und Justin im Weg.«

»Ja, genauso wie Theodor, der noch immer lebt. Er hat das ganze Erbe bekommen. Er ist zum Bürgermeister gewählt worden.«

»Vielleicht hättest du besser mit ihm anfangen sollen?«, warf Colin ein.

Arthur glotzte ihn mit weit aufgerissenem Mund an. »Was denkst du von mir?«

Saskia schnaubte. »Dass du ein verschissener Mörder bist.«

Sie trat ihm gegen das Schienbein. Arthur beugte sich vor und rieb sich übers Bein, wobei seine Stirn gegen die Mündung der

Waffe kam. Ich beobachtete mit Sorge Saskias zitternden Finger am Abzug. Liam versuchte mich von Saskia wegzuziehen, doch ich befreite mich aus seinem Handgriff.

Colin betrachtete uns mit einem merkwürdigen Gesichtsausdruck. Einerseits lauernd wie eine Katze, andererseits amüsiert. Ein eiskalter Schauer lief mir über den Rücken.

»Okay«, sagte ich zu Saskia. »Arthur ist ein Wichser. Das wissen wir alle. Er ist frauenverachtend und egoistisch. Ich traue ihm einiges zu.«

»Zum Beispiel, dass er die Nacktfotos seiner Ex-Freundin veröffentlicht«, sagte Liam.

Saskia und Colin runzelte die Stirn. Arthur sah uns vier der Reihe nach an. Sein Blick blieb auf Liam haften.

»Ist das jetzt echt relevant?«

»Hast du?«, fragte Liam.

»Nein.« Arthur lachte heiser. »Sowas würde ich nie …«

»Tu nicht so scheinheilig! Du bist in der Lage eine Frau zu vergewaltigen. Das Einzige, was ich dir nicht zutraue, ist ein Mord.«

»Du hast eine Frau vergewaltigt?«, fragte Saskia bedrohlich langsam.

Arthur löste seinen Blick von Liam. Seine zornige Fratze lockerte sich und sein Unterkiefer begann zu zittern. Die Ausflüchte blieben ihm im Mund stecken.

»Nein«, antwortete ich schließlich. »Hat er nicht.«

»Weil Riley ihn davon abgehalten hat.« Liam schloss den letzten Meter zu mir auf und legte eine Hand auf meine Taille. »Wäre er nicht gewesen, hätte er dich …«

162

Saskia sah mich im Augenwinkel an. »Er wollte dich vergewaltigen?«

Ich schluckte. Eine Gänsehaut überfuhr mich.

»Du hättest mich vergewaltigt«, sagte ich zu Arthur.

Ich war froh, dass Liams Hand mich stützte, denn mir wurde schwindelig.

»Nein«, sagte Arthur hastig.

Er rutschte auf seinem Stuhl hin und her, hielt beide Hände vor sein Gesicht. Saskias Nasenflügel bebten, während Arthur mit gesenktem Kopf fortfuhr.

»Das hätte ich nicht. Das … Ich gebe zu: Ich habe die Nacktfotos meiner Ex veröffentlicht. Ja. Noch während meiner Beziehung mit ihr.«

Colins Augenbrauen hoben sich. Anerkennend nickte er Arthur zu und schürzte die Lippen.

»Warum?«, fragte Liam.

»Weil ich dir eins auswischen wollte, du Arschloch. Deshalb sollte auch Tommy die Fotos in eurem beschissenen Klassenchat veröffentlichen.«

»Was hast du mit Tommy zu tun?«, fragte ich.

»Wir … er …«

»Er ist sein Drogendealer«, sagte Colin ruhig.

Arthur sah ihn empört an und korrigierte: »Er ist Felicitas' Dealer.«

»Und verkauft dir deine Drogen.«

Liam sah Colin düster an. »Ich hab gehört, er dealt für dich.«

»Kommt auf dasselbe hinaus«, sagte Colin mit spöttischem Grinsen.

163

Stille breitete sich zwischen uns aus. Die Gäste am Rande des Raums wisperten. Der Verstärker gab ein Knacken von sich. Ich sah in panische Gesichter. Freunde hielten sich im Arm. Mein Blick traf auf die Waffe in Saskias Hand. Mir wurde bewusst, dass wir nicht wegen Felicitas' Nacktfotos in dieser Situation gelandet waren.

»Arthur nimmt Drogen«, sagte ich. »Arthur veröffentlicht Nacktfotos und nimmt sich das, was er will, mit Gewalt. Er hätte es definitiv verdient, dafür bestraft zu werden.« Mehrere Augenpaare schauten mich entsetzt an. »Aber denkst du wirklich, er ist in der Lage zu morden? Denkst du echt, er hat die Eier dazu?«

Saskias Wangenmuskeln zuckten. »Aber wer soll es sonst gewesen sein?«

Ein Schluchzen durchfuhr sie.

»Ich weiß es nicht«, sagte ich. »Aber diese Aktion macht keinen Sinn. Siehst du nicht? Er hat bis jetzt immer noch nicht gestanden. Er hat zugegeben, die Nacktfotos veröffentlicht zu haben. Er hat zugegeben, mich fast vergewaltigt zu haben. Aber den Mord an Bruce und Justin hat er immer noch nicht gestanden.«

»Ja, weil ich ihm noch nicht ins Knie geschossen habe.«

Arthurs Bein zuckte. Colin lehnte sich vor und fokussierte Saskia neugierig. Ihm schien ein Kommentar auf den Lippen zu liegen, doch er verkniff ihn sich.

»Und wenn er danach immer noch nicht gesteht?«, fragte Liam. »Wenn er es wirklich nicht gewesen ist? Dann hast du einen Unschuldigen verletzt oder schlimmer – getötet.«

Saskia richtete ihre Waffe von Arthurs Knie auf seine Stirn. Ihre Pupillen bewegten sich unkontrolliert hin und her.

»Wenn du jetzt eine falsche Entscheidung triffst, dann hat das nicht nur Auswirkung auf dein Leben«, sagte ich. »Denk an dein Baby! Soll es im Gefängnis groß werden?« Weitere Tränen rollten über ihre Wangen. »Es wird schon ohne Vater aufwachsen. Soll es auch noch seine Mutter verlieren?«

Saskia verzog das Gesicht. Mit dem linken Ärmel ihrer Jacke wischte sie sich die Tränen aus dem Gesicht. Colin lehnte sich wieder zurück und verschränkte die Arme vor der Brust.

»Hast du Justin umgebracht?«, fragte Saskia verzweifelt.

»Nein«, sagte Arthur.

»Kennst du seinen Mörder?«

Arthurs Blick streifte Liam, der leicht den Kopf schüttelte.

»Nein«, sagte er zwischen zusammengebissenen Zähnen.

Saskia ließ langsam die Pistole sinken und die Schultern hängen. Ich ging auf sie zu und umarmte sie, sodass sie den Arm nicht heben konnte. Liam griff nach der Waffe und sicherte sie mit einer schnellen Handbewegung.

Colin lächelte überheblich, während Arthur ausatmete. Die Security verstaute die Schlagstöcke wieder. Saskia kniete sich auf den dreckigen Boden und weinte hemmungslos.

»Wer war es?«, schrie sie schrill. »Wer hat ihn umgebracht?«

»Der Siebenschläfer«, murmelte ich.

Ich schaukelte Saskia im Arm. Zwei Männer packten Arthur und Colin. Arthur wehrte sich nicht. Colin schlug die Hand des Wachmanns weg. Er nahm Kampfhaltung ein und trat zweimal gezielt zu. Der Security-Mann hielt Abstand und legte seine Hand an sein Hüftholster.

»Colin«, rief Damian drohend.

Er stand hinter der Security und rümpfte die Nase. Ich drückte Saskia enger an mich, um sie vor einer Auseinandersetzung zu schützen. Colin lächelte Liams Onkel herausfordernd an und löste seine angespannte Körperhaltung.

Er strich sich mit dem Daumen über die Hüfte, als würde er einen Colt ziehen wollen. Damian und sein Onkel standen sich wie bei einem Schussduell in einem Western im Zentrum des Clubs gegenüber.

»Ich sehe von einer Anzeige wegen Hausfriedensbruch ab, wenn ihr sofort und ohne Gegenwehr das Gebäude verlasst.«

»Hausfriedensbruch? Wir?«, keifte Arthur und zeige auf Saskia. »Sie!«

Damian packte ihn am Hemdkragen und zog ihn nahe ans Gesicht.

»Du bist mit deinen beschissenen Freunden in die Villa meines Cousins eingedrungen.«

»Nein«, sagte Arthur mit hoher Stimme.

»Lüg nicht! Ich war vorgestern da. Ihr habt eure hässlichen Tiermasken getragen und ›You're Next‹ an die Wand gesprayt. Du und deine Freunde finden das vielleicht witzig und Vincent sieht über so einen Scherz hinweg, aber ich …« Damian schloss beide Hände um Arthurs Hals, wobei dieser die Augen schloss. »Ich mach dir das Leben zur Hölle.«

»Wir waren das nicht«, stotterte Arthur. »Es wäre schön doof von mir, wenn ich in dem Kostüm von der Halloweenparty eingebrochen wäre. Für wie bescheuert haltet ihr mich?«

»Für wahnsinnig bescheuert«, sagte Liam, der neben mir hockte.

Damian ließ los und Arthur taumelte zwei Schritte zurück.

»Ich schwöre bei Gott: Ich hab die Kostüme zurückgebracht. Direkt einen Tag nach Halloween.«

»Du glaubst doch gar nicht an Gott«, wisperte Saskia mit erstickter Stimme.

Arthur atmete einmal tief ein und aus. »Ich schwöre – beim Grab meines Vaters – beim Grab meines Bruders: Ich bin nicht in die Villa der Pilgrims eingebrochen. Ich habe meinen Vater und meinen Bruder nicht getötet.«

Der Einbruch hatte gegen zwei Uhr morgens stattgefunden. Wenn Maja die Wahrheit gesagt hatte, und Spike mit Arthur bis drei Uhr morgens unterwegs gewesen war, konnte er unmöglich in die Villa der Pilgrims eingedrungen sein. Was nicht ausschloss, dass er keine Freunde beauftragt hatte und Spike als Alibi nutzte.

»Du vielleicht nicht«, sagte Damian. Er sah zu Colin hinüber. »Aber was ist mit dir?«

»Ich?«, fragte Colin und deutete mit dem Zeigefinger auf sich selbst. »Welchen Vorteil sollte ich denn dadurch haben?«

»Das frag ich mich.« Damian ging einen Schritt auf ihn zu. »Wenn ich herausfinde, dass du mit dem Einbruch etwas zu tun hast …«

»Was dann?«, fragte Colin und überbrückte einen Meter, um unmittelbar vor Damian zum Stehen zu kommen.

»Dann bring ich dich ein für alle Mal hinter Gitter.«

Colin grinste wölfisch. Schnelle Schritte störten die angespannte Stille. Ein Sicherheitsmann eilte zu Damian.

»Die Polizei steht vor der Tür. Irgendein Gast muss sie gerufen haben.«

»Abwimmeln! Ich will keine negative Publicity.«

167

»Alles klar.«

Der Mann lief zurück. Ohne den Blick von Damian zu lösen, schnipste Colin mit den Fingern in Arthurs Richtung.

»Wir gehen«, sagte er.

Arthur strich sich das Hemd glatt und folgte ihm zum Ausgang. Die Sicherheitskräfte ließen sie gehen. Zwei der Männer kamen zu uns und wollten Saskia an den Armen packen. Liam hielt sie davon ab.

Die Gäste drängten sich noch immer an den Rand des Saals. Damian winkte der Band zu und kündigte Freibier an. Liam und ich führten Saskia zu einem der Separees. Maja folgte uns, während Damian nach draußen ging.

Als wir vor der Tür standen, suchte Liam in seiner Hosentasche nach dem Schlüssel. Ich wurde nervös. Maja griff unauffällig in ihre Handtasche und hielt ihm den Schlüssel hin.

»Oh, den hast du vorhin fallen lassen.«

Liam sah Maja skeptisch an, schloss dann aber die Tür auf. Wir setzten uns auf die dunkelblauen Loungemöbel. Eine Kellnerin brachte ein Glas Wasser. Saskia berichtete uns, dass sie sich für das Kind entschieden hatte, auch wenn ihre Eltern sie nicht unterstützen wollten. Mika hatte ihr seine finanzielle Hilfe angeboten.

Sie lag eine Zeit lang weinend in Majas Armen. Als Liam ihr ein Taxi rufen wollte, bestand Maja darauf sie und mich heimzufahren. Saskia schlief auf dem Rücksitz ein. Als ich vor meinem Wohnblock ausstieg, lächelte mich Maja an.

»Keine Sorge! Ich kümmere mich um sie.«

Juni
vor 2 Jahren

»Schön, dich zu sehen.« Fanny grinste mich breit an. »Richard hat gleich Zeit für dich. Er hat nur noch einen Mandanten.«

»Wie geht's dir denn?«, fragte ich.

Sie lächelte verschmitzt. »Na ja. Er hat mir endlich die Frage gestellt.«

»Nein.« Ich hob eine Augenbraue. »Und du hast …?«

»Natürlich ja gesagt.«

Sie präsentierte einen silbernen Ring mit einem opulenten Kristall an ihrem linken Finger. Fanny strahlte, sodass ihr Gesicht noch rundlicher wirkte. Nach ihrer Scheidung hatte sie zugenommen, doch seit sie ihren neuen Freund hatte, nahm sie Schritt für Schritt ab. Jeden Erfolg hatte sie mir bei unseren Treffen in Hanssens Kanzlei mitgeteilt.

»Es freut mich wahnsinnig, dass du mit Mitte Dreißig auch endlich den Richtigen gefunden hast.«

»Wann wollt ihr denn heiraten?«, fragte sie.

»Ich hab ihr noch nicht mal einen Antrag gemacht.«

Fanny legte den Kopf schräg und lugte zu ihrem linken Ringfinger. »Dann solltest du dich beeilen. Nicht, dass sie erst schwanger werden muss.«

169

»Warum?«

»Weißt du, wie schwierig es ist, ein Kleid zu finden, dass mit Babybauch nicht scheiße aussieht?«, fragte Fanny.

»Sprichst du aus Erfahrung?«

»Nein. Gott sei Dank, nicht. Aber eine Freundin hat das Problem gerade. Ich hab ein ganz anderes.« Sie ließ die Schultern hängen »Ich will seinen Namen nicht annehmen.«

»Oh«, entfuhr es mir. Fanny rollte mit den Augen.

»Du hast es gut. Du bist ein McMillan. Mein Verlobter heißt Meier mit Nachnamen. Wer will schon Müller, Meier, Schmidt heißen? Und Doppelnamen sind ja wohl noch beschissener. Meier-Köppe. Köppe-Meier. Eine Katastrophe.«

Ich lachte. Sie warf mir einen finsteren Blick zu. »Ich will dich nicht auslachen, aber … wenn das dein einziges Problem ist …«

Die Tür hinter mir wurde geöffnet. Wir sahen zu, wie Hanssen einen Mandanten zum Ausgang begleitete. Fanny nickte dem Mann zum Abschied zu, dann verließ er die Kanzlei. Hanssen trat an Fannys Schreibtisch heran.

»Können Sie mir die Unterlagen von Herrn Müller, die ich ihnen per Mail geschickt habe, noch einmal in den Ordner packen?«

Fanny und ich glucksten. Hanssen musterte uns ernst, dann lächelte er mild.

»Was gibt's zu lachen?«

»Wer will schon Müller, Meier, Schmidt heißen?«, zitierte ich Fanny, die vergebens versuchte, ihr Kichern zu unterdrücken.

»Du weißt also schon davon.« Ich nickte. »Mir ist vollkommen egal, welcher Name auf ihrem Namensschild steht, solange sie weiterhin einen so fantastischen Job machen wie die letzten Jahre.«

Fanny lächelte ihn dankbar an, dann sah sie zu mir.

»Danke.«

»Nichts zu danken. Ich gönne meinem Freund einfach die beste Sekretärin der Welt.«

Wir grinsten einander an, dann wies mir mein Anwalt den Weg in sein Büro. Er machte mir einen Kaffee am Vollautomaten, während ich mich auf das schwarze Ledersofa setzte. Hanssen stellte die gefüllte Porzellantasse zwischen uns auf dem Mahagonitisch ab und setzte sich mir gegenüber.

»Und? Hast du neue Erkenntnisse?«

Hanssen verzog den Mund. »Warum ist dir diese Info so wichtig?«

Vor 25 Jahren hatte ich den Polizisten erschossen, der Ben getötet hatte. Neben ihm auch seine Ehefrau Janine Neumann. Ihren Sohn Paul hatte ich verschont.

»Weil ich seine Eltern umgebracht habe.«

»Dieser Polizist hat deinen besten Freund getötet. Meinen Sohn.«

Ich schüttelte den Kopf. »Aber seine Mutter hat nie etwas getan. Sie hatte den Tod nicht verdient.«

Hanssen strich sich durchs graue Haar. Er hätte schon längst in Rente sein können, wenn sein Job nicht das Einzige gewesen wäre, was ihn aktiv hielt. Bens Vater sah auf das Blatt in seiner linken Hand. Mit einem Seufzer ließ er es vor mich auf den Tisch gleiten. Ich drehte das Dokument um und las.

»Was bedeutet das?«

»Das ist die Adoptionsurkunde. Paul Neumann kam nach dem Tod seiner Eltern in die Obhut des Jugendamts. Keine direkten Verwandten.«

»Woher hast du die?«, fragte ich mit hochgezogenen Augen-brauen.

Hanssen lächelte lediglich. »Das Ehepaar Brandt hat ihn damals recht schnell adoptiert. Der Kleine ist keine fünfzig Kilometer entfernt von seinem Geburtsort zur Schule gegangen.«

Mein Atem beschleunigte sich. »Und jetzt? Wo ist er jetzt?«

Hanssen zögerte. »Er ist tot«, sagte er mit bitterer Miene. »Ein Verkehrsunfall. Vor zwei Jahren.«

Mein Herz setzte einen Moment aus.

»Ich weiß nicht, ob das der richtige Weg ist«, sagte Hanssen. Ich runzelte die Stirn. »Dass du so verbissen nach Absolution suchst.«

»Ich suche nicht nach Absolution.«

»Doch. Du willst deine Taten ausradieren.« Hanssen beugte sich vor und legte seine Hand auf meine. »Aber man kann seine Taten nicht ungeschehen machen, auch nicht, in dem man sie jemand anderem beichtet.«

»Ich wollte sie ihm nicht beichten.«

Mein Blick fiel auf unsere Hände, dann auf den Namen auf der Urkunde. Paul Brandt.

»Was wolltest du ihm sagen?«

»Er muss wissen, dass seine Mutter ihn geliebt hat. Dass sie ihn bis zu ihrem letzten Atemzug beschützen wollte.«

»Das hat er gewusst.« Hanssen lehnte sich zurück und ver-schränkte die Arme vor der Brust. Er schaute auf das Foto seines Sohns, das auf dem Schreibtisch stand. »Kinder wissen, dass sie ge-liebt werden, auch wenn die Eltern es nicht immer zeigen können. Das wirst du wissen, wenn du irgendwann Vater bist.«

Ich sah das Foto von Ben an. Meine Lippen bebten.

»All das ist Vergangenheit«, sagte Hanssen nach einer langen Pause. »Aber weißt du, was Gegenwart ist?«

Hanssen stand auf und ging zur Kommode hinter dem Kaffeeautomaten. Er nahm einen Stapel Papier in die Hände und durchblätterte ihn rasch, bis er den Ausdruck eines Fotos fand und neben die Adoptionsurkunde auf den Mahagonitisch legte. Die Kopie zeigte eine Momentaufnahme eines Überwachungsvideos, auf dem ein Mann vor einem gigantischen Metalltor stand. Der Ort kam mir bekannt vor, nur die Perspektive nicht.

»Das ist unsere Villa vor drei Tagen.«

Ich tippte auf den Unbekannten. »Und er?«

»Wollte ich dich fragen.«

Hanssen setzte sich wieder mir gegenüber und ich beugte mich vor. Der Unbekannte trug dunkles, halblanges Haar. Die Motorradjacke und Jeans konnte jeder beliebige Mann auf der Straße tragen.

»Ich kenne den Typen nicht.«

»Stellt komische Fragen«, sagte Hanssen.

»Zum Beispiel?«

Hanssen deutete mit dem Kinn zur Tür. »Er hat Frau Köppe privat aufgesucht. Wollte wissen, wie sie an ihren Job gekommen ist. Ob sie schon früher von mir gehört hätte. Was sie über den Amoklauf im Privatgymnasium wüsste.«

»Was hat sie gesagt?«, fragte ich.

»Die Wahrheit. Ein Freund hat sie empfohlen und natürlich hat sie von den Taten meines Sohns gehört. Hat sie nicht daran gehindert, hier anzufangen.«

Hanssen sah mich einige Sekunden stumm an.

»Irgendwer ist hinter uns her.«

»Hinter mir«, korrigierte ich. »Wer kann das sein?«

Hanssen biss sich auf die Unterlippe. »Ich weiß nur, dass er nicht allein arbeitet. Er hat einen Komplizen, der meine Frau bei der Gartenarbeit beschattet hat. Leider hab ich von ihm keine Aufnahme wie diese.«

»Meinst du, er weiß was?«, fragte ich. »Dass wir damals zusammen Sascha Baumann in den Knast gebracht haben?«

»Wenn, dann hat er nur einen vagen Verdacht.«

Ich hielt die Hände vor mein Gesicht. »Ich hab dich da mit hineingezogen.«

»Ich hab mich da selbst mit hineingezogen, als ich dich damals in der Bar aufgesucht habe. Dich trifft keine Schuld. Du hast das getan, was ich hätte tun sollen.«

»Was ist, wenn sie mich finden?«, fragte ich verzweifelt.

»Sie haben nichts gegen dich in der Hand, sonst hätten sie konkretere Fragen gestellt. Aber sie beschatten meine Frau und mich. Das ist ein schlechtes Zeichen.«

»Und was machen wir jetzt?«

»Wir?« Hanssen hob eine Hand. »Du hältst dich schön raus! Sie sind offensichtlich mir auf den Fersen. Vielleicht denken sie sogar, dass ich der Siebenschläfer bin. Du bist außer Gefahr. Und da bleibst du auch! Verstanden?«

Ich nickte widerwillig.

13

»Mein Vater hat gestern beim Abendbrot über seine Ermittlungen geplaudert.«

Ich sah Alex neugierig von der Seite an. »Und?«

»Hat von diesem Colin Pilgrim erzählt. Liams Großonkel, wenn ich mich recht erinnere. Der soll eine mega junge Freundin haben. Die ist erst zwanzig.«

»Und wie alt ist er?«, fragte ich.

»Mitte Vierzig?«

Ich schürzte die Lippen. Wir blieben an einem Fußgängerüberweg stehen. Das Eingangsschild des Pont Neuf leuchtete eine Querstraße weit entfernt. Alex hatte mich von der Schule aus begleitet. Ich schaute auf mein Handydisplay. Noch gut zehn Minuten bis zu meiner Schicht.

»Ein richtiger Sugar Daddy soll der sein«, fuhr Alex fort. »Seine Freundin hat ihn vom Verhör abgeholt. Minirock, High Heels, das volle Programm. Mein Vater dachte erst, dass sie eine Prostituierte wäre. Sind wohl auch erst seit ein paar Wochen zusammen.«

Die Beschreibung hätte auf Maja passen können, nur dass die zehn Jahre älter war. Das äußere Erscheinungsbild trug oft.

175

»Steht Colin unter Mordverdacht?«, fragte ich, als wir über die der Straße gingen.

»Hat mein Vater nicht gesagt. Aber er ist wegen Drogenhandels unter Verdacht. Soll Oberhaupt eines ganzen Kartells sein. Vielleicht sogar mit Liams Vater gemeinsam.«

»Nein. Vincent Pilgrim hat mit Drogen nichts am Hut.«

»Woher willst du das wissen?«

»Ich weiß es einfach«, antwortete ich. »Liams Familie will diese Gerüchte endgültig von sich weisen.«

»Gerüchte haben oft einen wahren Kern.«

»Das stimmt vielleicht, aber selbst wenn Liams Vater mal was mit den Drogen zu tun gehabt haben sollte, dann ist das Vergangenheit. Du hättest sehen sollen, wie Liam auf der Halloweenparty ausgerastet ist, als er Felicitas mit Koks erwischt hat.«

»Felicitas nimmt Drogen?«, fragte Alex und drosselte sein Schritttempo.

»Ihr Ex hat mit Drogen gedealt.«

»Dieser Arthur?«

Ich nickte. Die restlichen Meter zum Pont Neuf schwiegen wir. Alex sah hinauf zum Namensschild, bei dem das T noch immer flackerte.

»Und hier arbeitest du, he?« Ich nickte. »Zahlt dieser Mika gut?«

»Geht so. Wenn ich ein Jahr hier arbeite, hab ich vielleicht genug zusammen, um irgendwo anders eine Ausbildung zu beginnen.«

»Was willst du machen?«

»Keine Ahnung. Einfach erst einmal raus hier.«

»Geht mir genauso.« Alex grinste. »Vielleicht können wir zusammen eine WG gründen?«

176

»Das wäre cool«, sagte ich.

Ich wusste nicht, wie es war mit Alex zusammenzuleben. Wahrscheinlich war er ein Chaot, das waren Künstler doch immer. Aber was machte ich mir vor? Ich lebte mit meinem Vater in einer Wohnung – das war das Chaos in seiner reinsten Form.

»Kommt dieser Arthur auch hierher?«, fragte Alex wie beiläufig.

Ich schaute ihn fragend an. »Carina hat dir davon erzählt.«

»Klar hat sie mir davon erzählt.«

»Nein«, antwortete ich schließlich. »Arthur hat Hausverbot.«

»Das ist gut.«

Dass dieses Hausverbot erst von seinem letzten Übergriff herrührte, verschwieg ich. Auch Carina hatte ich nichts davon erzählt. Und dass Arthur und Colin offenbar gemeinsame Sache machten, musste ich Alex auch nicht erklären. Das wusste sein Vater wahrscheinlich bereits.

»Sehen wir uns am Sonntag auf dem Friedhof?«, fragte ich.

»Nein. Ich hab Hausarrest, darf am Wochenende gar nicht mehr raus.«

»Warum das denn?«

Er kratzte sich hinterm Ohr und zerzauste dabei sein rotes Haar. »Ach, mein Vater … du kennst ihn … will, dass ich für die anstehenden Tests lerne und so.«

»Vielleicht können wir uns ja nächste Woche zum Lernen treffen? Mit Carina?«

»Tut mir wahnsinnig leid, dass ich nicht zum Grab ihrer Mutter mitkommen kann. Das ist das erste Mal, dass ich nicht mit dabei bin.«

»Das versteht sie schon.«

»Hat sie auch gemeint, als ich ihr heute absagen musste«, sagte Alex mit gesenktem Blick. »Und ihr habt ja schon Ersatz gefunden.«

Ich legte meine Hand auf seinen Arm und lächelte ihn aufmunternd an. »Niemand könnte dich je ersetzen. Aber ich denke, Carina ist froh, wenn wir beide bei ihr sind.«

Liam hatte gefragt, ob er mitkommen dürfe, als er uns auf dem Schulhof darüber reden hörte. Carina hatte es ohne weiteres hingenommen, dass er nicht nachgefragt hatte, was mit ihrer Mutter passiert war.

»Ich weiß.« Alex zog einen Schmollmund. »Ist trotzdem scheiße.«

Ich nickte mitfühlend. »Er macht dir deinen Platz in der Gruppe nicht streitig. Versprochen!«

»Was ist, wenn seine Familie doch etwas mit dem Tod der McMillans und dieser Sekretärin zu tun hat?«

Ich schluckte. »Dann ist das eben so.«

Alex sah mich zweifelnd an. Mein Blick traf auf die Zeitanzeige der Apotheke gegenüber. Fast 18 Uhr.

»Wir sehen uns Montag in der Schule, okay?«

Wir umarmten uns, dann ging ich in Mikas Bar. Nach ein paar Stunden betraten Carinas Vater, Riley und Patrick McMillan die Kneipe. Mit ihren Getränken gingen sie in den hinteren Teil des Raums zu den Billardtischen. Nebenher beobachtete ich, wie Herr Schwarzmüller eine Runde nach der anderen verlor.

»Hey, Julia!«, rief er, als ich ihre Gläser abräumte. »Spielst du mit?«

»Und du meinst, mit ihr im Team hast du eine Chance?«, fragte Riley mit hochgezogenen Augenbrauen.

Herr Schwarzmüller winkte mich heran. »Mit ihr im Team gehört mir der Sieg.«

Es waren nur noch etwa ein Dutzend Gäste im Raum. Mika nickte mir von der Bar aus zu. Herr Schwarzmüller lächelte mich breit an und reichte mir seinen Queue. Vor einigen Jahren hatte er mit meinem Vater darüber diskutiert, ob die regelmäßigen Besuche in Garys Kneipe mir guttäten oder schadeten. Ole hatte versichert, dass ich keinen Alkohol trank und sie in meiner Anwesenheit nicht rauchten. Ich war auch nicht spielsüchtig geworden, wie Herr Schwarzmüller es prophezeit hatte. Dafür war ich einfach unschlagbar im Billardspielen und Pokern. Das wusste er wahrscheinlich von meinem Vater.

Riley und Patrick McMillan sahen sich kurz an, dann betrachteten sie mich argwöhnisch. Herr Schwarzmüller sammelte die Kugeln ein und platzierte sie im Dreieck. Bei meinem ersten Stoß waren alle Augenpaare gespannt auf meine Finger gerichtet.

Meine Hände zitterten etwas vor Nervosität. Herr Schwarzmüller lächelte aufmunternd. Ich atmete ruhig aus, dann stieß ich zu. Die weiße Kugel rollte gegen die anvisierte ganze und versenkte sie wie geplant im nächsten Loch. Triumphierend sah ich Riley an.

»Respekt«, sagte er, »besser als jede Frau, die ich kenne.«

»Besser als jeder durchschnittliche Mann, den du kennst«, korrigierte Patrick ihn.

»Wohl wahr.«

Nach zwei weiteren erfolgreichen Stößen landete leider auch die weiße Kugel unbeabsichtigt mit der angepeilten Kugel im Loch. Patrick nahm Riley den Queue aus der Hand und setzte ihn an die weiße Kugel an, die er neu positioniert hatte. Seine glasklaren Pupillen fixierten die Kugel, doch die Hände zitterten so stark, dass er sie beinahe verfehlte. Seine Handschuhe ähnelten denen von Riley. Beide Paare waren aus grünem Leder.

Die weiße Kugel kullerte über den Tisch und blieb auf der Platte liegen, ohne eine andere Kugel angestoßen zu haben. Patrick verzog das Gesicht und ließ sich in einen Stuhl sinken. Er strich sich durch den weißen Vollbart und seufzte.

Nachdem Herr Schwarzmüller seinen Zug gemacht hatte, schlich Riley um den Tisch herum und visierte eine halbe Kugel an. Er stieß mit solcher Wucht zu, dass drei Kugeln nacheinander angestoßen wurden. Die letzte Kugel fiel nach langem Trudeln in ein Loch, doch es war eine ganze.

»Punkt für uns«, sagte Herr Schwarzmüller feixend.

Riley funkelte ihn an. »Vielleicht will ich ja lieber in Julias Team spielen.«

»Nichts da. Sie ist auf meiner Seite.« Ich nickte ihm zu und übernahm den Queue. »Unglück in der Liebe, Pech im Spiel.«

Riley verdrehte die Augen. »Musst du das jetzt ansprechen?«

Ich wich seinem Blick aus und überprüfte die Stellung der Kugeln, um mir meinen nächsten Zug zu überlegen. Tatsächlich war meine Aufmerksamkeit jedoch auf das Gespräch der Männer gerichtet.

»Du hast lange nichts mehr von deiner Freundin erzählt. Da gehe ich davon aus, dass …«

Riley unterbrach ihn. »Es ist Schluss. Sie ist ausgezogen.«

»Warum habt ihr euch dieses Mal gestritten?«

»Ach. Sie hat da was aus meiner Vergangenheit herausgefunden.«

»Vielleicht dass du einen Sohn hast?«, fragte Herr Schwarzmüller.

Ich beugte mich über den Tisch, um meinen nächsten Zug zu machen. Die erhoffte Kugel blieb auf dem Tisch liegen und ich reichte meinem Partner den Queue. Patrick sah nachdenklich auf den Tisch.

»Nein. Von Patrick Junior weiß sie schon. Es ist was anderes.«

Riley schaute Patrick von der Seite an, der tadelnd zu ihm aufblickte.

»Bist du etwa fremdgegangen?«, fragte Herr Schwarzmüller.

Als Riley ihm nicht antwortete, schüttelte er missbilligend den Kopf.

»Wenn es dich beruhigt«, sagte Riley, »es war Abigail. Wir sind … uns wieder nähergekommen.«

»Deine Ex-Frau hast du doch auch schon betrogen«, sagte Herr Schwarzmüller. »Weißt du noch? Die Braunhaarige?«

Er hatte den Queue auf den Boden gestellt und fuhr mit dem Daumen über die Spitze. Dabei ließ er Riley nicht aus den Augen.

»Klar. Aber das war vor der Geburt unseres Sohns.« Herr Schwarzmüller öffnete den Mund, doch Riley fuhr eilig fort. »Ja, unsere Ehe hat dennoch keinen Bestand gehabt, aber wir wollen es ernsthaft noch einmal miteinander versuchen.«

»Ich hoffe wirklich, dass es dieses Mal funktioniert«, sagte Patrick und legte Riley eine Hand auf die Schulter. »Der Kleine hat es verdient.«

Riley lächelte ihn dankbar an. »Wir haben viel zu überstürzt geheiratet, als Abigail schwanger wurde. Vor fünf Jahren schien es uns wie ein Wunder. Immerhin produzierte sie zu wenige Ei-

181

zellen. Es konnte nicht gutgehen. Aber jetzt ist das anders. Wir haben uns verändert. Alle beide.«

Herr Schwarzmüller setzte den Queue an und nickte. »Ich wünsche das Beste für eure Familie.«

Sein Tonfall ließ erahnen, dass er mit einem erneuten Fehltritt seines Freundes rechnete. Und soweit ich ihn bisher beobachtet hatte, gab es allein in dieser Bar genügend Frauen, die mit ihm geflirtet hatten.

Als ich zum nächsten Zug ansetzte, betrat Theodor McMillan die Bar. Ich hatte ihn zuletzt am Montagabend in der Villa der Pilgrims gesehen. Seine Anwesenheit war geheim geblieben, genauso wie der Einsatz von Vincents Schusswaffe. Die Zeitungen hatten nur über seinen Bruder Arthur und dessen Szene im Club der Pilgrims berichtet.

Irgendwie hatte Damian es geschafft, Saskias Namen aus dem Spiel zu lassen. Die in Umlauf gebrachten Videos zeigten lediglich die Szenen nach Saskias Überwältigung. Arthur und Colin wurden als Opfer dargestellt, immerhin war Damian handgreiflich geworden und die Sicherheitskräfte mit Schlagstöcken bewaffnet. Liam und ich waren nicht erwähnt worden.

Theodor gesellte sich mit einem Bier in der Hand zu uns. Unter seiner schwarzen Weste trug er ein marineblaues Hemd.

»Wir sind leider schon voll«, sagte Patrick mit Blick in die Runde.

Riley erhob sein leeres Bierglas. »Prost!«

Theodor lachte auf. »Dann solltest du dir kein weiteres Bier bestellen, Onkel Patrick.«

»Soll ich ein Neues holen?«, fragte ich und griff nach Rileys Glas. Er nickte und ich lief zu Mika hinter die Bar.

»Soll ich lieber hier bleiben?«, fragte ich.

»'Aben die Männer Spaß?« Ich nickte. »Dann wüsste isch nischt warüm.«

Ich grinste und zapfte ein neues Bier.

»'At Riley disch nach Saskia gefragt?«, fragte Mika beiläufig.

»Nein. Wieso?«

Mika sah den schlafenden Mann am Ende des Tresens argwöhnisch an, während ich das volle Glas auf die Bar stellte. Dann wandte er sich mir zu.

»Maja war vorgestern Nacht 'ier«, flüsterte er. »Sie 'at gesagt, Saskia müsse verschwinden. Tout de suite.«

»Ich weiß. Ich war dabei, als sie … ausgerastet ist.«

»Sie 'at Arthur bedroht? Mit eine Waffe?« Ich nickte und er ließ den Kopf hängen. »Das ist keine Lösung.«

»Im Gegensatz zu Spike hat sie ja nicht abgedrückt.«

Erschrocken sah ich zu dem Schlafenden nur einige Meter entfernt. Er zeigte keine Reaktion.

»Gewalt ist nie eine Lösung«, wisperte Mika.

»Aber du deckst ihn.«

»Wie sagt ihr noch gleisch: Eine 'And wäscht die andere?« Ich sah Mika neugierig von der Seite an. »Es war nischt leischt für misch in die Knast. Ohne Spike wäre isch nischt rausgekommen. Ünd wahrscheinlich schon wieder drin. Es war das Mindeste, ihm ein Appartement in Paris zu besorgen.«

»Und du findest es okay, dass er auf freiem Fuß ist?«

Mika biss sich auf die Unterlippe. »Wenn es danach ginge, müsste isch auch in die Knast zurück, aber … es gibt keine Gerechtigkeit. Gerichte machen Fehler. Menschen machen Fehler.«

»Hat ein Gericht mal einen Fehler bei dir gemacht?«, fragte ich vorsichtig.

Mika strich sich über den schwarzen Oberlippenbart. »Mein Papa war in die Knast. Fünf Jahre.«

»Was hat er gemacht?«

»Er 'at meine Mama getötet. Sagen sie.« Ich blinzelte ungläubig mit offenem Mund. »Isch bin bei meine Mamie aufgewachsen. Comment se dit? Großmama?«

»War er's?«, fragte ich. »Ich meine: Hat er …«

»Das Gericht sagt: Ja. Mein Papa sagt: Nein.«

»Wie ist er nach nur fünf Jahren wieder rausgekommen?«

»In ein Leichenwagen.« Mika lächelte gequält. »Er ist tot.«

Ich sah betreten an Mika vorbei auf den Bierdeckel vor dem letzten Gast. Der Mann am Tresen erwachte. Mika ging zu ihm und kassierte ihn ab, bevor er hinauswankte.

»Mein Vater 'at bis zuletzt behauptet, es nischt getan zu 'aben«, sagte er und legte den Geldschein in die Kasse hinter mir. »Die letzten zwei Jahre 'at Spike versucht zu klären, ob er es gewesen sein kann.«

»Und?«, fragte ich.

»Spike denkt, er war es nischt.«

»Wer war es dann?«

»Es war ein Accident … euh … Ünfall.«

»Und für einen Unfall saß dein Vater im Knast?«

Ich verschluckte mich an den eigenen Worten, als ich versuchte meine Stimme zu dämpfen, und begann zu husten. Mika füllte mir ein Glas voll Wasser und ich trank. Herr Schwarzmüller schaute vom Billardtisch zu uns herüber. Ich hob die Hand, um ihm zu verdeutlichen, dass alles in Ordnung war und ich gleich zurückkehren würde.

»Es tut mir so leid, Mika«, sagte ich heiser.

»Isch weiß. Aber es ist über 25 Jahre 'er. C'est bon.«

Wie konnte er diese Tragödie nur okay nennen und einfach abhaken? Stimmte es vielleicht wirklich, dass Zeit alle Wunden heilte?

Mika sah an mir vorbei zum Billardtisch. »Dü solltest zurückgehen zu die Männer.« Ich nickte. »Ünd dü weißt nischt, wo Saskia ist, falls Riley disch fragt.«

»Ich weiß nicht, wo Saskia ist«, sagte ich aufrichtig.

»Das ist gut.« Mika reichte mir das gezapfte Bier vom Tresen. »Bonne chance!«

Ich lief zurück zum Billardtisch. Herr Schwarzmüller beobachtete mich misstrauisch. Ich erwiderte seinen Blick und stolperte über Patricks Gehstock, der an der Wand lehnte. Etwas von der Schaumkrone schwappte über den Bierglasrand, und ich fuhr mit der Hand darüber.

»Sorry«, sagte ich schnell.

Die angeregte Diskussion der Männer war plötzlich verstummt. Ich stellte Rileys Bierglas auf dem Billardtischrand ab, um den Gehstock vom Boden aufzuheben. Die Verzierungen im Holz und der Aufsatz in Form einer Adlerkralle machten einiges her. Aber ich hatte Patrick noch nie damit laufen gesehen.

Riley ergriff sein gefülltes Bierglas, als Theodor seine Rede beendete.

»Ich hab wirklich alles versucht, aber es war zwecklos.«

185

Riley verzog zornig das Gesicht und sah zu Patrick hinüber. »Sie waren bei mir Zuhause und haben mich befragt. Die Beamten wollten wissen, wo ich vor 28 Jahren war, was ich zu der Zeit gemacht habe und sowas. Als hätten sie mich unter Verdacht, dieser Siebenschläfer zu sein.«

»Nicht nur Riley haben sie befragt«, sagte Patrick. »Alle langjährigen Mitarbeiter, sogar die ehemaligen wurden aufgesucht. Es ist eine regelrechte Hexenjagd. Unser Familienbetrieb verkraftet so eine negative Publicity nicht.«

Theodor legte ihm eine Hand auf die Schulter, doch Patrick redete angespannt weiter. Er wurde von Satz zu Satz lauter.

»Mir haben sie vorgeworfen, dass ich meinen ehemaligen Konkurrenten Uriel Hohenheim ausgeschaltet haben soll. Er soll angeblich auch ein Opfer des Siebenschläfers gewesen sein.« Patrick beäugte Riley. »Und dann erst diese Sekretärin. Sie soll für meinen ehemaligen Anwalt Hanssen gearbeitet haben. Als wenn das ein Motiv wäre.«

»Hanssen war auch der Anwalt meines Vaters«, sagte Theodor.

»Und der von Simon und mir«, sagte Riley. »Ich bin schon seit vielen Jahren Speditionskaufmann in Patricks Laden. Ich habe engen Kontakt zu deinem Vater gehabt, Theo. Immerhin bin ich Arthurs Patenonkel. Weißt du, was diese Polizisten angedeutet haben?« Theodor schüttelte angespannt den Kopf. »Sie denken, dein Vater hätte den Siebenschläfer gekannt. Deshalb soll er ihn umgebracht haben – er wusste zu viel.«

»Unmöglich«, sagte Theodor.

»Hab ich auch gesagt. Aber ich bin immerhin unter Mordverdacht.«

»Haben sie das gesagt?«, fragte Theodor entsetzt.

»Nein. Aber dieser Oberkommissar Hartmann hat schon ein paar Spitzen rausgehauen.«

Herr Schwarzmüller sah mich erschrocken an. Ich griff nach dem Queue, den Theodor auf die Billardplatte gelegt hatte, um ihn in der Hand zu drehen.

»Der will mir was anhängen«, sagte Riley. »Das hatte ich schon mal – nach Bens Tod. Als die Beamten kamen und meinten, ich hätte ein Motiv, weil Fotos an den Tatorten gefunden wurden: Bens und Annas.« Riley sah die Umstehenden drei Männer der Reihe nach an. »Wir sind eine Familie. Wir sind alle mit Anna verwandt. Und ich bin mit Ben auf dieselbe Schule gegangen. Diese beiden Fakten haben mich ins Visier dieser Ermittler gebracht. Und jetzt bringt mich der Job bei Patrick wieder in dieselbe verzwickte Situation. Das kann doch nicht wahr sein. Ich habe Familie. Ich lass mich nicht von irgendwelchen Ermittlern in die Scheiße reiten.«

»Damals lag der Verdacht auch nur kurz auf dir«, sagte Patrick.

»Ja, weil sie verhältnismäßig schnell einen Ersatz hatten. Aber wie wir wissen, hat sich der Verdacht nun ja auch erledigt.«

»Meinst du, dieser Sascha war nicht der echte Siebenschläfer?«

Riley zögerte. Sein Blick war auf Patricks Hand an seinem Arm gerichtet.

»Ich weiß nicht. Kann sein. Auf jeden Fall bin ich es nicht.« Er taxierte Theodor. »Ich habe deinen Vater und deinen Bruder nicht umgebracht.«

»Natürlich nicht«, sagte Theodor nachdrücklich.

Zuhause machte ich mir eine Schüssel Cornflakes, als ein Schlüssel von außen ins Türschloss gesteckt wurde. Ich ging zur Tür, sah durch den Spion und öffnete. Vati stand schwankend vor mir. Der beißende Geruch von Alkohol schlug mir entgegen. Als er mich erkannte, wandelte sich sein abwesender Gesichtsausdruck in einen traurigen.

»Du magst mich doch, Prinzessin, oder?«, fragte er und fiel mir entgegen.

Ich ergab mich seiner Umarmung. Für gewöhnlich waren wir nicht die Sorte Menschen, die krampfhaft Nähe zu anderen suchten. Nur wenn er zu viel getrunken hatte, war er kuschel-bedürftig.

»Es tut mir so leid«, stammelte er.

Ich war mir nicht sicher, was er meinte. Vielleicht unsere Wohnsituation, vielleicht meine Mutter. Oder er spielte auf die erste und letzte Ohrfeige an, die er mir jemals gegeben hatte.

»Vati, du musst ins Bett.«

Sein volles Gewicht lag auf meinen Schultern. Unter großer Anstrengung hievte ich ihn die zwei Meter bis zu seinem Schlaf-zimmer.

»Wollen wir fernsehen?«, fragte er.

»Nein. Du musst schlafen. Ich mach dir was zu Essen.«

»Bleibst du noch?«

Ich nickte. Ole ließ sich wie ein Sandsack aufs Bett fallen. Ich zog ihm die Schuhe und seine Jacke aus, dann setzte ich mich auf den Bettrand. Auf dem Nachttisch stand ein Foto von ihm und meiner Mutter. Ich hatte Vati ein paar Mal gefragt, ob er es nicht endlich wegpacken wolle. Schließlich erinnerte es ihn an die Zeit, bevor sie uns verlassen hatte.

Nancy hatte tiefschwarze, lange Haare und blaue Augen. Vielleicht war es das Foto von ihr, das mich dazu gebracht hatte, mir die Haare kurz schneiden zu lassen. Eine Zeit lang war ich unglaublich wütend auf meine Mutter. Als ich merkte, wie traurig es meinen Vater machte, wenn ich schlecht über sie sprach, sparte ich mir die Kommentare. Doch egal, wann ich über sie redete, sie war und blieb für mich nur Nancy – die Frau, die meinen Vater zutiefst verletzt hatte.

Auf dem Foto trug sie eine rote Jacke über einer schwarzen Miederweste und eine enge Jeanshose. Ole hatte seine schwarze Lederweste an, die immer noch im Flur hing, selbst wenn er nicht mehr hineinpasste. Auf dem Kragen befand sich der Schriftzug Free Biker. Er hatte sich ein Bandana um den Kopf gewickelt und deutete mit dem Zeigefinger auf sein frisch gestochenes Skorpion-Tattoo am Oberarm.

Ich eilte ins Bad und holte eine Schüssel, damit Ole sich nicht auf den Boden oder ins Bett übergab. Er würde seinen Rausch ausschlafen und vergessen, was er gebrabbelt hatte.

Immer, wenn ich Ole so sah, zweifelte ich daran, ob er allein klarkommen würde. Nach wenigen Minuten erfüllte sein röchelndes Schnarchen das Schlafzimmer. Ich stand leise auf, lehnte die Tür an und legte mich in mein Bett. In der Nacht stand ich mehrmals auf, um nachzuschauen, ob es ihm gut ging.

14

Am Totensonntag ging ich mit Carina zum Grab ihrer Mutter. Der Grabstein war vor einem Jahr auf den Nordfriedhof gesetzt worden und lag im Schatten einer Eibe. Carina strich über das Foto ihrer Mutter.

»Die schönen blonden Haare hast du von ihr«, sagte Liam.

Carina nickte. »Das Foto ist auf einer Familienfeier entstanden. Sie hat auf dem Original Spencer im Arm. Das Foto hab ich gemacht - sieben Mal, weil es immer verwackelt war.«

Sie legte einen kleinen Stein mit der Inschrift »Ich liebe dich« auf den Grabstein. Liam verschränkte die Finger ineinander und bewegte stumm die Lippen. Sein Blick ruhte auf dem Foto. Es faszinierte mich, wie andächtig er vor dem Grab einer ihm fremden Frau stand. Liam wartete einige Minuten ab, dann schlug er vor, ein wenig spazieren zu gehen. Carina löste sich erst vom Grab ihrer Mutter, als wir zwei uns bereits in Bewegung gesetzt hatten.

Kleine Steinmauern durchzogen den Friedhof, an denen sich zur Orientierung Nummern befanden. Hellbraune Trampelpfade führten zu den Gräbern, die zum Teil unter alten Eichen lagen.

An den Stämmen der riesigen Bäume kletterte grüner Efeu bis in die Krone. Außerhalb der Friedhofsmauer verlief ein Fluss, der in der Nähe des Hafens mündete. Durch das Rauschen der Nadelbäume hörten wir das Plätschern des Wassers.

»Warum kommst du nicht mit deinem Vater und Spencer her?«, fragte Liam.

»Spencer will nicht zu ihrem Grab«, antwortete Carina nach langem Zögern. »Er meint, dass ihr Tod dann zu real wäre. Papa geht nur, wenn ich auf meinen Bruder aufpasse.«

Liam nickte. Der Wind raschelte durch die Baumkronen und entlockte ihnen die letzten Blätter. Allein die Blutbuche auf der Wiese hielt ihr rotes Laub fest, als wäre es das letzte Lebenszeichen des Sommers.

Ich öffnete den Reißverschluss meiner Lederjacke. Der Himmel war klar und die Sonne schien, als sei es Hochsommer und nicht Spätherbst. Liam hatte seinen grauen Blazer über die Schulter gelegt. Er trug nur ein weißes T-Shirt und einen marineblauen Schal.

»Darf ich?«, fragte Liam und hielt Carina sanft am Arm fest.

Er nahm ein Blatt, das sich in ihrem Haar verfangen hatte. Tränen stiegen in Carinas Augen. Liam nahm sie liebevoll in den Arm. Weinend vergrub sie ihr Gesicht an seiner Schulter. Liam schloss die Lider.

Ich ging zu einer Bank, um die beiden nicht zu stören. Zwei ältere Frauen, die an einem Grab standen, sahen die beiden und lächelten sich traurig an. Hinter den Frauen spazierten vier Personen über den Hauptweg. Ich erkannte Theodor McMillan an seiner schwarzen Weste und dem grünen Hemd.

Patrick McMillan ging neben ihm. Unter seinem Arm hatte er seinen Gehstock geklemmt. Hinter ihnen schob eine Frau einen Kinderwagen. Ein Mann ging dicht neben ihr. Sie verschwanden durch ein gusseisernes Tor in einem anderen Bereich des Friedhofs.

Ich sah zu Carina und Liam. Carina löste sich peinlich berührt aus seiner Umarmung. Er reichte ihr ein Taschentuch, mit dem sie sich die Tränen aus dem Gesicht wischte.

»Oh Gott, wie peinlich«, sagte sie und deutete auf einen nassen Fleck auf Liams T-Shirt.

»Wenn mich so eine schöne Frau umarmt, bringt mich das schon mal ins Schwitzen«, sagte Liam und lächelte sie an.

Carina wurde rot im Gesicht. Ich ging zu den beiden und nahm sie auch kurz in den Arm.

»Danke«, flüsterte sie mir ins Ohr.

»Wollen wir weiter?«, fragte Liam. »Hier ganz in der Nähe ist mein Urgroßvater bestattet worden.«

Ich konnte nicht sagen, ob es Zufall war, dass er uns ausgerechnet in die Richtung führte, in der wir die McMillans erblickt hatten.

»Es gibt drei Gebiete auf diesem Friedhof«, erklärte Liam, »den öffentlichen Bereich und je ein Gelände für die Angehörigen der Familien McMillan und Pilgrim.«

»Warum?«, fragte Carina.

»In Irland hatten wir eigene Friedhöfe. Aber hier stand nur dieser eine zur Verfügung, als unsere Familien im 19. Jahrhundert nach Deutschland eingewandert sind. Da haben wir einfach einen

Teil des Friedhofs gekauft, damit auch in ein paar Jahrhunderten alle Familienmitglieder beieinander liegen und nicht über den ganzen Friedhof verstreut sind.«

»Wo kommen die McMillans her?«, fragte ich.

»Aus Schottland. Auf der Insel waren unsere Familien dennoch eng verbunden. Zwar haben wir im letzten Jahrhundert unser Geschäft mit Nachtclubs bundesweit expandiert, doch das Zentrum unserer Familie ist nach wie vor diese Region.«

Liam betrat mit uns das Areal der Pilgrims. Bunte Beete aus Heidekraut und Immergrün stahlen den Sträußen vor den mit Gold verzierten Grabsteinen die Show.

»Wir wählen Bilder der Verstorbenen aus«, fuhr Liam fort, »die sie in der Blüte ihres Lebens zeigen, um die Erinnerung an sie so lebendig wie möglich zu halten.«

Auf vielen Gräbern waren Holzkreuze platziert, die vor den Grabsteinen standen. In sie war meist ein kleines Symbol wie eine Taube oder ein Engel geschnitzt.

Liam führte uns zu einem großen Grabstein auf einem Hügel. Wir stiegen die kleine Treppe aus Marmor hinauf. Liam hockte sich vor den Grabstein, auf dem »Marco Pilgrim« stand.

»Das ist mein Urgroßvater«, murmelte er und strich mit der Hand über den flachen Strauch vor dem Stein.

Auf dem Weg zurück zum Eingang schlenderten wir an einer von Efeu überwucherten Gruft vorbei.

»Ist hier auch das Grab unseres ehemaligen Bürgermeisters?«, fragte Carina.

»Ja«, antwortete Liam. »Möchtest du es sehen?«

Sie nickte und wir gingen zum zweiten Areal. Hinter dem restaurierten Metalltor blieb Carina vor einem Grab aus rotem Backstein stehen.

»Hector McMillan«, las ich laut vor.

»Das ist der ehemalige Bürgermeister«, sagte Carina, »der vom Siebenschläfer ermordet wurde.«

Wir standen eine Weile stumm davor, dann ging Liam wortlos weiter. Carina und ich folgten ihm. Einige Wege später erblickten wir am Ende einer Mauer die Gruppe um Theodor McMillan vor einem anderen Grabstein.

Patrick hielt den Hut vor seinen Bauch. Er trug eine Sonnenbrille. Seine linke Hand umschloss den Gehstock, in der anderen hielt er einen Strauß Lilien. Als Simon McMillan uns entdeckte, stieß er Theodor an der Schulter an.

»Na, sieh mal einer an«, sagte Theodor. »Liam Pilgrim. Was verschlägt dich denn hierher?«

»Heute ist Totensonntag. Da gehört es sich, seine Verstorbenen zu besuchen.«

»Aber eure Verstorbenen sind auf der anderen Seite des Friedhofs begraben«, sagte Simon argwöhnisch.

Theodors tadelnder Blick traf ihn von der Seite. Wie schon bei unserer ersten Begegnung trug Simon eine braune Lederjacke und Handschuhe. Eine brünette Frau stand neben ihm und wippte einen Kinderwagen.

»Wir wollten gerade zum Grab deines Vaters«, sagte Liam.

»Das trifft sich gut. Da wollten wir auch gerade hin.« Theodor wandte sich zu seinen Verwandten um. »Es stört euch doch nicht, wenn er uns begleitet?«

194

Simon beäugte uns skeptisch, gab aber keinen Einwand von sich. Patrick winkte mit der Hand, setzte seinen Hut auf und ging voran. Ich sah auf das Grab, vor dem die McMillans gestanden hatten. Eine Anna McMillan lag hier begraben. Patrick hatte ihr vor dem Weitergehen eine weiße Lilie aufs Grab gelegt. Als wir auf dem weiträumigen Privatfriedhof angekommen waren, erklärte Theodor, dass hier bis in die zwölfte Generation hinein beinahe alle Familienmitglieder beerdigt worden waren.

Auf dem Grab des Bürgermeisters lagen frische Kränze. Die Gesichter der Anwesenden waren ausdruckslos. Nur Carina sah wirklich traurig aus. Patrick hielt Theodor eine Lilie hin, doch dieser schüttelte den Kopf.

»Nicht hier«, sagte er. »Ich möchte sie lieber an die Gedenkstätte bringen.«

»Die Gedenkstätte für die Opfer des Siebenschläfers?«, fragte Carina leise.

Theodor ging der Gruppe schweigend voraus zum Eingang des Friedhofabschnitts. Simon legte der Frau einen Arm um die Schulter, während sie den Wagen schob. Ich hörte, wie das Baby brabbelte. Liam, Carina und ich ließen uns ein wenig zurückfallen und folgten ihnen.

Über dem Eingang prangte der Name der Familie McMillan in goldenen Lettern. Das Tor war aus dunklem Metall und überragte uns um einige Meter. Eine lange Mauer erstreckte sich von der Öffnung aus, an der sich zahlreiche Gedenksteine aneinanderreihten. Am Beginn der Mauer stand eine große Steintafel, auf der das Bild eines Manns und das einer Frau eingemeißelt waren.

»Gestiftet in Gedenken an Hector und Irina McMillan« stand in goldener Schrift auf der Mitte der Tafel.

»Die Stadtverwaltung hat die Gedenkstätte damals errichten lassen«, sagte Liam leise. »Die McMillans haben aber den Großteil des Geldes beigesteuert.«

»Immerhin wurde der Bruder meines Großvaters und seine Frau ermordet«, sagte Patrick. »Ihnen und allen Hinterbliebenen dieses Mörders hat meine Familie zur Erinnerung diese Gedenkstätte errichten lassen.«

»Genau dasselbe könnte man von der Gedenkstätte für die Hinterbliebenen des Amoklaufs sagen«, sagte Liam.

»Damit haben wir nichts zu tun«, blaffte Theodor.

Liam sah ihn pikiert an. »Das hab ich auch nicht behauptet.«

Theodors Gesichtszüge entspannten sich. »Tut mir leid, Liam. Ich bin empfindlich, wenn es darum geht. Damals war meine Familie schon im Visier der Ermittler, heute sind wir es wieder. Dabei sind wir hier die Opfer.«

Simon und die Frau nickten. Patrick geriet ins Wanken und konnte sich nur mit Mühe auf dem Gehstock abstützen. Simon griff ihm unter den Arm.

»Alles in Ordnung«, sagte Patrick heiser. »Ich würde nur gern zurück zum Wagen.«

Patrick gab Theodor die letzte Lilie und hakte sich bei Simon unter, der die Frau entschuldigend anlächelte. Sie spazierten zu zweit zum Ausgang.

Carina drehte sich zu Liam um. »Haben die McMillans auch die Gedenktafel vor dem Privatgymnasium gestiftet?«

Liam sah Theodor wachsam an. »Man munkelt, dass sie es getan haben, um in einem besseren Licht dazustehen.«

»Oder weil sie einfach das Geld dafür hatten«, sagte Theodor.

Es entstand eine peinliche Stille, die durch das Weinen des Babys beendet wurde. Die Frau nahm es aus dem Kinderwagen und wiegte es im Arm.

Carina ging auf sie zu und lächelte das Baby an. Die Frau nickte sie aufmunternd an und hielt ihr den Säugling hin. Carina strahlte übers ganze Gesicht und nahm das Baby vorsichtig in die Arme.

»Wie heißt er?«, fragte sie.

»Ben.«

Meine Freundin sah sie erstaunt an. »Schöner Name«, sagte Carina schüchtern.

»Ich verstehe nicht, warum ihr ihn ausgerechnet nach einem Amokläufer benennen musstet«, sagte Liam.

»Ich finde den Namen Ben wunderschön«, sagte die Frau mit gepresster Stimme, ohne den Blick von ihrem Sohn zu nehmen. »Mein Vater heißt Benjamin. Nur weil irgendwo irgendwer Amok läuft, lasse ich mir doch keinen Namen verbieten.«

Simon war zurückgekehrt und tätschelte ihre Hand. »Reg dich nicht auf, Lotte!«

»Ich reg mich auf, wann ich es will, Schatz.«

Simon wischte ihre Worte mit einem schlichten Lächeln weg. Theodor wandte sich der Gedenkplatte für die Opfer des Siebenschläfers zu und legte die letzte Lilie sacht auf einen Mauervorsprung. Weder das Bild noch der Name seines Vaters waren hier zu finden. Und dennoch schien er davon überzeugt, hier mit seiner Trauer und den Vorwürfen richtig zu sein.

Ich wanderte die Mauer entlang und sah mir die einzelnen Gedenksteine an. Manche Platten waren quadratisch, andere rund. Eine ovale Plakette trug den Namen Yvonne Jordan. Daneben hatte jemand in verschiedenen Schriftarten und Farben »Warum« an die Wand gesprüht. Mittlerweile waren die Graffitis jedoch verblasst.

Ich spürte die Anwesenheit des Grauens. Gedenktafeln bannen Katastrophen wie diese, können sie aber nicht auslöschen, dachte ich. Auch die Gedenktafel für die Opfer des Amoklaufs war für diejenigen, die dabei gewesen waren, eine Erinnerung an diese schreckliche Lebensetappe.

Für jeden Bürger war der Name Ben ein geflügeltes Wort für Schmerz und Leid. Es war absurd, dass diese Gedenkstätte um einiges größer war als die Namenstafel am Privatgymnasium. Hier hatte jedes Opfer eine eigene Tafel, obwohl wesentlich weniger Menschen gestorben waren.

Eine weitere rechteckige Platte erregte meine Aufmerksamkeit. Sie war dem Ehepaar Philipp und Janine Neumann gewidmet. Sie war Tierarzthelferin gewesen, er Polizist. Auf dem kleinen Vorsprung unter der Platte lag ein Strauß Vergissmeinnicht. Ich berührte die zarten hellblauen Blüten und deckte einen Schriftzug auf. Die beiden hatten einen gemeinsamen Sohn zurückgelassen: Paul Neumann.

Das musste der Geburtsname von Spike sein. Ich hatte nach den Opfern des Siebenschläfers gegoogelt, war jedoch nicht fündig geworden. Sein Name war online nirgends verzeichnet, wahrscheinlich um ihn zu schützen. Nach einer Adoption war Spikes Name geändert worden. Wie er wohl zu seinem Spitznamen gekommen war?

»Mein Gott, er war nicht einmal ein Jahr alt«, sagte Carina, die hinter mir stehengeblieben war.

Die anderen schlossen nach und nach zu uns auf.

»Wie kann ein einziger Mann so viele Menschen auf dem Gewissen haben und ungestraft davonkommen?«, fragte Theodor.

»Es ist doch noch gar nicht sicher, ob es wirklich derselbe Täter war«, sagte ich. »Immerhin war schon einmal jemand hinter Gittern wegen zwei der Morde, die dem Siebenschläfer zugeordnet werden.«

Lange Zeit glaubten die Leute, dass dieser Sascha Baumann den Polizisten und seine Frau ermordet hatte. Zwei Jahre lang dachte Spike, dass Richard Hanssen der Täter gewesen war. Und nun standen wir wieder vor dem Nichts.

»Die Ermittler haben mir genügend Beweise geliefert«, sagte Theodor. »Es handelt sich um den echten Siebenschläfer. Er hat meinen Vater und meinen Bruder auf dem Gewissen.«

Simon legte ihm die Hand auf die Schulter und sah ihn bedrückt an. Theodor starrte zornig auf die Gedenktafeln.

»Wenn die Polizei ihn nicht findet, werde ich ihn finden. Und dann töte ich ihn. Das schwöre ich beim Grab meines Vaters!«

15

»Genau. Wer ahnt schon, dass kurz vor den Weihnachtsferien noch jemand auf die Idee kommt, einen Test zu schreiben?«, fragte Carina ironisch. »Wärst du auch nur fünfzig Prozent der Schulzeit da gewesen, hättest du bei dem Test nicht so haushoch versagt und wir müssten dir nicht den Stoff eines ganzen Halbjahres beibringen.«

Ich unterbrach meine Lektüre. Alex rollte mit den Augen und legte sein Geschichtsbuch vor sich aufs Bett. Er saß im Schneidersitz neben mir und richtete seine Brille. Carina hatte es sich uns gegenüber auf ihrem Bürostuhl gemütlich gemacht.

»Ach, bei dem Idioten kann doch eh keiner dem Unterricht folgen. Mit euch klappt das viel besser. Ehrlich.«

»Ja, aber wir haben zumindest Voraussetzungen, auf die wir aufbauen können«, sagte Carina. »Du fängst beim Urschleim an.«

Alex stöhnte. »Wir stehen kurz vor unseren Endnoten. Die gehen in die Abschlussnote ein. Und Geschichte ist ein Hauptfach. Da kannst du am Schnitt dann auch nicht mehr rütteln.«

»Wer weiß, ob ich überhaupt antreten werde?«, fragte Alex.

»Wie meinst du das?«

»Na, ich habe massig Fehlstunden. Vielleicht versetzen die mich nicht einmal in die elfte Klasse?«

Nachdem Liam ihn vor zwei Wochen auf dem Schulflur gegen die Parallelklässler verteidigt hatte, war Alex kaum mehr zur Schule gekommen. Doch seit unserer Aussprache war er jeden Tag erschienen. Das hatte ihn jedoch nicht vor der schlechten Note in Geschichte bewahrt. Ich hatte dank Carina gut abgeschnitten. Wir hatten in den Pausen eine Zeit lang über den Ersten Weltkrieg diskutiert.

»So oft hast du nun auch nicht gefehlt«, sagte ich.

»Doch. Mein Vater musste deswegen schon zur Rektorin. Deshalb hat er auch die letzten Wochen so strikt darauf geachtet, dass ich zur Schule gehe.«

»Und trotzdem hast du dich in den letzten Stunden immer davongestohlen«, sagte Carina vorwurfsvoll.

»Ja, schon. Aber ich konnte ja nicht ahnen, dass die daraus so eine große Sache machen.«

Alex ließ den Kopf hängen.

»Und nun?«, fragte Carina.

»Nun diskutieren die morgen bei der Konferenz über mein Schicksal.«

»Und unsere Lehrer entscheiden dann über deine Versetzung?«, fragte ich schockiert.

»Nein, da ist auch die Rektorin dabei und alle Elternvertreter der Klassenstufe. Die fahren voll was auf für mich.«

»Und du bist nicht eingeladen?« Er schüttelte den Kopf. »Die können dir die Zulassung doch nicht einfach verweigern wegen ein paar Fehlstunden.«

»Können sie schon«, sagte Carina.

»Was ist denn das für eine beschissene Regelung?«

»Die Schulordnung, Julia. Da steht, glaube ich, irgendwas von Fehlstunden. Müsste ich nochmal genau nachlesen.«

»Na, dann mach das!«, rief ich ungehalten.

Carina verzog das Gesicht, ging jedoch zu ihrem Schreibtisch und stellte ihren PC an. Er fuhr quälend langsam hoch. Gebannt starrten wir drei ihn an.

Ich konnte mir nicht vorstellen, dass ich allein ins Berufsleben hinausgeworfen wurde und Alex an dieser verfluchten Schule feststeckte. Oder würde er sich tatsächlich vom Schulabschluss und somit auch seinen Eltern verabschieden, um freischaffender Künstler zu werden? Wenn nicht, würde ich lieber mit ihm sitzenbleiben, statt nach der zehnten Klasse abzugehen und mit meinem Realschulabschluss allein etwas anzufangen.

»Ist nicht Liams Mutter Elternvertreterin?«, fragte Carina.

»Ich glaub sogar Elternsprecherin.«

»Die Pilgrims haben mir grad noch gefehlt«, sagte Alex.

»Aber sie könnte vielleicht ein gutes Wort für dich einlegen.«

»Oder Tora hat eine Idee, wie du da wieder rauskommst.« Carina tippte ihr Benutzerpasswort ein. »Vielleicht sollten wir mal mit ihr reden?«

»Auf gar keinen Fall«, sagte Alex. »Ich will nicht schon wieder in der Schuld dieses Kerls stehen.«

Carina sah ihn zornig an. »Er hat einen Namen.«

»Du stehst doch nicht in seiner Schuld«, sagte ich, »nur weil er dich vor diesen Typen verteidigt hat.«

»Aber es fühlt sich so an. Du solltest das verstehen. Außerdem ist das mein Bier. Ich komm da selbst wieder raus.«

Alex ballte seine rechte Hand zur Siegerfaust und reckte sie empor. Das Nietenarmband um sein Handgelenk untermalte die rebellische Geste. Als Carinas Laptop hochgefahren war, rief sie die Website unserer Schule auf. Sie überflog die Schulordnung und die Zulassungsvoraussetzungen für die Abiturstufe.

»Hier steht, dass die Fehlstunden allein kein Ausschlussgrund sind, außer es sind mehr als die Hälfte.«

»Dann sieht es doch gut aus«, sagte ich.

Um Gewissheit zu haben, würde ich freiwillig jede einzelne Unterrichtsstunde zählen. Es musste sich doch ausrechnen lassen, wie hoch der Prozentsatz von Alex' Fehlstunden war. Und im Notfall half rückwirkend immer noch eine ärztliche Bescheinigung.

Carinas Gesichtsausdruck blieb ernst. »Die Versetzungskonferenz muss über den Ausschluss von der Abschlussprüfung entscheiden, wenn die Noten des Betroffenen grundsätzlich für eine Teilnahme sprechen.«

»Und nach welchen Kriterien wird dann entschieden?«, fragte ich.

Carina scrollte eine Weile. »Keine Ahnung.«

»Na, toll«, sagte ich. »Konkreter können die nicht werden?«

»Aber das heißt auch, dass noch alles drin ist«, sagte Alex.

»Es kann aber sein, dass du nicht wiederholen darfst.«

»Wie?«, rief ich. »Nicht wiederholen?«

»Vielleicht wird er einfach ohne Abschluss von der Schule verwiesen, wenn die meinen, dass seine Arbeitsmoral zu wünschen übrig lässt.«

»Wenn die das machen«, sagte Alex ernst, »dann lauf ich Amok.«

Carina riss die Augen auf und ich schaute tadelnd. Er zog den Kopf ein und lächelte Carina entschuldigend an.

»Darüber macht man keine Witze«, sagte Carina gefasst. »Amokläufe sind grauenhaft. Du als Mitbürger solltest das wissen.«

»Schon, aber ich meinte doch nur …«

»Mein Vater hat den Amoklauf am Privatgymnasium selbst miterlebt.«

»Ernsthaft?«, fragten Alex und ich synchron.

Carina begann zu weinen und hob eine Hand vor den Mund.

»Ich habe neulich mit ihm über seinen Abschluss geredet, da hat er es mir erzählt. Ich meine: Ich wusste ja, dass er ans Privatgymnasium ging zur Zeit des Amoklaufs, aber dass er selbst anwesend war, während er … Amok lief, war mir neu.«

»Was hat er dir erzählt?«, fragte ich vorsichtig.

Ein Schluchzer kam ihr über die Lippen. Aus einer Schublade suchte Carina ein Taschentuch und wischte sich die Tränen von den Wangen.

»Zwei seiner Mitschüler wurden erschossen«, sagte sie mit erstickter Stimme. »Einer seiner besten Freunde hat dabei zugesehen, wie …«. Sie schluchzte. »Wie die Polizisten … ihn erschossen haben.«

Ich stand auf und legte meine Arme um sie. Ihre Schultern zuckten. Nach ein paar Minuten beruhigte sie sich.

»Kannte er den Amokläufer?«, fragte Alex.

»Sie waren gute Freunde. Er ist jeden Tag mit ihm zur Schule gelaufen. Niemand hat bemerkt, was in dem Jungen vor sich ging«, brachte sie unter Tränen hervor.

Alex senkte den Kopf und entschuldigte sich flüsternd.

»Schon okay, Alex.« Carina schnäuzte sich. »Ich will nur niemals wieder aus deinem Mund etwas über Amokläufe hören.«

Betroffen sah Alex auf, schluckte jedoch einen Kommentar hinunter. Mit zitternden Fingern holte Carina ihr Asthmaspray aus dem roten Säckchen, das an ihrem Hosenbund hing. Sie setzte es an und inhalierte zwei Mal. Alex und ich wechselten besorgte Blicke.

»Ich würde niemals Amok laufen«, sagte Alex.

Carina sah ihn ernst an. »Schwörst du?«

»Ich schwöre, dass ich niemals mit einer Waffe in unsere Schule eindringe und Menschen töte«, sagte er mit erhobener Hand und verbundenem Zeige- und Mittelfinger.

***

»Und was haltet ihr davon?«, fragte Tora.

Wir standen in einem langen Gang eines riesigen Dekorations-fachgeschäfts und sahen uns in den deckenhohen Regalen um. Sie zog eine Girlande mit weißen Schneeflocken von der Stange vor sich und hielt eine silberne Plastikblume daneben. Carina nickte.

»Meinst du wirklich, ›White Christmas‹ ist das richtige Thema?«, fragte Liam.

»Der Elternvorstand hat mir freie Hand gelassen. Was denkt ihr, warum ich euch mitgenommen habe? Ihr seid die letzte In-stanz.«

Carina und ich lächelten dankbar. Tora hatte uns an diesem Mittwoch eingeladen, zusammen mit ihr die Dekoration für die Schulweihnachtsfeier auszusuchen. Sie war Innenausstatterin und deshalb für die Flur- und Außendekoration der Schule an diesem Sonntagnachmittag verantwortlich.

»Wir sind doch hier, um dir zu helfen, Mom. Und ich sage: Das ist zu kitschig.«

»Kitschig ist doch gut«, sagte Carina.

»Also, ich denke bei ›White Christmas‹ auch eher an andere Sachen«, sagte ich. Die drei beäugten mich fragend. »Weißes Pulver? Koks? Heroin? Meth?«

Liam deutete auf mich und nickte heftig. »Danke, dass du es gesagt hast.«

»Wer denkt denn bei ›White Christmas‹ bitteschön an Drogen?«, fragte Carina. »Ich würde gern mal wieder einen verschneiten Heiligen Abend erleben. War ja die letzten Jahre nichts mit Schlittschuhfahren.«

»Darum geht es an Weihnachten aber gar nicht«, sagte Liam. »Es ist ein Familienfest. Ich verstehe sowieso nicht, warum wir das auch noch in der Schule feiern müssen.«

»Weil die Schulleitung ein angenehmes Lernklima erzeugen will«, sagte Tora. »Außerdem ist es die perfekte Gelegenheit die Eltern der anderen Schüler kennenzulernen.«

Tora drehte sich von Liam weg und ging zu einem Regal mit Rentierfiguren.

»Dieses Jahr führen wir ›A Christmas Carol‹ von Charles Dickens auf«, sagte Carina. »Das wird Ihnen sicher gefallen. Mein Vater und mein Bruder kommen auch.«

»Mein Vater wird auch da sein«, sagte ich. »Wir könnten alle zusammensitzen.«

»Das wäre schön«, sagte Tora und lächelte Liam an, der das Lächeln jedoch nicht erwiderte.

Er begutachtete ein Rentier mit leuchtender Nase. »Hat Dad sich mittlerweile schon geäußert, ob er auch kommen wird?«

»Nein, Schatz«, antwortete Tora bedauernd. »Er hat viel in der Firma liegenlassen für die Kandidatur als Bürgermeister. Jetzt muss er einiges aufarbeiten. Und nach den Schlagzeilen der letzten Tage …« Tora seufzte. »Dein Dad muss jetzt einfach aufs Unternehmen achten und die Investoren zurückgewinnen.«

»Aber doch nicht am ersten Advent«, sagte Liam.

»Wir sind selbstständig. Für uns gibt es keinen freien Tag, solange es Arbeit gibt. Und wenn er keine Vertretung findet, wird dein Vater am Wochenende zu der Tagung fahren müssen.«

»Warum fährt nicht Damian?«

Tora sah ihren Sohn eindringlich an. »Du weißt, warum.«

»Ja, weil er Scheiße gebaut hat und deshalb die Stadt nicht verlassen darf. Prima. Deshalb muss Dad jetzt die ganze Drecksarbeit machen.«

»Er darf keine längeren Strecken mit dem Auto fahren«, erklärte Tora mit einem milden Blick auf Carina und mich.

»Hätte Damian einfach mal aufgepasst – im Ernst – dann wäre das alles nicht annähernd so kompliziert. Und Dad könnte mit uns hingehen.«

»Weißt du«, sagte Tora, »manchmal kann man nicht sagen, der oder der ist schuld. Manchmal sind die Dinge komplizierter.«

»Schon klar, schon klar.«

Liam wich dem Blick seiner Mutter aus und machte eine wegwerfende Handbewegung. Tora griff nach seiner Hand. Es schien, als würden sie die Diskussion wortlos weiterführen. Erst als Liam lächelte, ließ Tora ihn wieder los. Ein letztes Mal strich sie über seinen Arm und sah ihn aufmunternd an. Dann griff sie das rotnasige Rentier und stellte es in den Einkaufswagen.

Liams Smartphone klingelte. Er entschuldigte sich und ging in einen anderen Gang. Wir stellten uns zu Tora, die verschiedene Stoffrollen in einem Regal befühlte.

»Was haltet ihr hiervon?«, fragte sie und zog eine Rolle mit glitzerndem Stoff aus dem Stapel.

»Sollen wir die Schule damit verhüllen?«, fragte ich und lachte.

»Das sind Tischläufer«, sagte Carina.

»Man legt sie in die Mitte des Tischs und stellt Kerzen drauf.« Tora legte die Rolle zum Rentier und schob den Wagen weiter. »Und solche Dekosterne oder -herzen kommen dazu.«

»Das kommt doch danach eh alles in den Müll«, sagte ich.

»Spielverderber.«

Carina sah mich fassungslos an und deutete auf Tora, als hätte ich sie damit zutiefst gekränkt. Liams Mutter lächelte mich gutherzig an.

»Du hast recht, Julia. Weniger ist mehr.«

»Vor allem weniger Glitzer«, sagte ich.

Tora ging ein paar Schritte und ließ den Blick über das Sortiment schweifen. Als wir vor den Lichterketten darüber diskutierten, ob eine Kombination aus Rot und Grün zum Thema passe, fragte Tora unvermittelt:

»Sagt mal: Ihr seid doch mit Alexander Hartmann befreundet, richtig?«

»Ja, wieso?«, fragten wir beide.

»Bei der Elternversammlung neulich wurde viel über ihn diskutiert.«

»Schon davon gehört«, sagte ich und vergrub meine Hände in den Taschen meiner Jacke.

»Euer Freund schwänzt oft«, sagte Tora. »Darüber wollte ich aber eigentlich gar nicht mit euch reden.«

»Worüber dann?«, fragte Carina irritiert.

»Sein Vater ist Ermittler bei der Polizei, richtig?«

Ich runzelte die Stirn. »Wieso?«

Tora wich unseren Blicken aus. »Er war letzte Woche mit einem Kollegen bei uns zu Hause. Sie haben uns merkwürdige Fragen gestellt.«

»Was denn für Fragen?«, fragte Carina.

Toras Augenbrauen zogen sich enger zusammen.

»Wie es sich anhört«, sagte Tora, »sehen sie eine Verbindung zwischen uns und den vergangenen Morden.«

»Lächerlich«, platzte es aus Carina heraus.

Ich versuchte meine Skepsis zu verbergen. Vielleicht hatte das Team um Kommissar Hartmann, genauso wie bei den McMillans, Einsicht in die Firmenakten verlangt? Patrick hatte versucht über den Bürgermeister zu intervenieren. Vielleicht wollte Tora es nun direkt über den Ermittler versuchen?

»Das hab ich auch gesagt«, fuhr Tora fort. »Da wurde der Kommissar ziemlich schroff.«

»Hat Alex' Vater sie angeschrien?«, fragte ich. »Das tut er mit seinem Sohn nämlich sehr häufig.«

»Nein. Aber er hat sehr abfällig über unsere Familie gesprochen. Es hat meinen Mann wahnsinnig aufgeregt. Und ich dachte nur, ihr könntet mir sagen, ob Alexanders Vater auch privat so ungehalten ist.«

Carina und ich nickten.

»Zum Glück ist der nicht in der Elternversammlung«, sagte Tora. »Und auf der Weihnachtsfeier gehen wir ihm wohl besser aus dem Weg.«

»Keine Sorge!«, sagte ich. »Der kommt eh nie zu solchen Veranstaltungen.«

»Da bist du ja.«

Bruce McMillan legte die Akte zur Seite, über der er gebrütet hatte. Langsam erhob sich der Bürgermeister von seinem Bürostuhl und umrundete seinen Schreibtisch aus Ebenholz. Ich zuckte zusammen, als er seine Hand auf meine Schulter legte.

»Du bist einer meiner engsten Vertrauten.« Eine unangenehme Stille breitete sich zwischen uns aus, bis Bruce fortfuhr. »Du hast mitbekommen, was bei der letzten Gemeindeversammlung vorgefallen ist?«

»Ja. Sehr unerfreulich, der Auftritt von Colin.«

»Unerfreulich?« Bruce lachte höhnisch. »Er hat das gesamte Vorhaben, dass wir monatelang geplant haben, torpediert. Monatelange Arbeit für die Katz. Und das nur, weil er uns eins auswischen wollte.«

»Meinst du, unser Handel mit Autos und Ersatzteilen wird jetzt eingeschränkt?«

»Nicht nur unser Handel. Ich hatte Investoren für unsere Expansion. Dafür hätte der Hafen aber für größere Schiffe und mehr Frachtcontainer geöffnet werden müssen. Nach Colins Auftritt sind sie alle abgesprungen.«

Ich biss mir in die Wange. »Colin hat durchaus schlüssige Argumente gegen den weiteren Ausbau angebracht.«

»Bist du auf seiner Seite?«, fragte Bruce ungehalten. Ich schüttelte den Kopf und er senkte den Blick. »Wir müssen endlich etwas gegen ihn unternehmen.«

»Und wie stellst du dir das konkret vor?«, fragte ich.

Bruce lehnte sich mit dem Rücken gegen die Minibar und griff nach dem Glas Whiskey neben sich.

»Die Pilgrims sind eine Plage. Und was macht man mit Plagen? Man merzt sie aus.«

Er reichte mir ein halb gefülltes Glas, das bereits dort gestanden hatte, als ich den Raum betreten hatte. Es war das Zeichen dafür, dass an diesem Tag ein Vertrag geschlossen werden sollte. Mit wem und worüber, das würde nur der erfahren, der damit anstieß.

»Und mit ausmerzen, meinst du …?«

»Colin Pilgrim muss verschwinden«, sagte Bruce ausdruckslos.

»Und das erzählst du mir, weil …?«

Bruce sah mich verschwörerisch an. Ich wusste, dass er einen meiner Cousins dazu angestiftet hatte, einen Mann krankenhausreif zu schlagen. Danach hatte sein Konkurrent die Kandidatur fürs Bürgermeisteramt zurückgezogen. Letztlich war Bruce wiedergewählt worden.

»Ich denke, dass du der richtige Mann für den Job bist«, sagte er. Ich zog eine Augenbraue hoch. »Du weißt, was damals geschehen ist. Du weißt, welche Bedrohung Colin ist. Für mich. Für meine Familie. Für unsere Familie.«

Ich kniff die Augen zu. In meinem Kopf spielten sich Bilder ab, die ich seit Jahrzehnten versucht hatte zu verdrängen. Niemand hatte Anzeige gegen Colin erhoben, dabei gab es fünf Zeugen. Aiden galt bis heute als Opfer eines Raubmörders. Bruce hatte nicht einmal seiner Ehefrau erzählt, wie ihr Bruder gestorben war. Wir hatten eisern geschwiegen. Einerseits weil wir nicht wollten, dass diese Fehde juristisch ausgetragen wurde. Andererseits fürchteten wir Colins Rache.

Aiden war der erste Tote gewesen, den ich jemals hatte sehen müssen. Dieses Bild brannte sich in mein Gedächtnis ein – genauso wie Sascha Baumanns zerfetzter Leichnam auf den Gleisen und der ängstliche Gesichtsausdruck von Janine Neumann, die mit einem blutigen Bauch vor mir lag. In manchen Nächten wachte ich schweißgebadet auf. An meinem Handgelenk spürte ich dann den Druck ihrer Hand. Die Worte der Mutter hallten mir in den Ohren: »Rette meinen Sohn!«

Bruce hielt mir immer noch das Glas entgegen. Er sah mich zuversichtlich an.

»Wie kommst du darauf, dass ich mich an solch einem Unternehmen beteiligen würde?«

»Er hat meinen Schwager erschossen. Vor meinen Augen. Vor unseren Augen. Es ist nur eine Frage der Zeit, bis er auch mich töten will. Er ist unberechenbar.«

»Es wäre logischer, wenn er Vincent Pilgrim töten würde. Immerhin hat der das Erbe seines Vaters erhalten.«

»Ich würde ihm sogar zutrauen, dass er selbst Marco ins Grab befördert hat«, sagte Bruce.

»Umso ärgerlicher, dass das Testament ihn nicht begünstigt, sondern seinen Neffen.«

Bruce sah mich intensiv an. »Das ist wahr. Aber du könntest Vincent Pilgrim und mich vor diesem Bastard schützen.«

»Ich töte keine Menschen«, sagte ich bestimmt.

Bruce sah mich mit ungläubiger Miene an. Dann nahm er einen kräftigen Schluck aus dem Glas, das er mir hingehalten hatte. Er knallte das leere Glas auf den Tisch, wandte sich von mir ab und ging zum Fenster.

»Da sagt die Gedenktafel auf dem Nordfriedhof aber etwas Anderes.«

Ich legte die Stirn in Falten und taxierte Bruce' Rücken. Er sah hinaus auf den Innenhof. Feurigrote Äpfel hingen an den Bäumen, die einen Kiesweg säumten. Bruce wandte sich mir zu und sah mich mit hochgezogenen Augenbrauen an.

»Ich weiß nicht, worauf du hinauswillst«, sagte ich.

Bruce lächelte wissend. »Colin mag meinen Schwager umgebracht haben, aber du ... du hast nicht nur meinen Großonkel ermordet.«

Ich ließ seine Worte eine Weile im Raum stehen. Wenn er Beweise für seine Anschuldigung haben würde, hätte er mich schon vor Jahrzehnten damit auflaufen lassen können. Konnte ich seine Loyalität verlieren, indem ich seinen Auftrag ablehnte? Ich wollte nicht dieser Siebenschläfer sein, von dem die Welt redete; dieses blutrünstige Tier.

Ich ging auf Bruce zu, sah ihm tief in die Augen. Er wich zurück und stieß mit der Hüfte gegen das Fensterbrett. Unmittelbar vor ihm blieb ich stehen.

»Du weißt, was damals geschehen ist. Du kennst die Wahrheit.« Ich machte eine lange Pause und sah ihn wieder an. Er schluckte trocken. »Du weißt, wozu ich in der Lage bin. Was sollte mich davon abhalten auch dich auszuschalten, wenn du zu einer Bedrohung für mich und meine Familie wirst?«

Bruce' Pupillen weiteten sich. »Du warst es also wirklich«, raunte er.

Ich nickte langsam. Sein Blick streifte die Bürotür hinter mir. Blitzschnell packte ich seine Kehle. Mit der anderen Hand hielt ich seinen Arm fest, den er zur Abwehr erheben wollte. Mein Gesicht kam seinem näher.

»Weißt du, was er deiner Mutter angetan hat?«, fragte ich. »Weißt du, was Hector für ein Mann war?« Bruce schüttelte den Kopf. »Er hat sie vergewaltigt, als sie vierzehn war.«

»Das hat sie nie erzählt.«

»Natürlich nicht. Sie hat es nur mir und meiner Mutter erzählt.« Ich löste den Griff um seinen Hals. »Es war schlimm genug, dass ihr sie so früh verloren habt. Und Patrick …«

Ich stockte. Die Erkenntnis trat langsam auf sein Gesicht. Schließlich stand sein Mund weit offen.

»Nein«, sagte er.

Ich nickte. Mitleid überkam mich. Er hätte nie davon erfahren sollen. Aber vielleicht war es auch von Vorteil, wenn er endlich von diesem furchtbaren Familiengeheimnis erfuhr? Vielleicht kam Patrick so nach all der Zeit zu seinem verdienten Erbe?

Doch Bruce wusste von meinen Verbrechen. Wenn ich mich ihm widersetzte, konnte er mich damit erpressen und mein Leben zerstören. Die Fassade, die ich mir über all die Jahre hinweg aufgebaut hatte, würde in sich zusammenstürzen.

»Sprich mit deinem Bruder!«, flüsterte ich. »Ich werde Colin nicht töten. Das hab ich hinter mir.«

Ich wandte mich von ihm ab und verließ sein Büro.

16

Am Donnerstag saß ich mit einer Packung Popcorn auf dem Schoß im Kinosaal. Es roch nach karamellisiertem Zucker. Das Licht wurde gedimmt und der Vorhang aufgezogen.

»Hey«, rief Carina, als Liam seine Füße auf die Lehne des Vordersitzes legte.

»Ist doch eh keiner da«, sagte er und wies auf die leeren Sitzreihen vor uns. »Außerdem hab ich meine Schuhe ausgezogen. Okay?«

Carina nickte nach langem Zögern und lehnte sich in ihrem roten Sitzpolster zurück. Wir hatten uns nach kurzer Diskussion an der Kasse für einen Film über die vier Elemente entschieden.

Während der ersten Filmszene legte Liam seinen rechten Arm um Carinas Schultern. Seine linke Hand ruhte auf der schmalen Sessellehne zwischen uns und griff regelmäßig nach dem Popcorn auf meinem Schoß. Nach der Hälfte des Films gähnte Liam vernehmlich und hob den linken Arm. Ich schnippte ihm ein Maiskorn an den Kopf.

»Komm nicht auf die Idee, deinen Arm um mich zu legen, sonst beiß ich dir in den Nacken.«

»Ich muss dir leider beichten, dass ich da drauf stehe«, erwiderte Liam. Langsam ließ er seine Hand wieder auf die Sessellehne sinken. »Aber ich will Carina ja nicht eifersüchtig machen.«

Auch ohne Carina zu sehen, wusste ich, dass sie rot anlief wie eine Tomate. Den Rest des Films schwiegen wir und folgten den fantastischen CGI-Animationen.

Nach der Vorstellung liefen wir durchs Foyer. Als Liam sein Smartphone wieder laut stellte, sah er irritiert aufs Display und entschuldigte sich bei uns. Im selben Moment hielt er sein Smartphone ans Ohr und eilte zum Ausgang.

»Was hat er denn?«, fragte Carina.

»Keine Ahnung. Vielleicht hat sein Vater versucht ihn zu erreichen?«

»Apropos, hast du Alex erreicht?«

»Nein, noch immer nicht«, sagte ich.

Gestern war unser Freund in der Schule gewesen. Heute hatten wir ihn noch nicht zu Gesicht bekommen.

»Ich hab auf dem Festnetz angerufen«, sagte Carina. »Sein Vater meinte, er sei nicht zu sprechen. Hat wohl Hausarrest.« Sie sah betreten zu Boden. »Ob wir ihn besuchen sollten?«

»Meinst du, seine Eltern lassen uns rein?«

»Vielleicht.«

Alex' Vater hielt an seinen Entscheidungen fest. Da gab es keine Diskussion, weder mit seinem Sohn noch mit dessen Freunden.

Liam trat in unser nachdenkliches Schweigen und verstaute sein Smartphone in der Tasche seines grauen Blazers. Kurz sah er mich mit einem eigenartig verhaltenen Blick an, dann lächelte er Carina an.

»Und?«, fragte er. »Wie fandet ihr den Film?«

»Ziemlich viel Action. Das Feuer war voll gruselig.«

»Ja. Voll barbarisch«, sagte ich, »als die Kamera in die Wiege des Babys filmt und da nur noch Asche ist.«

»Oh, mein Gott. Ich hätte fast gekotzt«, rief Carina. »Und so was ist ab zwölf freigegeben.«

Ich lächelte. »Sie haben das Kind ja nicht gezeigt.«

»Das wär's ja noch gewesen«, sagte Carina. Sie sah auf ihre Uhr. »Sollte der Film nicht nur anderthalb Stunden gehen?«

»Ist er doch«, sagte Liam.

»Stimmt. Die Werbung …«, sagte Carina. »Ich muss sofort los. In drei Tagen ist die Aufführung, da darf ich die Generalprobe nicht verpassen.«

Sie umarmte uns beide flüchtig und rannte los, um den nächsten Bus zu schaffen.

»Kennst du einen Steven?«, fragte Liam, als wir unser Leergut neben der Kasse in einen Getränkekasten stellten.

»Nein«, antwortete ich beim Verlassen des Kinos.

Draußen regnete es stark, also blieben wir unter dem Dachvorsprung stehen. In meiner Erinnerung flackerte eine Szene auf, in der dieser Name gefallen war, doch mir fiel nicht ein, wo das gewesen sein sollte. Liam tippte auf seinem Smartphone herum und hielt es mir hin. Ich sah auf das Foto, auf dem ein dunkelhaariger Mann angestrengt in die Linse starrte. Hinter ihm standen Aktenschränke und Lastenregale.

»Vor ein paar Tagen ist der Mann in unser Büro eingebrochen«, sagte Liam. »Die Überwachungskamera hat eine wunderschöne Aufnahme gemacht.«

Ich konnte mir nicht vorstellen, dass Spike so dumm war und sich dabei filmen ließ. Entweder fühlte er sich nach all den Jahren erfolgreichen Katz- und Mausspiels zu sicher oder er hatte überstürzt gehandelt.

»Das ist keine normale Kamera«, sagte ich.

»Nein. Unsere Computer sind mit einer Software ausgestattet, die den Benutzer filmt, sobald der Computer gestartet wird. Außerdem wird über die Nutzung Protokoll geführt. Es ist uns deshalb überhaupt so schnell aufgefallen.« Ich schwieg. »Als die Polizei die Fingerabdrücke überprüft hat, haben sie uns gesagt, dass sie einem Toten gehören.«

»Einem Toten?«, fragte ich.

»Ja. Vielleicht kannst du dich ja nicht an Steven erinnern. Aber sicher wird dir der Name Paul etwas sagen.« Ich schüttelte den Kopf. »Komisch. Mein Onkel hat mir gesagt, dass du mit diesem Mann damals auf Arthurs Feier aufgetaucht bist.«

Ich senkte den Blick. »Mir hat er gesagt, dass er Spike heißt.«

»Mein Onkel sagt, er heißt Paul Brandt, geborener Neumann. Wie der Paul Neumann an der Mauer auf dem Nordfriedhof. Offiziell ist dieser Kerl seit zehn Jahren tot. Er soll bei einem Autounfall gestorben sein.«

Liam machte eine lange Pause, dann ging er abrupt auf mich zu und drängte mich an die Wand neben der Eingangstür. Ein rauchendes Paar wandte sich uns zu und Liam nahm wieder Abstand.

»Was wird hier gespielt?«, fauchte Liam. »Was hast du damit zu tun?«

Ich hob meine Hände zwischen uns. »Er hat mich um Hilfe gebeten. Ich kenne ihn kaum.«

»Weißt du, was für Leute ihren Tod vortäuschen und dann mit Decknamen durch die Gegend ziehen?« Ich schüttelte erneut den Kopf. »Auftragskiller.«

Liam lehnte sich mit einem Arm an die Wand hinter mir. »Dein Freund ist ein verdammter Auftragskiller, der es auf meine Familie abgesehen hat. Vielleicht bezahlt ihn Colin Pilgrim und …«

»Nein«, sagte ich und drückte ihn von mir. »Er ist kein Auftragskiller. Und auch nicht mein Freund.«

»Bist du dir da ganz sicher?«

Liam sah mich so enttäuscht an, dass es mir fast die Tränen in die Augen trieb. Er wusste nichts über meine Beziehung zu Spike. Er wusste nichts vom Drohbrief dieses Serienmörders. Er wusste lediglich von Arthur. Und der war wahrscheinlich ein Komplize seines Großonkels, ganz sicher nicht Spike.

»Ja«, antwortete ich inbrünstig. »Das einzige Ziel, das Spike verfolgt, ist Rache. Rache für seine Familie, die der Siebenschläfer ihm genommen hat.«

»Was will er dann von uns? Warum bricht er in unser Büro ein und stiehlt uns firmeninterne Daten?«

»Weil wir wissen mussten, was ihr wisst.«

»Wir?«, fragte Liam.

Ich warf verzweifelt die Hände in die Höhe.

»Spike kam nach Bruce' Tod auf mich zu und bat mich um Hilfe. Und dann überfiel mich Arthur. Und dann starb sein Bruder. Plötzlich hatte der Siebenschläfer es auf mich abgesehen. Und …«

Ich atmete hektisch. Die Gedanken rasten durch meinen Kopf. Ich fühlte mich verängstigt, benommen, verraten und erniedrigt. Ein Schluchzen entfuhr mir und ich hielt mir eine Hand vor den Mund.

»Warum hast du mich nicht um Hilfe gebeten?«, fragte Liam sanft.

»Wir wussten nicht, ob wir dir und deiner Familie vertrauen können.«

»Ich versichere dir, dass meine Familie nichts mit diesem Serienmörder am Hut hat.«

»Ach, ja? Woher willst du das wissen? Du kannst nicht in die Menschen hineinsehen«, sagte ich. »Kannst du deine Hand dafür ins Feuer legen, dass es wirklich niemand aus deiner Familie ist? Immerhin ist sie groß.«

»Worauf willst du hinaus?«, fragte Liam. »Colin?«

Ich schwieg. Colin Pilgrim war vielleicht nicht der Siebenschläfer. Aber vielleicht arbeitete er mit ihm zusammen. Wenn er an die Macht kommen wollte, musste er die Pilgrims ausschalten. Und der Feind seines Feindes war noch immer sein Freund.

»Du denkst, mein Großonkel ist der Siebenschläfer? Dieser kleine, missratene Pisser?«

Meine Nackenhaare stellten sich auf. Liam schwieg und starrte mich an wie die Schlange eine Maus: eine kleine, hinterhältige Maus. Ich wandte mich ab.

»Vielleicht ist dein neuer Freund ja der Siebenschläfer? Schon mal darüber nachgedacht?«

»Er war noch ein Baby, als die ersten Morde geschahen. Seine Eltern sind dabei ums Leben gekommen.«

»Das hat er dir erzählt«, sagte Liam. »Was weißt du wirklich über ihn? Und selbst wenn er nicht der Siebenschläfer ist: Vielleicht steckt er selbst mit Colin unter einer Decke? Vielleicht ist er in unsere Villa eingebrochen? Vielleicht hat er sogar den Bürgermeister und seinen Sohn umgebracht? Und um uns alles in die Schuhe zu schieben, gleich noch unsere Sekretärin?«

Ich lachte auf. »Das ist etwas weit hergeholt, findest du nicht?«

Ich traute Spike nicht zu, mit Colin zusammenzuarbeiten. Warum hätte er den Bürgermeister umbringen sollen, wenn er doch dachte, den Mörder seiner Eltern bereits vor zwei Jahren erwischt zu haben?

Liam presste die Lippen aufeinander. »Also warst du nur mit mir befreundet, weil du darin einen Vorteil für dich gesehen hast?«

Tränen stiegen in meine Augen. Doch eine aufkeimende Wut verdrängte meine Traurigkeit.

»Und was ist mit dir?«, fragte ich. Liam runzelte die Stirn. »Du hast mich damals auf dem Schulhof auch nur angesprochen, weil du davon ausgegangen bist, dass zwischen mir und Arthur etwas läuft.«

»Das ist nicht wahr. Ich wollte …«

»Doch, es ist wahr«, schrie ich. »Und dein Onkel hat mich mit Absicht mit Arthur verkuppeln wollen. Und siehst du, was daraus geworden ist? Beinahe hat mich dieses Arschloch vergewaltigt. Er hat mich auf dem Klo überfallen. Und daran kann nicht einmal deine gutgemeinte Schlägerei mit Arthur was ändern.«

Mit voller Wucht schlug ich ihm mit den flachen Händen gegen die Brust. Liam hielt schützend die Hände hoch und wich zurück. Ich lief durch den strömenden Regen auf die Bushaltestelle zu.

Bevor ich sie erreichen konnte, hielt ein weißer Lieferwagen neben mir. Die Tür wurde ratternd aufgeschoben. Zwei maskierte Männer sprangen heraus und packten mich. Ich sah noch Liam, der vor dem Kino stand und mich schockiert anstarrte, dann wurde mir ein Sack über den Kopf gezogen.

Eine Hand fasste mein Handgelenk. Ich prallte gegen die Wagentür und wurde zurückgerissen. Meine Beine baumelten in der Luft. Liam schrie, dann ertönte ein Knall. War das ein Schuss?

Ich warf mich auf dem Rücken hin und her, trat um mich. Mein erstickter Schrei hallte in den Wänden des Wagens wider. Liams Schreie verstummten. Überall auf mir waren Hände. Ich schlug ins Leere. Der Griff um mein Handgelenk löste sich und ich setzte mich auf. Metall schepperte neben meinem Ohr. Ein Mann stöhnte. Dann ertönte ein dumpfer Aufprall, als sei er zu Boden gefallen.

Wieder ergriff eine Hand meinen Arm und zog mich aus dem Wagen. Mein Fuß trat ins Nichts. Ich stürzte. Mein Knie schlug hart auf dem Asphalt auf. Der Schmerz durchfuhr mein Bein. Jemand zerrte mich wieder hoch. Blind stolperte ich vorwärts. Der Unbekannte führte mich von den fahrenden Autos weg. Unter dem schweren, feuchten Stoff wurde mir schwindelig.

Nach einigen hundert Metern wurde ich mit dem Rücken gegen eine Wand gedrückt. Mit einem Ruck wurde mir der Stoff vom Kopf gerissen. Das Licht blendete mich und der Regen prasselte in mein Gesicht. Ich sah in Spikes blaue Augen.

»Alles klar?«, fragte er.

Ich nickte benommen. Er schmiss den klitschnassen, schwarzen Stoffsack unter den Müllcontainer, hinter dem wir standen. Dann nahm er meine Hand und führte mich durch die Seitengassen. Mein Blick fiel auf seine andere Hand, in der er eine Pistole hielt.

»Was hast du mit Liam gemacht?«, schrie ich und blieb stehen.

»Nichts. Es geht ihm gut«, sagte Spike. »Und jetzt komm!«

Stimmen erklangen, die das Regenprasseln bisher übertönt hatte. Zwei vermummte Männer bogen in die Gasse. Spike stellte sich vor mich und schoss. Die Männer gingen hinter einem Smart in Deckung. Wir rannten weiter. Unsere Schritte vermischten sich mit den Klängen des Weihnachtsmarktes, dem wir uns näherten.

Immer wieder sah Spike sich um. Wir drängten uns an betrunkenen Menschengruppen vorbei und überholten Familien mit sperrigen Kinderwagen. Es stank nach abgestandenem Glühwein und frittiertem Schmalzgebäck. Der Klang von schrillen Blockflöten vermischte sich mit dem übersteuerten Refrain von »Last Christmas«.

Erst als wir das innerstädtische Kaufhaus betraten, verlangsamte Spike seine Schritte. Auf dem großen Zentralgang waren Stände mit Beautyprodukten und kitschigen Dekorationsartikeln aufgebaut. Spike griff nach einer Tube und steckte sie unauffällig in seine Manteltasche. Wir betraten ein Modegeschäft im oberen Stockwerk, wo Spike offenbar wahllos Kleidungsstücke vom Bügel nahm und sie mir über den Arm warf.

Ohne Widerrede nahm ich alles entgegen und legte es auf den Kassentresen. Die Verkäuferin musterte uns prüfend. Spike drückte mich an sich. Ich spürte seine Wärme und merkte, dass ich unter meinen klammen Sachen zitterte. Obwohl es im Kaufhaus warm war, fror ich.

»Scheiß Wetter, was?«, sagte die Kassiererin mitleidig.

»Ja«, antwortete Spike. »Könnte sich meine Freundin vielleicht gleich in einer Kabine umziehen?«

»Aber sicher.«

Erst in der Umkleidekabine ließ Spike meine Hand los. Nach einem letzten Blick auf den Gang schloss er den Vorhang. Auf meinem Handgelenk hatten sich Druckstellen gebildet. Ich ließ die Kleidung auf den Hocker gleiten. Spike griff danach und drückte sie mit Nachdruck gegen meine Brust.

»Anziehen!«, sagte er und drehte sich von mir weg.

Mein Kopf war merkwürdig leer. Die Gedanken waren verschwunden. Ich zog mich bis auf die Unterwäsche aus und schlüpfte in die schwarze Leggins, den Jeansrock und das knallbunte T-Shirt. Spike hatte sogar an Unterwäsche gedacht.

Er drehte sich wieder um und rubbelte mein Haar mit einem T-Shirt trocken, das in der Kabine gehangen hatte. Aus seiner Manteltasche zog er die Tube und verteilte den Inhalt in seinen Händen. Er fuhr mir durchs Haar.

»Was machst du?«, fragte ich.

»Du wolltest doch schon immer einen Iro.«

Er grinste mich an. Mein Puls verlangsamte sich ein wenig. Er wischte sich die Hände an dem T-Shirt ab und zog ein Messer aus dem Stiefel.

»Halt still!«, sagte er und begann die Leggins zu zerschneiden.

Anschließend zerschnitt er die Ärmel der neuen Jacke, die auf dem Hocker lag. Wir ließen meine nassen Klamotten auf dem Boden der Kabine liegen und verließen das Kaufhaus durch einen anderen Ausgang.

Vor der Tür forderte Spike mich auf, mich auf den Boden zu legen. Er drückte mir einen Pappbecher in die Hand und stellte eine leere Bierflasche neben mich, die er vor einem Mülleimer gefunden hatte. Irritiert sah ich ihn an.

»Bleib hier liegen! Wenn ich dir ein Zeichen gebe, rennst du zu Majas Wohnung, verstanden?«

Ich nickte. Die Erschöpfung machte sich quälend in meinem Körper breit. Spike lief davon. Die Leute zogen an mir vorbei, ohne mich zu registrieren. Ich hatte meinen Kopf auf meine Tasche gelegt, die Spike mir zurückgelassen hatte.

Irgendwann spürte ich ein Vibrieren an meinem Kopf. Ich wühlte in der Tasche nach meinem Handy und sah auf das Display. Als ich Spikes Namen erkannte, sprang ich auf und lief los. Mein Kopf war mit einem Mal völlig klar, als hätte es nur ein Set-up und einen Stromimpuls gebraucht, um mich in Betrieb zu setzen.

Update:

1. Liam hielt Spike für einen Auftragskiller.

2. Maskierte Männer hatten versucht mich zu entführen.

3. Schon wieder musste ein Mann mich retten.

17

Die Fahrstuhltür schloss sich. Im fünften Stock hielt ich den Kartenschlüssel zitternd vor den Sensor. Ein Klicken ertönte und ich betrat die Wohnung. Das Adrenalin schärfte meine Sinne. Ich spürte die Anwesenheit einer weiteren Person. Ich rannte geradeaus durchs Arbeitszimmer in die Küche und erstarrte.

Vor mir stand nicht Maja, sondern eine Nonne in einer grauen Tunika. Ihre Überraschung wandelte sich in Panik. Sie wandte den Kopf ab und legte eine Hand vor ihre Augen. Ich machte einen Schritt auf sie zu. Die Nonne erschauderte.

»Entschuldigung. Ich habe nichts gesehen. Ich verschwinde sofort«, stammelte sie.

Als sie an mir vorbeiging, folgte ich ihr ins Wohnzimmer.

»Sie können da nicht raus.« Die Nonne drehte sich zu mir um. »Wir müssen auf Maja warten.«

»Sie dürfen mir keine Namen nennen!«, sagte die Nonne mit heftigem Kopfschütteln.

Ich runzelte die Stirn und forderte sie dazu auf sich hinzusetzen. Sie ließ sich auf der weißen Couch nieder und verschränkte die

Finger. Sie senkte den Kopf und murmelte ein Gebet, während ich mich neben sie setzte.

»Was denken Sie, wer ich bin?«

»Ich putze für Sie«, antwortete die Nonne.

»Und das machen Sie schon wie lange?«

»Viele Jahre. Ohne Zwischenfälle.« Sie stutzte. »Sie wohnen hier nicht?«

»Nein, meine Freundin wohnt hier.«

»Sie darf mich nicht sehen. Keine der Frauen darf uns sehen. Es ist zu gefährlich.«

»Was heißt ›uns‹?«, fragte ich verwirrt.

»Uns Helferinnen.« Die Nonne beäugte mich misstrauisch. »Sind Sie wirklich die Freundin einer Klientin?«

Was hieß Klientin? Und warum redete diese Nonne von mehreren Frauen? Teilten sich Maja und Spike die Wohnung mit weiteren Personen?

»Ich muss zurück ins Kloster«, sagte die Nonne unvermittelt. »Der Zug geht in einer Stunde.«

»Sie müssen hierbleiben. Draußen sind Männer, die uns auflauern.«

»Sind Sie gefunden worden? Ist das Haus nicht mehr sicher?«

»Was heißt sicher?«, fragte ich.

»Dieses Haus ist eine konspirative Wohnung. Sie dient zum Schutz von Gewaltopfern. Deine Freundin muss auf der Flucht vor jemandem sein, wenn sie hier wohnt. Hat er sie gefunden?«

»Sie putzen nur die Wohnung und wissen nicht, wer hier wohnt?«, fragte ich.

»Die Klientinnen bleiben meist nur einige Wochen. Ich halte mich fern von allen persönlichen Gegenständen und Papieren. Alle Schubläden bleiben geschlossen. Ich mache nur die Wäsche, putze die Küche und gieße die Pflanzen. Es ist gefährlich für die Klientinnen, wenn ich etwas über sie weiß. Niemand darf sie …«

Ein Kratzen im Türschloss ließ uns zusammenfahren. Mein Puls nahm wieder Fahrt auf. Die Eingangstür wurde aufgerissen. Die Nonne sprang vom Sofa auf. Ich griff nach der großen Blumenvase neben mir und hielt sie zum Wurf bereit. Schnelle Schritte kamen durch den Flur auf uns zu. Ich erkannte den Klang von High Heels.

»Gott sei Dank«, rief Maja, »du hast es geschafft.«

Sie rannte auf mich zu und umarmte mich stürmisch. Als sie mich losließ, sah ich den fassungslosen Blick der Nonne. Maja und sie starrten sich an.

»Tamara?«, flüsterte die Nonne.

»Hannah«, sagte Maja und nickte ihr zu. »Du musst von hier verschwinden.«

Die Nonne schluckte hörbar und ließ sich zurück aufs Sofa fallen. Majas Smartphone begann zu klingeln. Als sie abnahm und zuhörte, bildeten sich Sorgenfalten in ihrem Gesicht. Ich hoffte, dass Spike am anderen Ende der Leitung war und es ihm gut ging. In einem Punkt sollte ich recht behalten.

»Ja«, antwortete Maja. »Wo bist du?«

Schlagartig drehte sie sich um und ging zur Wohnungstür. Der Fahrstuhl hatte sich in Bewegung gesetzt. Maja riss die Tür auf. Der Aufzug öffnete sich.

230

Spike fiel uns entgegen und suchte mit letzter Kraft Halt an der Kommode. Maja fing ihn an den Schultern auf, bevor er zu Boden glitt. Ein großer roter Fleck durchtränkte sein weißes Hemd unter der rechten Brust.

»Zur Couch«, schrie Maja.

Er legte seinen Arm um ihre Schulter. Die Nonne war hinzu-geeilt und stützte ihn. Spike ließ sich von den beiden leiten. Sein Kopf hing schlaff herab. Die Frauen hievten Spike auf das Sofa. Ich stand wie paralysiert daneben.

»Zieh sein Hemd aus!«, sagte Maja zu Hannah und ver-schwand in der Küche.

Spike hatte seine Augen geschlossen und ächzte. Die Nonne knöpfte das Hemd auf und zog den Stoff, der an der Wunde klebte, vorsichtig von der Brust. Dickflüssiges Blut quoll durch den etwa zehn Zentimeter langen Schnitt. Maja kam mit einer Schüssel Wasser und Verbandszeug zu uns und kniete sich neben Spike. Mit einem Waschlappen tupfte sie das Blut von der Wunde.

»Er muss ins Krankenhaus.«

»Welche Möglichkeiten haben wir noch?«, fragte Maja Hannah.

»Wir müssen die Wunde nähen.«

Maja stand auf und verschwand in ihrem Zimmer. Sie kam mit einem Nähkästchen in der Hand zurück.

»Was zur …«, sagte ich.

»Wenn du nicht zusehen kannst, verschwinde!«, sagte Maja schroff, ohne mich anzusehen.

»Wir müssen die Nadel desinfizieren«, sagte die Nonne. »Hol ein Feuerzeug! Und wir brauchen einen sterilen Faden.«

Maja kam erst nach einigen Minuten wieder. In der Zwischenzeit atmete Spike sehr flach und hielt die Lider halb geschlossen. Sie flimmerten von Zeit zu Zeit.

Maja kam mit einem Topf voll Wasser und einer Flasche Wodka zurück. Sie legte einen Faden in das heiße Wasser. Danach erhitzte sie die Nadel mit dem Feuerzeug. Die Nonne flößte Spike einen Schluck Wodka ein. Mit dem Rest der Flasche desinfizierte sie die Wunde. Spike stöhnte auf und drückte sein Gesicht in das Sofapolster. Ich wandte meinen Blick ab und sah nur aus dem Augenwinkel die gleichmäßigen Bewegungen der Nonne. Von Zeit zu Zeit ertönte Spikes gedämpftes Wimmern.

Maja griff nach einer Schere und durchtrennte den Faden. Die Nonne drückte eine Kompresse auf die Wunde. Hannah und Maja halfen Spike auf und führten ihn in sein Zimmer. Eine Weile saß ich einfach da und starrte auf das weiße Bärenfell vor dem Fernseher. Ein Blutstropfen hatte sich hineingefressen und einen hässlichen braunen Fleck hinterlassen.

Als die Frauen auch nach gut fünfzehn Minuten nicht zurückgekehrt waren, erhob ich mich vom kalten Glastisch. Meine Glieder schmerzten. Ich erinnerte mich daran, dass ich auf dem Straßenboden gelegen hatte, und ging in Majas Bad, um mich zu duschen.

Ich wusch mir das Gel aus dem Haar, bis mir die schwarzen Strähnen wieder im Gesicht klebten. Der heiße Wasserstrahl war wie Balsam für meine gequälte Haut. Endlich wurde mir wieder warm. Die Kälte des Regens und der Straße hatte mein Herz ergriffen und ließ sich nicht mit Wasser vertreiben.

Da Maja mir vor Längerem erlaubt hatte, mich aus ihrem Kleiderschrank zu bedienen, suchte ich mir eine Jeans und ein schwarzes Shirt heraus. Im Wohnzimmer war es totenstill. Leise ertönte das Rattern des Fahrstuhls. Eine Gänsehaut wanderte über meine Arme, als sich die Tür öffnete. Maja trat ein und bedeutete mir, ihr in die Küche zu folgen. Die Nonne war verschwunden.

»Liam hat mir erzählt, dass bei seinem Vater eingebrochen wurde«, sagte ich.

Maja startete den Kaffeeautomaten. Mit einem fragenden Ausdruck sah sie mich an, doch ich lehnte ab.

»Ich habe gehört, du warst sogar dabei«, sagte Maja.

Ich sah sie stirnrunzelnd an. »Woher weißt du davon?«

»Damian hat es mir erzählt.«

»Okay. Aber ich meine Spikes Einbruch«, sagte ich. »Er ist bei den Pilgrims eingestiegen, um Informationen zu beschaffen.«

Maja nickte. »So wie wir es geplant hatten.«

»Hattet ihr auch geplant, dass er erwischt wird? Sie haben seine Fingerabdrücke abgeglichen. Es sind die Fingerabdrücke eines Toten.«

Maja wandte ihren Blick ab. Der Kaffee war durchgelaufen. Sie ignorierte die duftende Tasse.

»Ich wusste, er war zu unvorsichtig.«

Ich sah sie mitfühlend an. Ich fragte mich, wie Maja in solch ein Milieu geraten war.

»Ist Spike ein Auftragskiller?«, fragte ich.

Maja antwortete nicht sofort. »Nein. Er mordet nicht für andere.«

»Aber er mordet, wenn er es für nötig hält«, stellte ich bitter fest.

Ich dachte an Liams Spekulationen, dass Spike selbst der Mörder des Bürgermeisters war. Er hatte vor zwei Jahren bereits einen Doppelmord verübt. Warum sollte ein Mann, der bereits zum Killer geworden war, nicht erneut töten, wenn es ihm einen Vorteil brachte?

»Er hätte deinem Freund niemals Schaden zugefügt.« Maja nahm ihre Kaffeetasse und setzte sich an den Küchentisch. »Hat Liam eine Verbindung zwischen dir und uns gezogen?« Ich nickte. »Dann werden die Pilgrims und mit Sicherheit auch die McMillans auf der Hut sein und jedem misstrauen, den sie nicht persönlich kennen. Jedem, der neu in ihr Leben getreten ist.«

»Also, mir«, schlussfolgerte ich.

»Aber auch mir. Obwohl … Damian kennt mich schon länger. Er hat mich vor zwei Jahren kennengelernt, als Christian und Spike im Gefängnis waren. Er weiß nur von meiner Verbindung zu Christian.«

»Dann bist du aus dem Schneider.«

»Nicht wirklich«, wandte Maja ein und schaufelte Zucker in ihre Tasse. »Wenn Damian von der Verbindung zwischen Christian und Spike erfährt, flieg ich auf.«

»Wie sollte er das denn erfahren?«

»Wenn der Siebenschläfer – und davon können wir ausgehen – ihm nähersteht, weiß er von den beiden und ihrer gemeinsamen Inhaftierung. Und Spikes Verschwinden stimmt mit dem Antritt meines Auslandspraktikums überein.«

»Auslandspraktikum?«

»Ich hab ihm damals, nachdem Christian gestanden hatte, erzählt, ich hätte ein lukratives Angebot in Paris erhalten. Tatsächlich hat Mika uns eine Wohnung besorgt und ich bin mit Spike so schnell wie möglich von hier verschwunden.« Maja stöhnte und rieb sich die Stirn. »Hoffen wir einfach, dass Damian keine derartigen Schlüsse zieht, sonst sind wir geliefert.«

Ich setzte mich neben sie. »Wie sind wir nur in diese Scheiße geraten?«

Maja sah auf ihr Handgelenk und legte eine Hand auf das silberne Kettchen mit der Gravur.

»Wenn du springst, dann spring ich auch«, sagte sie.

Ihr Blick war auf die Geschirrspülmaschine gerichtet, ihre Gedanken wohl weit in der Vergangenheit. Es entstand eine lange Pause. Ich wusste nicht, ob ich wütend sein sollte, dass Spike mich in all das hineingezogen hatte, oder dankbar, dass er versuchte, mich aus all dem herauszuhalten.

Maja erhob sich nach einigen Minuten und stellte ihre Tasse in die Spüle. »Du solltest ins Bett gehen.«

Ich schaute sie verwirrt an. »Was passiert, wenn ich wieder aufwache?«

»Dann sieht die Welt sicher anders aus.«

Maja lächelte und brachte mich in ihr Zimmer. Wir wussten beide, dass sie bluffte. Die Welt änderte sich nicht über Nacht. Sie war am nächsten Morgen noch genauso grausam wie am Abend zuvor. Maja machte mir eine Betthälfte zurecht und ließ mich allein, um nach Spike zu sehen. Ich zog meine Hose aus und legte mich hin. Die Gedanken kreisten wie in einem Riesenrad durch meinen Kopf. Ich tippte eine SMS an meinen Vater, dass es später geworden war und ich bei Carina übernachten würde.

Etwa eine halbe Stunde lag ich wach im Bett. Schließlich stand ich auf, um mir einen Kräutertee zu machen. Ich dachte an den Tee, den Liam mir nach Arthurs Attacke gekocht hatte. Beim Gedanken an ihn überkam mich Beklommenheit.

Als ich in die Küche trat, hörte ich Stimmen. Ich sah, dass die Balkontür offen stand. Maja lehnte sich über das Geländer. Die Kerze in der Metalllaterne neben ihr flackerte. Spike saß neben ihr auf einem Küchenstuhl und rauchte eine Zigarette. Er trug einen dicken Mantel. Kissen stützten seinen Rücken.

Der Regen hatte sich in Schnee verwandelt und schwebte in großen Flocken zu Boden. Die roten Dächer der umliegenden Häuser färbte er allmählich weiß, genauso wie die Kronen der Platanenallee nur eine Straßenecke weiter. Am Horizont waren die Kräne des Frachthafens und einige Neubaublocks zu erkennen.

Ich schlich näher an die Balkontür heran und duckte mich vor der Spüle.

»… Colin Pilgrim, der Siebenschläfer«, zählte Maja auf. »Egal, wer es war. Jetzt stehen wir unter Beobachtung.«

»Wir haben schon früher unseren Wohnsitz geändert wegen solcher Dinge.«

»Aber dieses Mal sind wir nicht allein.«

»Du meinst Julia?«, fragte Spike.

»Ja. Was sollen wir mit ihr machen? Er wird sie finden. Im Gegensatz zu uns kann sie nicht einfach weglaufen.«

»Ich wollte sie von Anfang an nicht im Team haben.«

»Willst du sie dem Siebenschläfer schutzlos ausliefern?«, fragte Maja. Spike wollte ihr widersprechen, doch sie schnitt ihm das Wort ab. »Oder meinst du, dass du sie dadurch schützen kannst?«

Spike zog stumm an seiner Zigarette.

»Meinst du, nur weil du so tust, als wäre sie dir egal, wird er die Finger von ihr lassen? So langsam habe ich wirklich das Gefühl, du verlierst den Verstand. Du kannst deine persönliche Rache nicht über das Team stellen. Nicht schon wieder.«

Spike schaute Maja entsetzt an. Sie hielt seinem Blick stand. So genervt hatte ich Maja noch nie erlebt, vor allem nicht in Spikes Gegenwart. Unterirdische Streitigkeiten schienen wie eine sprudelnde Quelle an die Oberfläche zu strömen.

»Sie gehört nicht zum Team«, sagte Spike.

»Tut sie wohl. Du willst es nur nicht wahrhaben. Du hast schon einmal ein Mitglied unseres Teams wegen deiner Rachefantasien verloren. Lass nicht zu, dass es ein zweites Mal passiert!«

Spike drückte seine Zigarette an der Wand aus.

»Der Siebenschläfer wird sie in Ruhe lassen, wenn er davon ausgeht, dass sie nicht mehr zum Team gehört. Keine Treffen, kein Kontakt. Wenn er davon ausgeht, dass sie nach der Aktion so verängstigt ist, dass sie von sich aus das Team verlassen hat, hat sie nichts zu befürchten.«

»Und du denkst, er wird nicht stellvertretend an ihr Rache nehmen?«

»Wird er nicht.«

»Warum?«, fragte Maja. »Weil du es nicht tun würdest?«

Spike hob sich ächzend aus dem Stuhl. Maja griff nach ihm, um ihn zu stützen, doch er zog seinen Arm zurück.

»Nein, weil es so sein muss. Wir können sie wohl kaum mitnehmen. Oder willst du sie ins Kloster schicken, genauso wie Christian es mit dir getan hat?«

Maja zögerte. »Das wäre eine Überlegung wert.«

Ich schüttelte perplex den Kopf.

»Und dann? Wenn sie im Kloster ist?«, fragte Spike. »Soll sie ihr bisheriges Leben aufgeben, um mit uns die ›bösen Jungs‹ zu verhaften?«

»Ihr Verschwinden ist bereits aufgefallen«, sagte Maja. »Die Polizei wird nach ihr suchen, wenn sie morgen nicht in der Schule auftaucht. Liams Vater denkt, du bist ihr Entführer. Allein die Täter selbst wissen, dass sie nicht bei ihnen ist. Was soll sie behaupten, wo sie gewesen ist? Willst du den Kopf hinhalten und verschwinden? Den Siebenschläfer uns verfolgen lassen? Wer garantiert uns, dass er sich nicht zuerst sie vorknöpft? Einfach weil er es kann. Weil er rachsüchtig ist, genauso wie du.«

Maja räusperte sich atemlos und griff nach der Thermoskanne auf dem Fensterbrett hinter sich. Ich duckte mich tiefer hinter die Spüle, damit sie mich nicht durchs Glas sehen konnte. Spike blickte angespannt auf die Stadt hinab.

»Also schicken wir sie ins Kloster?«, fragte er.

»Auf gar keinen Fall.«

Ich sprang auf und trat an die Balkontür. Die beiden wandten sich erschrocken um. Spike musste sich auf dem Geländer abstützen und hielt sich die Seite. Langsam ließ er sich auf den Stuhl sinken. Sein Atem ging schwer.

»Wie lange hörst du schon zu?«, fragte Maja.

»Lang genug, um von eurem bescheuerten Vorhaben zu hören.«

»Julia, versteh doch«, begann Maja, doch ich würgte ihre Erklärung ab.

»Ihr könnt nicht über mein Schicksal bestimmen!«

»Es ist zu deiner eigenen Sicherheit, Schätzchen. Saskia ist auch im Kloster. Hannah hast du schon kennengelernt. Es ist dort sicher. Wir können nicht das Risiko eingehen, dich zurückgehen zu lassen.«

»Und deshalb darf ich weder meinen Freunden ein Lebenszeichen geben noch irgendwelche Informationen von außen erhalten?«

»Exakt.«

»Das ist scheiße«, schrie ich.

»Hör mir zu, Mädchen!«

Spikes dunkle Stimme war klar und distanziert. Mit seinen eisblauen Augen sah er mich fest an. Obwohl er zu mir aufschauen musste, schränkte das seine Autorität nicht ein.

»Wir können es so oder so machen. Entweder du fügst dich deinem Schicksal und kannst dich die nächsten Tage auf diesem abgesteckten Raum frei bewegen. Oder wir zwingen dich zu deinem Glück. In diesem Fall erginge es dir nicht besser als bei den vermummten Männern aus dem Lieferwagen. Entscheide dich!«

18

Es war der erste Dezember. Maja hatte erzählt, dass die Zeugen vor dem Kino bestätigt hatten, dass ich entführt worden war. Ein bewaffneter Mann mit schwarzen Haaren hätte mich mit sich genommen. An den Lieferwagen konnte sich nur ein Pärchen erinnern. Da ich gestern nicht in der Schule erschienen war, stand für die Polizei fest: Julia Morawetz war entführt worden.

Spike hatte mir mein Handy und die Schlüsselkarte weggenommen. Er nannte es Schutzhaft, ich Isolation. Aber es stimmte: Ich konnte nicht einfach hinauslaufen und so tun, als wäre nichts geschehen. Ich saß auf der weißen Couch und blätterte in einer von Majas Zeitschriften. Nachdem ich ein Interview gelesen hatte, in der ein Serienstar Tipps für die tägliche Anti-Aging Pflege gab, legte ich das Magazin genervt weg.

Ich stand auf und ging zu dem Weihnachtsbaum, den ich gestern mit Maja geschmückt hatte. Rote und silberne Kugeln zierten das satte Grün. Auf dem Teppich unter dem Baum hatten wir leere Geschenke verteilt. Ich setzte mich im Schneidersitz auf das schneeweiße Bärenfell vor dem Sofa. Das hüfthohe Rentier aus dunklem Holz, das neben dem Fernseher stand, glotzte mich an. Auf dem Wohnzimmertisch neben mir stand ein Adventskranz mit vier kugelrunden Kerzen. Morgen würden wir die erste anzünden.

Vati und ich holten uns jedes Jahr an Heiligabend einen kleinen Baum und schmückten ihn mit Strohsternen, die ich in der Grundschule gebastelt hatte. Ich vermisste Ole. Zwar waren erst zwei Tage vergangen, aber er machte sich mit Sicherheit Sorgen. Meine SMS hatte ihn nach den Zeugenberichten wahrscheinlich nicht überzeugt. Wie oft er wohl versucht hatte mich anzurufen?

Ohne Maja herrschte eine unbehagliche Stille in der Wohnung. Spike saß an seinem Schreibtisch, der im Durchgangszimmer zur Küche stand. Ich ignorierte ihn, wenn ich an ihm vorbeiging, um mir einen Kaffee zu kochen. Er hatte die Tür mittlerweile geschlossen.

Ein Schlüssel wurde in die Wohnungstür gesteckt. Maja trat ins Wohnzimmer und lächelte mich an. An den fehlenden Fältchen um ihre Augen, erkannte ich, dass es nicht echt war. Sie wirkte abgekämpft. Schnell entledigte sie sich ihrer engen Hose und zog sich ein rotes Negligé an. Dann verschwand sie in der Küche und kehrte mit einem Tablett auf dem Arm zurück. Ihr Lächeln wirkte nun weitaus ehrlicher.

»Hier, ein Weihnachtspunsch für dich«, sagte sie und stellte eine Tasse vor mir ab. »Lass ihn dir schmecken!«

Ich nahm die Tasse dankbar entgegen und umschloss sie mit beiden Händen. Der Duft von Zimt und Orangen stieg mir in die Nase.

»Wie ist es mit Damian gelaufen?«, fragte ich nach dem ersten Schluck.

241

»Er ahnt nichts von unserer Verbindung. Es scheint alles in Ordnung zu sein.«

»Was hat er gesagt?«

Maja schaute mich reserviert an. »Er ist davon überzeugt, dass Spike dich mit sich genommen hat, weil du eine seiner Komplizen bist.«

»Und Liam?«

»Ich hab ihn nicht sprechen können, aber ich denke, dass er dir wesentlich weniger Vorhaltungen macht als sein Onkel.«

»Wie lange sollen wir noch hier sitzen und Däumchen drehen?«, fragte ich.

»Hoffen wir mal, dass wir nicht bis Weihnachten hier sitzen«, sagte Maja.

Wie die Promis in Majas Zeitschrift fühlte ich mich fremdgesteuert. Irgendwelche Paparazzi nahmen sich das Recht raus, mein Leben zu kontrollieren, indem sie mir Drohbriefe schrieben, mir auf öffentlichen Toiletten nachstellten oder direkt vor meinen Freunden entführen wollten. Ich wollte wieder die Zügel in die Hand nehmen, mein Leben selbst bestimmen.

Spike öffnete die Bürotür und blieb im Rahmen stehen.

»Irgendwelche neuen Erkenntnisse?«, fragte ich.

Seine Augenbrauen verengten sich. »Nein. Und selbst wenn, ginge es dich nichts an.«

»Das ist nicht dein Ernst.« Ich sprang auf. »Du machst einen Serienmörder auf mich aufmerksam, sperrst mich hier ein und dann willst du Informationen vor mir geheim halten? Ich fass es nicht.«

»Du hast selbst entschieden, in Mikas Bar zu arbeiten, und ihn dadurch provoziert.« Spike erhob seinen Zeigefinger. »Ich konnte dich gerade noch retten und so dankst du's mir?«

»Retten? Woher willst du wissen, dass es der Siebenschläfer war?«

»Er war es nicht«, sagte Spike und ließ die Schultern hängen.

»Wer dann?«, fragte Maja.

Spike winkte uns, ihm zu folgen. Wir gingen zu seinem Schreibtisch, auf dem Papphefter und lose Haftnotizen lagen. Er setzte sich auf seinen Bürostuhl und tippte auf einen schwarzen Aktenordner.

»Nachdem ich die letzten Tage damit verbracht habe, den E-Mail-Verkehr zwischen Vincent Pilgrim und seinen Angestellten – vorwiegend seinem Cousin Damian – durchzusehen, bin ich auf etwas Interessantes gestoßen.« Er schlug den Ordner auf. »Es sieht ganz so aus, als hätte Liams Vater seinem Cousin den Auftrag gegeben, Colin Pilgrim – sagen wir – zu ermahnen.«

»Du meinst, ihn aufzumischen?«, fragte ich.

Spike nickte langsam. »Nach dem Einbruch in die Villa der Pilgrims – über den du uns übrigens nicht ins Bild gesetzt hast – hat Damian offenbar seinen Onkel Colin Pilgrim aufgemischt. Euch wird vielleicht aufgefallen sein, dass es keine offizielle Anzeige wegen Einbruchs gegeben hat. Die Pilgrims wollten das wohl unter sich klären.«

»Du meinst, die Entführung war eine Art Antwort darauf?«, fragte Maja. »Warum sollte Colin Julia entführen wollen? Das macht keinen Sinn.«

Spike nickte. »Das dachte ich auch zuerst. Aber was, wenn die Entführung gar nicht ihr galt? Wenn sie nur zur falschen Zeit am falschen Ort war?«

»Wie immer«, sagte ich frustriert. »Ich denke, du glaubst nicht an Zufälle?«

»Das tue ich nicht. Aber ich hatte bereits von Arthur erfahren, dass Colin Pilgrim etwas vorhat. Ich hab dich beobachtet, Julia. Früher oder später, das wusste ich, kommst du wieder in Bedrängnis. Und dieses Mal, das hab ich mir geschworen, stehe ich nicht einfach daneben und schaue zu.«

»Super.« Ich warf die Hände über dem Kopf zusammen. »Jetzt sind schon zwei Verrückte hinter mir her.«

Spike holte eine Packung Schmerztabletten aus der Schublade und ließ zwei in seinem Mund verwinden.

»Ich bin zurückgegangen zum Kino. Liam war noch da. Er lag auf dem Boden, eine Menge Leute stand um ihn herum. Als ich näher kam, sah ich seinen Onkel. Damian ist sofort auf mich los, hat mich beschimpft und schließlich ein Messer gezogen.«

»Er hat dich verletzt?«, fragte Maja.

»Er musste davon ausgehen, dass ich der Täter bin.«

»Meinst du, Colin Pilgrim ist der Siebenschläfer?«, fragte ich.

Spike schüttelte den Kopf. »Es ist ein McMillan, da bin ich mir sicher. Liams Großonkel macht die Lage nur prekärer als nötig. Aber ich werde mich darum kümmern und den Siebenschläfer fangen.«

»Das hoffe ich für dich«, sagte ich und stützte mich auf der Schreibtischplatte ab, »weil ich wieder einen normalen Alltag führen will.«

»Normaler Alltag, was?« Spike erhob sich und imitierte meine Haltung. »Du denkst, nach all den Vorkommnissen kannst du einfach zurückkehren in dein altes Leben, als sei nichts gewesen? Denkst du wirklich, da draußen wartet nur der Siebenschläfer auf dich?«

Ich runzelte die Stirn. Spike lächelte mich herablassend an.

»Colin Pilgrim wird sich mit der missglückten Entführung nicht zufriedengeben. Er wird es weiterhin auf Liam absehen. Solange du in seiner Nähe bist, wirst du nicht sicher sein. Außerdem sieht Liams Vater dich als meine Komplizin an. Die Familie Pilgrim ist groß und hat, genauso wie die McMillans, erheblichen Einfluss. Du kannst dir also sicher sein, dass da draußen die halbe Stadt auf dich lauert.«

»Und warum?«, schrie ich. »Weil du mich erst in diese Scheiße hineingezogen hast. Weil du den Siebenschläfer auf mich aufmerksam gemacht hast. Weil du mich in Mikas Bar geschleppt hast. Und mit deinem Diebstahl hast du Liam gegen mich aufgebracht.«

»Du hast ihm den Schlüssel geklaut. Vergiss das nicht!«

»Ja, aber nur weil der Siebenschläfer ein Auge auf mich geworfen hatte.«

Mir kamen vor Zorn die Tränen. Ich sah nach unten, um sie wegzublinzeln. Spike musterte mich unverändert mit festerer Miene. Meine Faust ballte sich, doch ich presste sie auf den Tisch statt sie in seiner Visage zu versenken.

»Okay, gut«, sagte ich mit abgewandtem Blick. »Fick dich doch einfach!«

Ich verließ den Raum mit einem Türknallen und ging auf Spikes Schlafzimmer zu. Ich riss die Tür auf und erblickte ein Opfer für meine Wut. Ich trat mehre Male gegen den Sandsack in einer Ecke des Raums. Meine erste Woge Wut ließ nach und ich ließ mich schwer atmend auf die Hantelbank daneben sinken.

Zum ersten Mal betrachtete ich Spikes Zimmer. Zu meiner Linken stand ein geöffneter Holzschrank, in dem einige Kostüme hingen. Ich erkannte eine Polizeiuniform und einen Blaumann. Auf dem Nachttisch lag eine Auswahl verschiedenfarbiger Pässe. Die ersten, die ich in die Hand nahm, waren Personalausweise verschiedener Nationalitäten: Steven Malec aus Amerika. Matt Hill aus England. François Moulin aus Frankreich. Kein Spike, kein Paul Neumann und kein Paul Brandt. Tote brauchten keine Ausweise.

Unter den Personalausweisen fand ich eine Handvoll grüner Waffenscheine, einen für jede Identität. Ich öffnete eine Schublade nach der anderen und wurde in der untersten fündig. Zögerlich griff ich nach dem schwarzen Gegenstand, wog ihn in der Hand. So schwer hatte ich mir eine Pistole nicht vorgestellt.

Die Tür öffnete sich. Ich zuckte zusammen und ließ die Waffe auf den Nachttisch fallen. Mit einem Seitenschritt versuchte ich Spike den Blick auf die Pistole zu versperren.

»Was hast du mit meiner Walther vor?«

Spike nickte in Richtung der Waffe. Ich senkte den Kopf.

»Ich hab deine Pässe gefunden«, sagte ich. »Bist du ein Auftragsmörder?«

Er lief langsam auf mich zu. Spike würde mich aus seinem Zimmer werfen und es abschließen. Ich würde weiterhin in dieser Wohnung festsitzen und handlungsunfähig sein. Ein Opfer der Umstände, passiv, ausgeliefert.

Meine Hand umschloss die Waffe auf dem Nachttisch. Spike blieb abrupt stehen und sah in den Lauf seiner eigenen Waffe.

»Ich will eine Antwort auf meine Frage«, sagte ich.

Er schaute mir direkt in die Augen. »Ich bin kein Auftragsmörder.«

»Wozu brauchst du so viele Identitäten?«

»Für den Notfall. Falls ich auffliege.«

»Weil du deinen Tod vorgetäuscht hast?«

»Weil ich meinen Adoptiveltern weismachen musste, dass ich tot bin«, sagte Spike. »Nur so haben sie aufgehört nach mir zu suchen.«

»Und du willst, dass ich dasselbe tue – mich tot stelle?«

»Nicht, wenn ich es verhindern kann. Seine Identität auszulöschen erfordert eine aktive Entscheidung. Die kann ich dir nicht abnehmen.«

»Was willst du stattdessen? Was ist dein Plan?« Er zögerte. »Willst du den Siebenschläfer finden und zur Strecke bringen? Genauso wie du schon den Anwalt ermordet hast?«

»Was würdest du tun, wenn dein Vater ermordet werden würde, und du dem Täter gegenüberstehst?«

Langsam ließ ich die Waffe sinken. Ich verstand, dass Spike zu meinem Schutz handelte. Alles war eskaliert: die Rachsucht, die Schuld, die Familienfehde. Spike war nicht das Böse in Person, er war nur ein Akteur in einem Spiel aus Hass und Rache.

Spike nahm mir langsam die Waffe aus der Hand.

»Sie ist nicht geladen«, sagte er. »Das Magazin liegt in der obersten Schublade.«

Ich wollte das Zimmer verlassen, doch Spike ergriff meine Hand. Er zog mich ein Stück zu sich heran und flüsterte in mein Ohr.

»Du gehörst zu meinem Team.« Er legte mir sein silbernes Armkettchen um mein Handgelenk und lächelte mich an. »Wenn du springst, dann spring ich auch.«

***

Ich verbrachte ein paar Stunden grübelnd in Majas Zimmer. Es war kurz vor Mitternacht, als ich mich erhob, um meine Gedanken mit Spike und Maja zu teilen. Ich drückte die Türklinke herunter und stand vor Spike, der seine Faust erhoben hatte.

Er ließ seine Hand sinken. »Wir müssen reden.«

»Dito«, sagte ich.

Ich setzte mich neben Maja auf die Couch. Spike setzte sich auf den Sessel. Seine Stirn war gefurcht.

»Morgen ist in deiner Schule eine Weihnachtsfeier«, sagte er. »Du wirst dorthin gehen.«

Ich riss die Augen auf. Maja lächelte bitter.

»Wieso?«, fragte ich skeptisch.

»Ich will, dass du mit Liam redest. Erklär ihm, dass ich mich ab jetzt von ihm und seiner Familie fernhalte! Mach ihm klar, dass ich keine Bedrohung bin und nicht mit Colin Pilgrim kooperiere!«

»Meinst du, dass er mir das glaubt?«

»Wem, wenn nicht dir?«, erwiderte Spike. »Ich kann schlecht zu ihm gehen. Alle Indizien sprechen gegen mich. Allein eure Freundschaft kann ihn vielleicht vom Gegenteil überzeugen.«

»Und wie soll ich Kontakt zu ihm aufnehmen?«

»Über Carina«, sagte er. »Du wirst ihr mitteilen, dass du morgen zur Schule kommst und sie keinem etwas verraten soll. Nach der Aufführung des Theaterstücks soll sie Liam in einen abgelegenen Raum führen, wo ihr euch trefft.«

»Warum soll Carina dabei sein?«, fragte ich.

»Als Zeugin«, antwortete er. »Wenn sie dabei ist, wird Liam dir nichts tun.«

»Er würde Julia niemals etwas antun«, sagte Maja. »Er ist ein guter Junge.«

»Ich vertraue auf dein Wort«, sagte Spike zynisch. »Auf jeden Fall werde ich, um die Situation nicht eskalieren zu lassen, nicht anwesend sein.«

»Das wäre aber vielleicht besser«, sagte ich. Maja und Spike sahen mich verwundert an. »Ich habe nämlich auch einen Plan.«

Spike nickte auffordernd. Ich sah kurz auf die Glasplatte des kleinen Tisches zwischen uns, dann fixierte ich Spikes blaue Augen. Maja legte den Kopf schräg.

»Wir sollten dem Siebenschläfer eine Falle stellen. Wenn wir nicht wissen, wer er ist, müssen wir ihn dazu bringen, sich selbst zu verraten.«

»Und wie stellst du dir das vor?«, fragte Spike.

»Lock ihn in die Schule! Provozier ihn mit etwas, das nur er verstehen wird! In der Schule sind Menschen. Da kann ich nicht so einfach verschwinden.«

Spike sah nachdenklich an mir vorbei an die Wand, während Maja den Kopf schüttelte.

»Du könntest ein Funkgerät tragen und …«, begann Spike.

»Nein«, rief Maja. »Julia spielt nicht den Lockvogel!«

»Ihr kann nichts passieren. Sie würde mir Bescheid geben, sobald sie in Gefahr ist.«

»Außer sie wird geknebelt.«

»Dafür ist ja der Sender da«, sagte Spike und stöhnte. »Wir haben das schon mal gemacht, Maja.«

»Und wie ist es ausgegangen?« Die beiden schauten sich sekundenlang finster an. »Ich geh das Risiko nicht ein.«

»Ich schon.« Ihr tadelnder Blick traf mich, doch ich sah wütend zurück. »Ich hab es satt hier rumzusitzen. Ich hab es satt, dass andere über mein Leben bestimmen. Ich hätte nie gedacht, dass ich das mal sage, aber: Ich vermisse die Schule. Ich vermisse mein Leben. Ich hasse es, dass Liam enttäuscht von mir ist. Ich hasse es, meine Freunde zu belügen. Ich hasse es …«

Meine Stimme brach ab und Tränen schossen mir in die Augen. Maja strich sanft über meinen Rücken.

»Aber wie genau sollen wir ihn anlocken?«, fragte sie.

Zwei Finger ruhten an Spikes Kinn. »Ich denk mir was aus.«

Maja zog ein Taschentuch aus ihrem Dekolleté. Ich wischte meine Wangen trocken. Spike legte sein Smartphone auf den Glastisch.

»Sobald du bereit bist, rufst du deine Freundin an.«

»Bin soweit«, sagte ich hastig.

»Keine unnötigen Informationen über deinen aktuellen Aufenthaltsort!«, sagte Spike. »Lass dich nicht in eine Diskussion verstricken! Nur das Wichtigste: Sie soll Liam Bescheid geben. Ihr trefft euch in Raum 106 unmittelbar nach dem Theaterstück. Einhundertsechs«, wiederholte er. »Dort alles weitere.«

Ich nickte und Spike tippte auf das grüne Hörersymbol. Das Freizeichen ertönte über den Lautsprecher. Eine verschlafene Mädchenstimme erklang am anderen Ende der Leitung. Plötzlich hatte ich einen Kloß im Hals. Meine Hände schwitzten.

»Tut mir leid«, stammelte ich, »wenn ich deinen Schönheitsschlaf störe …«

»Um Himmels willen, Julia«, rief Carina. »Wo zur Hölle steckst du?«

Montag
der 22. Oktober

Ich hatte Saskia bereits vor ein paar Stunden beim Rennen am Hafen gesehen. Sie hatte mit Arthur geredet und war dann verschwunden. Nun stand sie vor meiner Haustür.

»Ich bin schwanger«, sagte sie, nachdem sie minutenlang auf meiner Couch gesessen hatte. »Von Justin.«

»Und warum bist du dann hier und nicht bei ihm?«

»Ich war bei ihm …«, begann sie, schluckte aber den Rest des Satzes herunter.

»Und?«

Sie schaute hinab auf ihre verschränkten Finger. »Er will es nicht. Ich dachte …« Eine Träne glänzte in ihrem Augenwinkel. »Du bist der Patenonkel seines Bruders. Du hast Einfluss auf Justin. Auf dich hört er sicher.«

»Hast du darüber mit Arthur am Hafen geredet?« Sie nickte. »Wie hat er reagiert?«

»Er ist ein Arschloch«, antwortete sie ernst.

»Was denkst du, kann ich tun?«

»Du bist Vater. Du kannst Justin sicher sagen, dass …«

252

Sie stockte und sah wieder hinab auf ihre Hände, die sie unaufhörlich wrang.

»Dass es wahnsinnig einfach ist, Vater zu werden, aber unbeschreiblich anstrengend, einer zu sein?«, schlug ich vor.

Ihre Mundwinkel zogen sich herab. Mein Vater hatte meine Mutter alleingelassen, nachdem er sie geschwängert hatte. Sie war in Saskias Alter gewesen. Mein Großvater Hector hatte sie aus dem Haus gejagt.

»Justin ist mit seinen zwanzig Jahren nicht erwachsen genug für eine Verantwortung wie diese.«

»Ich will es aber nicht abtreiben«, sagte Saskia und schluchzte.

Ich legte eine Hand auf ihren Oberschenkel und suchte ihren Blick, doch sie starrte weiterhin auf ihre Hände. Tränen fielen in ihren Schoß.

»Du brauchst Justin nicht. Du wirst dein Kind aufziehen und eine gute Mutter sein. Mein Vater hat sich auch nie um mich gekümmert. Er war bis zu seinem Tod ein Arschloch. Und sieh, was aus mir geworden ist!«

Ein mehrfacher Mörder, dachte ich, aber auch ein verantwortungsbewusster Vater eines kleinen Sohns. Saskia sah auf und schniefte. Sie tupfte sich mit einem Finger vorsichtig die Tränen aus den Augenwinkeln.

Ich seufzte. »Okay. Vielleicht ändert Justin seine Meinung ja nochmal, wenn ich mit ihm rede.«

»Ehrlich?«, fragte Saskia.

»Ich rede morgen früh mit ihm, okay?« Ich versuchte mich an einem aufmunternden Lächeln. Saskia nickte eifrig. »Aber ich kann für nichts garantieren.«

Ich erinnerte mich daran, wie meine Frau mir damals offenbart hatte, dass sie schwanger war. Im ersten Moment hatte ich mich gefreut, aber während der neun Monate zweifelte ich daran, ob alles gut gehen würde. Ich hatte Angst, meinem Kind nicht genug bieten zu können. Ich hatte nie einen Vater gehabt, am ehesten hatten Patrick oder Richard diese Rolle eingenommen. Doch letztlich hatte ich als Bezug nur meine Mutter gehabt.

»Es ist nicht immer einfach mit einem Kind, aber … ich könnte mir nicht vorstellen, meinen Sohn nicht an meiner Seite zu haben. Justin wird das auch noch erkennen. Die Frage ist nur, ob er für diese Erkenntnis Monate oder Jahre braucht.«

Saskias aufgehellte Miene verfinsterte sich. »Aber du wirst ihm ins Gewissen reden?«

Ich nickte lächelnd. »Ich werde alles tun, damit du und dein Kind glücklich werden.«

Sie breitete die Arme aus und umarmte mich. Überrumpelt erwiderte ich die Umarmung.

»Danke«, flüsterte sie.

***

Am selben Abend ging ich zu Justin. Seit dem Tod seines Vaters verbrachte er die meiste Zeit in seinem Appartement. Hauptberuflich war er Millionärssohn gewesen, doch das sollte sich mit dem Tod von Bruce ändern. Das Vermögen war an Theodor gegangen und der wollte seinen Bruder nicht durchfüttern. Ihre Mutter Fiona bemühte sich, zumindest ihren jüngsten Sohn bei sich zu halten, doch Justin zog sich zurück.

Patrick hatte mich an jenem Morgen angerufen, an dem alle Zeitungen dasselbe berichteten. Zuerst dachte ich, er hätte mit seinem Halbbruder über Annas Geheimnis gesprochen. Doch er wollte mir mitteilen, dass Bruce getötet worden war, verbrannt wie sein Großonkel und Vorgänger Hector. An Patricks Formulierungen las ich ab, dass er mich – den Siebenschläfer – verdächtigte. Doch ich war es nicht gewesen. Dennoch gab ich ihm keine Antwort auf seine unausgesprochene Frage.

Auch meine Mutter war in den Wochen nach dem Tod ihres Großcousins sehr wortkarg mir gegenüber. An einem Septemberabend saßen wir beim Essen bei ihr Zuhause. Ihr Blick war durchdringend, als würde sie jeden Moment eine unangenehme Frage stellen wollen, doch sie konnte sich nicht überwinden. Als sie mich zur Verabschiedung umarmte, flüsterte sie mir ins Ohr, dass sie mich liebte. Dann hielt sie mich an den Schultern fest und sah mir traurig in die Augen.

»Egal was du tust oder jemals getan hast: Ich werde dich immer lieben.«

Damit öffnete sie mir die Tür und ließ mich gehen. Auf dem Heimweg musste ich die Tränen zurückhalten. Ich wollte meinen Liebsten die Wahrheit sagen; ihnen versichern, dass ich nichts mit Bruce' Tod zu tun hatte. Doch das bedeutete gleichzeitig, das Bekenntnis zu meinen damaligen Taten.

Dennoch musste ich dem noch immer unbekannten Mörder von Bruce danken. Vielleicht hätte ich wieder zum Mörder werden müssen, um mein Geheimnis bewahren zu können? Wer auch immer Bruce getötet hatte: Er hatte diese Gefahr gebannt, auch wenn er mich damit unter Druck setzte. Letztlich ging jeder davon aus, dass der Siebenschläfer wieder aktiv war. Die Morde ähnelten sich so dermaßen, dass selbst ich einen Zufall ausschloss. Das war ein gezieltes Manöver. Fragte sich nur: Von wem und warum?

Konnte es der Mann gewesen sein, der vor zwei Jahren Richard Hanssen auf offener Straße erschossen hatte? War er zurückgekehrt, um mich aus der Deckung zu locken? Ich hatte nie geglaubt, dass dieser verurteilte Christian Schmidt der Täter war. Er hatte gestanden, aber mit ihm hatte ein weiterer Mann in Untersuchungshaft gesessen. Er musste ein Komplize sein, wenn nicht selbst der Mörder. Konnte er noch eine offene Rechnung mit mir haben?

In Gedanken versunken, lief ich auf das Eingangstor der Appartementanlage zu. Saskia hatte mir den Schlüssel überreicht. Sie hatte ihn Justin nach der offiziellen Trennung vor einer Woche zurückgeben wollen, sich aber nicht getraut, es persönlich zu tun. Immerhin war er auf der Party seines Bruders bereits handgreiflich geworden. Ich hatte ihr versprochen, ihm den Schlüssel zu überlassen.

Gerade als ich den Schlüssel ins Schloss stecken wollte, schwang die Haustür auf. Ein Mann drückte mich mit Wucht gegen den Türrahmen und eilte an mir vorbei. Er warf die Kapuze seines grauen Mantels hoch und verschwand um die Ecke. Ich schüttelte missbilligend den Kopf und betrat den Innenhof.

Ich stieg die Metalltreppe hoch, die zu den Appartements führte. Vor Justins Wohnungstür blieb ich unschlüssig stehen. Mein rechter Daumen spielte mit dem runden Schlüsselanhänger in meiner Hand. Schließlich überwand ich mich.

Mit der linken Faust hämmerte ich zweimal gegen die massive Tür. Keine Reaktion. Ich klingelte mehrmals. Dann klopfte ich erneut. Nichts zu hören. Entweder er schlief tief oder er ignorierte mich. Oder war er an einem Montagabend etwa wirklich mit Freunden feiern? Für gewöhnlich verlegte er jede Party in seine privaten vier Wände.

Ich steckte den Schlüssel ins Schloss und öffnete die Tür. Das Appartement lag im Dunkeln. Ich drückte auf den Lichtschalter und rief nach Justin. Wieder keine Reaktion. Ich durchschritt langsam den Wohnraum der Maisonettewohnung. Auf dem teuren Parkett lagen Pappbecher und Pizzaschachteln verstreut. Auf dem Sofa gegenüber der Heimkinoanlage häuften sich Klamottenberge. Es roch stickig und modrig.

Ich ging quer durch den Raum zur Balkontür und öffnete sie. Als ich mich umdrehte, sah ich auf dem Wohnzimmertisch ein paar Bögen Papier, die nicht ins Bild passen wollten. Inmitten von Küchenpapier, Bierflaschen und halb aufgegessenen Dönern lagen zwei Blätter mit geschwungenen Buchstaben darauf.

Ich setzte mich auf die Couch und las die Entwürfe eines Briefs. Dabei konnte ich mir Justin partout nicht als Schreiber vorstellen. Es waren nur zwei Sätze, die in verschiedenen Versionen auf dem Papier standen. Je öfter ich die Wörter las, desto stärker loderte das Feuer in meiner Brust.

Der Kalligrafie-Kurs, den Bruce McMillan seinem Sohn zum sechzehnten Geburtstag geschenkt hatte, war wohl hängengeblieben. Dieser Schwachkopf hatte tatsächlich in meinem Namen – im Namen des Siebenschläfers – einen Drohbrief an eine gewisse Julia verfasst.

257

Ich erinnerte mich an eine Julia, die Arthur zum Rennen am Hafen eingeladen hatte. Er hatte sie beinahe vergewaltigt. Das Mädchen hatte Justin auf der Party geohrfeigt. Er hatte getobt wie verrückt. Ich konnte mir vorstellen, wie Justin hier mit seinen Kumpels gesessen und sich diesen Streich ausgedacht hatte. Wahrscheinlich hatte er ihr Angst machen wollen. Körperliche Angriffe hätten ihm nur geschadet, das wusste er. Also ließ er sie im Glauben, ein Serienmörder sei hinter ihr her.

Ich hoffte, dass er den Brief nicht zugestellt hatte. Es war schlimm genug, dass die Polizei dachte, dass ich Bruce getötet hätte. Jetzt ging diese Julia womöglich zur Polizei und erzählte, der Siebenschläfer würde Drohbriefe verschicken.

Ich sah hinüber zur Küchenzeile. Erst jetzt fiel mir auf, dass neben der Arbeitsfläche jemand lag, wahrscheinlich der vollkommen betrunkene Justin. Ich sprang auf und war mit drei großen Schritten dort.

»Hey, Vollpfosten«, schrie ich. »Wach auf!«

Ich trat ihm in die Rippen. Keine Reaktion. Ich stutzte.

»Hey, Justin! Die Party ist vorbei.«

Einige Sekunden vergingen, bis ich im Schatten der Anrichte die rote Flüssigkeit neben seinem Kopf wahrnahm. Ich hatte die Lache neben all den klebrigen Flecken auf den Küchenfliesen für Überreste von Alkohol gehalten. Doch jetzt erkannte ich den salzig-metallischen Geruch.

Ich kniete mich hin und drehte Justin auf den Rücken. An seiner Schläfe klaffte eine Wunde. Schnell legte ich seinen Kopf in den Nacken und horchte nach seinem Atem. Ich zog meinen rechten Handschuh aus und fühlte nach seinem Puls. Kein Lebenszeichen.

Justin McMillan war tot.

Wie paralysiert kniete ich neben der Leiche. Es vergingen etliche Momente, bis die Barriere in meinem Gehirn Risse bekam und Gedankentropfen hindurchsickerten. Mein Blick fiel auf die Tischkante. Wahrscheinlich war er betrunken gewesen und dagegen geprallt. In der Mikrowelle lagen aufgewärmte Pizzastücken. Justins Körper war noch warm. Chlorgeruch stieg mir in die Nase. Ich sah mich irritiert um, konnte jedoch keine Quelle ausmachen. Die Puzzleteile wollten nicht zueinander passen.

Ich sah in Justins bleiches Gesicht. Saskia war ohne ihn besser dran, dachte ich. Alle Unterstützung, die sie niemals von ihm erhalten hätte, konnte sie genauso gut von mir bekommen. Eigentlich war sein vermeintlicher Unfalltod nur gut für alle Beteiligten.

Vorsichtig drehte ich Justin wieder auf den Bauch und stand auf. Nachdem ich meinen Handschuh angezogen und die Balkontür geschlossen hatte, ging ich zum Wohnzimmertisch und sammelte die Entwürfe des Drohbriefs ein. Ich steckte alles in einen Müllbeutel und verließ die Wohnung.

Es konnte nicht wahr sein, dass ich immer wieder in solche Situationen kam. Situationen, in denen ich dazu gezwungen war, mich wie ein Täter aus der Affäre zu ziehen, obwohl ich rein gar nichts getan hatte.

Das musste Karma sein.

19

Ich hielt das Smartphone zitternd in der Hand. Spike saß mir gegenüber am Schreibtisch. Seine Augen fixierten mich, während ich unsere Haustelefonnummer wählte. Das Freizeichen hallte von den Zimmerwänden wider. Eine Gänsehaut krabbelte über meine Unterarme. Jedes Läuten ließ mein Herz schneller rasen. Nach einer Minute nahm Ole ab.

»Hey«, sagte er erschöpft.

Vatis Stimme war kaum wahrnehmbar und triefte vor Desinteresse. Wahrscheinlich erwartete er eine weitere Mitleidsbekundung eines Bekannten oder ein ergebnisloses Update der Ermittlungsarbeiten.

Spike nickte mir auffordernd zu. Die Fakten kehrten in mein Bewusstsein zurück, all die Ausflüchte, die wir uns die letzten Stunden zurechtgelegt hatten. Alles war erlaubt. Hauptsache, er zog die Vermisstenanzeige zurück.

»Hey, Vati«, krächzte ich.

»Julia?«, rief er perplex. »Wo bist du?«

»Darüber muss ich mit dir reden. Hör zu!«

»Geht es dir gut?«

Ich sah Spike hilfesuchend an. Eine Falte bildete sich in seinem Mundwinkel. Angespannt wechselte ich das Smartphone ans andere Ohr.

»Ja, aber ich werde eine Weile weggehen.«

»Wie? Weg?«

»Die Stadt verlassen«, sagte ich. »Ich bin kurz vorm Abschluss der zehnten Klasse. Wir hatten eine Berufsberatung und ich … ich weiß einfach nicht, was ich werden will. Vielleicht ist das Abitur gar nicht das Richtige für mich?«

»Und deshalb reißt du aus?«

»Ich hab in Mikas Bar einen Kerl kennengelernt.« Spike sah mich wachsam an. Ole schwieg. »Ich kann eine Weile bei ihm unterkommen. Vielleicht kann ich da auch gleich eine Ausbildung anfangen.«

»Ohne Schulabschluss?«, fragte Ole.

Ich stockte. »Ich kann da auch in aller Ruhe meinen Abschluss nachholen. Sei ehrlich! Du bist den ganzen Tag in Garys Kneipe und kommst mitten in der Nacht besoffen nach Hause. Was ist das für ein Umfeld?«

Ich vergrub mein Gesicht vor Scham in der freien Hand.

»Und deine Entscheidung hat nichts mit dem Vorfall vorm Kino zu tun?«

»Nein«, sagte ich zu schnell. »Gar nicht.«

»Herr Hartmann war gestern hier. Zeugen haben ausgesagt, dass ein Mädchen, das genauso aussah wie du, in einen Transporter gezerrt wurde. Da keine Vermisstenanzeige einging, wurde dem Vorfall keine weitere Beachtung geschenkt. Bis ich dich gestern als vermisst meldete und Alex' Vater seine Schlüsse zog.«

»Die müssen sich irren.«

»Du warst am Donnerstag also nicht im Kino?«, fragte Ole.

»Nein.«

Ole würde die Lüge durchschauen. Er brauchte nur Carina zu fragen. Spike griff nach meiner Hand und drückte sie fest. Als ich in seine tiefblauen Augen sah, beruhigte ich mich langsam. Ich atmete tief ein und aus.

»Mir ist aufgefallen«, begann ich. »Mama wird meinen achtzehnten Geburtstag nicht miterleben – geschweige denn mein Abitur.«

Ole schluckte laut. »Es geht also um sie.«

Die Resignation in seiner Stimme war greifbar. Ich konnte seine Gedanken geradezu schreien hören: Bin ich nicht gut genug? Was habe ich falsch gemacht?

»Ich will einfach wissen, warum sie gegangen ist.«

»Darüber haben wir doch schon …«, setzte Ole an, doch ich unterbrach ihn.

»Nein, das haben wir nicht. Du hast immer nur abgeblockt, bis ich nicht mehr nachgefragt habe.«

Ich hielt die Luft an und wartete endlose Sekunden.

»Ich weiß nicht, wo sie ist.«

»Das weiß ich«, sagte ich versöhnlich. »Und deshalb gehe ich auf eigene Faust los. Ich muss wissen, wer ich bin.«

Ein Stechen in meiner Brust ließ mich am ganzen Körper zittern. Am liebsten hätte ich aufgelegt.

»Ich werde nicht noch mal nach Hause kommen«, sagte ich. »Ich verabschiede mich von meinen Freunden, dann verschwinde ich. Vorübergehend.«

Das letzte Wort las ich von Spikes Lippen, der es lautlos formte.

»Bist du allein auf diese Idee gekommen? Keiner deiner Freunde hat dich dazu ermutigt?«

»Nein«, sagte ich. »Da steckt keiner dahinter.«

»Du musst doch bei irgendwem gewesen sein die letzten Nächte. Wo hast du übernachtet? Bei Carina und Alex bist du nicht. Bleibt nur noch einer …«

»Liam hat nichts damit zu tun«, sagte ich. »Er weiß genauso wenig über mein Verbleiben wie du. Und ich muss jetzt wirklich los, bin verabredet.«

Ich wollte das Gespräch so schnell wie möglich beenden, bevor ihm eine neue Frage einfiel, um mich an der Strippe zu halten. Wer wusste, ob nicht irgendwelche Ermittler gerade die Leitung anzapften. Spike hatte mir versprochen, dass sein Smartphone sicher war, aber ich wollte kein Risiko eingehen.

»Mach's gut, Vati! Hab dich lieb.«

Mit diesen Worten zog ich das Smartphone vom Ohr. Ich vernahm eine leise Erwiderung, die ich nicht mehr verstand. Mein Gesicht verzog sich unter einem tiefen Schluchzer zu einer Grimasse, doch ich hatte keine Tränen mehr übrig.

»Das hast du gut gemacht«, sagte Spike.

Wir verließen die Wohnung und gingen auf den Innenhof, in dem der Mercedes stand. Spike öffnete per Fernbedienung die Türen, blieb aber kurz vorm Auto stehen, um seine Nachrichten zu lesen. Als er sich hinters Steuer setzte, legte er das Smartphone in die Ablage zwischen uns.

»Das Theaterstück fängt gerade an«, sagte Spike.

Maja war heute Morgen zur Schule gefahren, um die Lage abzuchecken. Da ich immer noch gesucht wurde und mein Vater die Vermisstenanzeige erst im Laufe des Tages zurückziehen würde – sollte der Plan geklappt haben – konnte ich unmöglich in meiner Schule auftauchen.

Maja hatte mir deshalb Kleidung rausgelegt. Ein dunkelblauer Parka verdeckte meinen roten Pullover. Über der Bluejeans trug ich schwarze Stiefel, die meine Waden einschlossen. Ich fühlte mich in der Verkleidung unwohl. Zumal die blonde Langhaarperücke im Nacken juckte.

»Schaffst du das?«, fragte Spike mit Blick auf ein Auto am Straßenrand.

»Was genau?«, fragte ich zurück. »Ich habe schließlich gerade meinem Vater das Herz gebrochen. Was soll mir jetzt noch schwerfallen?«

Ich klang ungewollt aggressiv, dabei sprach aus mir nur die Trauer. Spike spielte mit dem Autoschlüssel in der Hand.

»Die Konfrontation mit Liam«, sagte Spike. »Ihr seid nicht im Guten auseinandergegangen.«

»Carina hat gesagt, er macht sich Sorgen um mich. Schließlich musste er mit ansehen, wie ich entführt wurde. Davon geht er zumindest aus.«

»Und du denkst, er wird nicht handgreiflich?«

Ich sah Spike ernst an. »Carina ist dabei. Er wird ruhig bleiben.«

»Das hoffe ich für ihn.«

Spikes Worte klangen zugleich bedrohlich und einfühlsam. Er reichte mir die Wanze, die er bereits auf Arthurs Party verwendet hatte. So konnte er das Gespräch mithören und im Notfall eingreifen.

»Fertig?«, fragte er.

Ich sah an mir herunter. Spike fuhr mit der Hand über den Kragen meines Parkas, strich ein paar blonde Strähnen zur Seite und kontrollierte, ob die Wanze gut saß. Dann startete er den Motor.

Meine Nervosität stieg von Meter zu Meter. Spike parkte den Wagen in einer nahegelegenen Seitenstraße und lehnte sich zurück. Er blickte an die Decke. Ich fragte mich, was ihm durch den Kopf ging. Die ersten Töne eines Nirvana Songs erklangen. Spike griff nach seinem Smartphone und nahm ab.

»Ich habe Damian gesehen, mich aber nicht zu erkennen gegeben«, sagte Maja ohne Begrüßung. »Er ist wahrscheinlich zu Vincents Schutz hier. Tora ist auch gekommen.«

»Und die McMillans?«, fragte Spike.

»Theodor und Simon McMillan haben gemeinsam die Aula betreten«, antwortete Maja. »Sie scheinen sich das Theaterstück anzusehen.«

»Und Riley?«

»Den hab ich noch nicht entdeckt. Aber das Schulgelände ist groß.«

Spike hatte sich viele Gedanken gemacht, wie er die letzten Verdächtigen aus der Reserve locken konnte. Letztlich hatte er sich für eine anonyme E-Mail entschieden. Einen Brief konnte man zu leicht zurückverfolgen, außerdem war es unwahrscheinlich, dass der Empfänger rechtzeitig den Briefkasten leerte.

265

Wir hatten lange über die Formulierung diskutiert und uns dafür ausgesprochen, den Drohbrief zu imitieren. Kurz und prägnant.

»Ich habe das Mädchen, das du suchst«, hatte er geschrieben. »Triff mich morgen auf der Weihnachtsfeier des Gymnasiums!«

Die Mail ging noch gestern raus. Riley und Simon McMillan hatten die Nachricht am Abend geöffnet. Wenn einer von beiden der Siebenschläfer war oder mich hatte entführen wollen, würde er hier erscheinen und in unsere Falle laufen.

Spike biss sich auf die Unterlippe und ließ seinen Blick durch den Innenraum des Wagens schweifen. Dann sah er auf seine Armbanduhr.

»Wie weit ist das Theaterstück?«

»Fast zu Ende«, antwortete Maja. »Sie sind mit dem dritten Geist so gut wie durch.«

»Okay.« Spike sah mich an. »Wir gehen jetzt durch den Hintereingang ins Gebäude.«

»Wir haben keinen Hintereingang.« Spike runzelte die Stirn. »Oh, du meinst den … der Zugang ist aber schwierig. Der führt in eine Nische zwischen zwei Häusern und da wächst meterhohes Gestrüpp.«

»Warum ist dann da ein Notausgang?«

Ich zuckte mit den Achseln.

»Okay. Dann nehmen wir den Vordereingang«, sagte Spike. »Kannst du dafür sorgen, dass niemand die Aula verlässt, während wir zum Treffpunkt gehen?«

»Ich mach das nicht zum ersten Mal, Schätzchen«, sagte Maja sanft.

Ich zog mir die schwarze Kapuze über den Kopf. Nur die Haarspitzen der blonden Perücke lugten hervor.

Der Schulhof war menschenleer. Alle saßen in der Aula, an deren Fenstern Spike und ich nun vorübereilten. Ich konnte die Bühne sehen und hoffte, Carina zu entdecken. Doch Ebenezer Scrooge hatte sich bereits vom dritten Geist verabschiedet. Das Publikum applaudierte und das letzte Kapitel begann. Mein Schritt verlangsamte sich. Ob mein Vater auch unter den Zuschauern saß? Wenn wir ihn nun auf dem Flur trafen, weil er zwischen den Kapiteln auf Toilette ging?

Spike griff nach meiner Hand und zog mich ins Schulgebäude. Ich wandte meinen Kopf von den Überwachungskameras ab, auch wenn ich davon ausging, dass sie ausgeschaltet waren. Die Klassenzimmertüren waren nicht verschlossen. In den Fluren standen längs zusammengestellte Schulbänke, die mit Kerzen und Tannengrün dekoriert waren. An den Fenstern klebten etliche Sterne aus künstlichem Schnee. Grüne Girlanden schmückten die Türrahmen und über unseren Köpfen glitzerten silberne Schneeflockengirlanden.

Mein Herz raste und ich fühlte mich merkwürdig unsicher auf den Beinen. Wir passierten das Lehrerzimmer und bogen in den zweiten Korridor ein. Maja ging vor den geschlossenen Flügeltüren der Aula auf und ab. Zwei Gänge führten in das Nebengebäude, das früher einmal als Kantine gedient hatte. Heute diente es als Aula. Man konnte hören, wenn die Türen geöffnet wurden und hatte Zeit zu reagieren, bevor irgendjemand den Flur betrat.

Spike ging zu Maja und küsste sie auf den Mund. Mittlerweile hatte ich verstanden, was hinter diesem Kuss steckte. Es war nicht nur ein Begrüßungsküsschen, wie es Liam Carina gab. Spike und Maja drückten damit ihre Verbindung aus. Keine Liebe, sondern tiefes Vertrauen – eine gegenseitige Verwurzelung im Anliegen des anderen. Nur so konnte Maja jahrelang dem Mörder von Spikes Eltern folgen und Christian sich für Spikes Wohl opfern.

Als Maja auch mir einen Kuss gab, hörten meine Hände auf zu zittern. Ich war Teil von etwas, das größer war, als ich es je zu glauben gewagt hätte.

»Hast du das Messer?«, flüsterte Maja.

Ich nickte und klopfte auf meine Manteltasche. Heute würde ich nicht vor Angst erstarren wie am Donnerstag. Ich würde mich wehren, sobald der Siebenschläfer sich zu erkennen gab. Dieses Mal würde ich nicht das Opfer sein.

Spike ergriff meine Hand und zog mich weiter. Vor dem Klassenzimmer blieb er stehen und legte eine Hand auf meine Wange. Dann trafen seine Lippen auf meine. Es war eine sachte Berührung, wie der Flügel eines Kolibris eine Blüte streift. Es war bizarr, aber nicht unangenehm. Ich wusste, er würde mich genauso beschützen, wie Christian damals ihn geschützt hatte.

»Du schaffst das«, sagte er. »Ich bin nur wenige Meter von dir entfernt.«

Ich nickte und sah zum ersten Mal ein stolzes Lächeln auf Spikes Gesicht. Es strahlte eine eigenartige Milde aus, die ich sonst nur von Maja kannte. Es war verrückt, aber vor Rührung spürte ich meine Brust warm werden. Die Anspannung fiel von mir ab. Mit neuem Mut ging ich zur Tür mit der Nummer 106. Spike verschwand im angrenzenden Klassenzimmer.

Ich war auf mich allein gestellt.

20

Als ich das leere Klassenzimmer betrat, begann mein Herz wieder heftig zu schlagen. Der Raum war so abgelegen, dass sich kaum jemand hierher verirren durfte. Die Tische standen wie üblich in fünf Reihen hintereinander. Auf der Tafel standen mathematische Formeln und auf dem Lehrertisch lag ein vergessener Schal.

Nachdem ich einige Minuten gewartet hatte, griff ich ein Stück blaue Kreide und begann die Binomischen Formeln zu lösen. Ich nahm die Kapuze ab, um besser sehen zu können. Der Pony kratzte an der Stirn und ich wischte ihn zur Seite.

»Oh, Entschuldigung.«

Carinas Stimme ließ mich zusammenfahren. Ich drehte mich um und sah, wie Carina mitten in der Bewegung innehielt. Sie trug ein viktorianisches Kleid mit schwarzem Unterbrustmieder. Der weite Rock schwang vor und zurück, so überstürzt hatte sie den Raum betreten. Im Türrahmen hinter ihr erschien Liam. Erleichtert atmete ich aus.

Nach kurzem Zögern rannte Carina auf mich zu und fiel mir so stürmisch um den Hals, dass ich strauchelte. Es tat gut, sie wieder im Arm zu haben. Liam sah uns misstrauisch an. Bevor er in den Raum trat, schaute er prüfend zurück in den Flur.

»Da draußen ist niemand«, sagte ich.

»Man kann nie wissen.«

»Siehst du? Sie ist da«, sagte Carina. »Wie ich gesagt habe.«

»Ich sehe es.«

»Jetzt sag schon! Wo bist du gewesen?«

Carina hielt mich an den Schultern vor sich. Der rote Lidschatten und das schwarze Mascara ließen sie wie eine Puppe wirken. Liam ging einen Schritt auf uns zu.

»Sag schon!«, drängte er und kassierte einen vorwurfsvollen Blick von Carina.

Liam stand hinter ihr und spähte über ihre Schulter.

»Er hat mich gerettet.«

»Wer?«, fragte Carina verwirrt.

Fassungslos hob Liam die Arme und ließ sie sogleich wieder fallen. Er schnaubte und verschränkte die Arme vor der Brust.

»Ist ja nicht zu fassen. Und ich dachte die ganze Zeit, Colin steckt dahinter.«

Carina ließ mich los. Auf der Suche nach Antworten schaute sie uns abwechselnd ins Gesicht. Liam hatte sie offensichtlich nicht eingeweiht. Sie warf ihre Hände beschwörend hoch.

»Ich will jetzt sofort die Wahrheit hören«, rief sie ängstlich. »Von euch beiden.«

Liam lockerte seine verschränkten Arme und trat von einem Fuß auf den anderen.

»Liam hat dir nichts erzählt«, stellte ich fest.

Liam funkelte mich düster an. »Sie wäre nur noch besorgter gewesen.«

»Warum besorgt?«, fragte Carina. »Weswegen?«

Verzweifelt ließ sie sich auf einen Stuhl sinken und schluchzte. Liam hockte sich neben sie.

»Am Donnerstag … nach unserem Kinobesuch«, sagte ich, »da kamen Männer … sie wollten mich entführen.«

»Also doch«, sagte Carina mit zitternder Stimme und sah Liam entsetzt an. »Dann hat Alex' Vater recht gehabt. Er war in der Schule, hat uns befragen lassen.«

»Ja, hat er«, bestätigte ich.

»Warum sollte dich jemand entführen wollen?«

Mein vorwurfsvoller Blick traf auf Liam. Immerhin ging seine Familie davon aus, dass es sich bei dem vermeintlichen Initiator der Entführung um Colin Pilgrim handelte. Liam war das eigentliche Ziel gewesen, nicht ich.

»Julia ist da in Dinge hineingeraten, die ihr über den Kopf gewachsen sind«, sagte Liam.

Kurz sah Carina ihn grüblerisch an, registrierte dabei wohl auch meinen kritischen Gesichtsausdruck. Abrupt stand sie auf. Liam verlor den Halt und fiel auf den Boden.

»Du wusstest davon?«, rief sie fassungslos.

»Bis zu diesem Tag im Kino nicht.«

Liam rappelte sich auf. Carina schlug ihm heftig gegen die Brust. Er wich zurück.

»Und das verschweigst du mir? Tagelang? Wir haben uns am Freitag jede Pause auf dem Schulhof gesehen. Ich hab dich mehrmals gefragt, ob du ein Lebenszeichen von Julia hast. Und du bleibst stumm?« Carina stiegen Tränen in die Augen. »Sie hätte in der Gewalt dieser Männer sein können.«

Liam schüttelte den Kopf. »Sie war ihnen ohne mich nichts nütze. Ich kenne meinen Großonkel. Er hätte sie als Mitwissende einfach entsorgt.«

Carina fing an zu weinen. Ich wollte sie umarmen, doch sie wich zurück.

»Dein Großonkel hat also versucht, dich und Julia zu entführen.« Carina sah Liam fragend an. Er nickte verhalten. »Warum?«

»Das ist kompliziert«, sagte Liam. »Eine familiäre Angelegenheit.«

»Wenn diese Männer dich nicht entführt haben«, sagte Carina, »wo warst du dann?«

Ich starrte auf den schwarzen Saum von Carinas Kleid. Da ich als Einzige von unserem Zuhörer wusste, fiel es mir nicht leicht, die richtigen Worte zu finden.

»Sie war bei ihrem Freund«, sagte Liam, »diesem Paul.«

»Spike«, korrigierte ich ihn.

»Steven«, ergänzte Liam. »Interessiert das irgendwen?«

Ich ging einen Schritt auf Carina zu.

»Erinnerst du dich an die Gedenkstätte des Siebenschläfers?« Sie nickte. »Auch an das Baby, das seine Eltern verloren hat?«

Meine Freundin runzelte die Stirn. »Natürlich.«

»Nun. Diesen Paul Neumann habe ich getroffen. Er lebt.«

»Nicht offiziell«, warf Liam ein.

»Und er sucht nach dem Mörder seiner Eltern«, ergänzte ich, ohne Liam anzugucken.

»Was hat das damit zu tun?«

»Er ist der Grund, weshalb ich untergetaucht bin«, sagte ich. »Weshalb ich heute hier bin. Weshalb ich für eine Weile verschwinden muss.«

»Was meinst du mit ›verschwinden‹?«

Ich legte ihr eine Hand auf die Schulter. Sie sah mich erschrocken an. Liam runzelte die Stirn und fixierte mich mit schmalen Augen.

»Der Siebenschläfer, der Mörder seiner Eltern, der auch den Bürgermeister ermordet hat … Er hat mir einen Drohbrief geschrieben. Ich bin da in Sachen hineingeraten, die aus den Fugen geraten sind. Liam hat recht … Ich muss eine Weile untertauchen, bis sich geklärt hat, wer der Siebenschläfer ist.«

Ich war mir nicht sicher, ob Spike es gutheißen würde, dass ich so viel über ihn preisgegeben hatte. Schließlich war jetzt eine weitere Person eingeweiht.

»Und bei diesem Paul Neumann bist du gewesen?«, fragte Carina.

»Er hat mich mit sich genommen, nachdem er sich vorm Kino gegen die Angreifer gestellt hat.«

»Das habe ich auch«, sagte Liam verletzt. »Ich wollte dir helfen, aber einer dieser Typen hat mich niedergeschlagen. Ich sah nur, wie Damian auf mich zukam und die Männer flohen. Ich musste davon ausgehen, dass sie dich mitgenommen hatten. Und als dann dieser Steven kam, dachte ich, er steckt dahinter und will mich auch entführen.«

»Warum hast du keine Aussage bei der Polizei gemacht?«, fragte Carina.

»Was hätte das schon gebracht? Außerdem hat Damian gesagt, dass es dieselben Typen wie neulich in unserer Villa gewesen sein könnten.«

273

»Und dann habt ihr Colin dafür zur Rechenschaft gezogen«, sagte ich.

»Ja. Und es wurde uns schnell klar, dass er dich nicht in seiner Gewalt hat. Selbst wenn er dich und mich hätte entführen wollen.«

»Du bist dir also nicht sicher, ob er es war?«, fragte ich.

»Nicht wirklich.«

»Dann gibt es noch mehr offene Fragen als erwartet«, sagte ich. »Versteht ihr nun, weshalb ich hier fürs Erste nicht sicher bin? Ich weiß nicht, wer mein Feind ist und wer mein Freund.«

»Wir sind deine Freunde«, sagte Carina.

»Natürlich. Aber solange die Identität des Siebenschläfers nicht bekannt ist, kann ich unmöglich einfach zur Schule gehen und mich jeden Tag erneut in Gefahr bringen. Und wer sagt mir, dass nicht er auch der Entführer war?«

»Stattdessen vertraust du einem Wildfremden und verlässt mit ihm die Stadt«, sagte Liam.

»Ich kenne ihn gut einen Monat länger als dich.«

Carina kam mit hängenden Schultern auf mich zu. »Und was ist mit mir?«

»Ich möchte dich und Alex nicht verlassen, aber …«

Gerade als ich nach tröstenden Worten suchte, durchriss ein Knall die Stille. Mein Herz machte einen Satz. Carina duckte sich hinter den Tisch, ich sprang einen Satz zurück. Erschrocken schauten wir zur Tür. Der Schuss war aus dem Flur gekommen.

Liam stürmte zur Zimmertür, Carina war starr vor Angst. Ich drückte ihre Hand und rannte mit ihr Liam hinterher. Eine Ansammlung von Menschen stand am Ende des Flurs. Schreie hallten durch die Schule. Einige Schüler liefen zum Ausgang, andere in die Klassenräume.

Mein Verstand sagte mir, ich solle die Tür schließen und mit Carina im Klassenzimmer Schutz suchen. So war das Prozedere bei einem Amoklauf. Mein Instinkt sagte, ich müsse die Ursache für den Tumult und Spike finden.

Ich drückte Carina an den Schultern zurück ins Klassenzimmer und ging langsam Liam hinterher auf die Menschenmenge zu. Die Tür des Nebenraumes, in dem sich Spike versteckt hatte, stand offen.

»Dad?«, rief Liam plötzlich und rannte los.

Er drängte sich zwischen den Menschen hindurch und ließ sich vor einer am Boden liegenden Person auf die Knie fallen. Vincent Pilgrims weißes Hemd war am Bauch mit Blut durchtränkt. Liams Mutter zog sich ihren blauen Pullover über den Kopf und presste ihn auf die Wunde. Vincent atmete rasselnd. Liam hielt seine Hand.

Toras hilfesuchender Blick blieb an mir hängen. Nur ihr schien aufzufallen, dass ich anwesend und merkwürdig verkleidet war. Nach einigen Sekunden sah sie jedoch wieder auf ihren blutenden Ehemann.

Zwei Schüler liefen los, um einen Verbandskasten zu holen. Tommy telefonierte mit der Notaufnahme. Fahrig schaute er den Flur hoch und runter, als erwarte er, dass ein neuer Angreifer auftauchen könnte.

»Wer war das?«, schrie Liam. Tränen liefen über sein gerötetes Gesicht.

Vincent versuchte, etwas zu sagen, war jedoch zu kraftlos.

»Ein … Mann«, stotterte Tommy, nachdem er den Anruf beendet hatte.

Liam taxierte mich vorwurfsvoll. Ich hielt ihm ein langsames Kopfschütteln entgegen.

Carina hatte zu uns aufgeholt. Sie hyperventilieren und zerrte das Asthmaspray aus ihrer Tasche. Ehe sie einen Zug nehmen konnte, sackte sie seitlich weg und fiel mir vor die Füße. Ich schrie auf. Zwei Schüler beugten sich über sie und legten sie auf den Rücken.

Ich musste Spike finden. Langsam ging ich rückwärts aus dem Kreis der Jugendlichen. Jemand packte mein Handgelenk und zog mich mit sich. Ein Hoffnungsschimmer flammte in mir auf, doch es war nicht Spike, sondern Alex. Er führte mich in ein leeres Klassenzimmer. Im Augenwinkel nahm ich wahr, wie Leute vorüberrannten.

»Wo warst du?«, fragte er.

»Bei Spike.«

»Hat er dich entführt?«

»Nein. Irgendwelche Männer.«

»Der Siebenschläfer?«

Alex' Angst sprang auf mich über. Ich atmete flach.

»Mein Vater ist mit deinem Verschwinden beauftragt worden. Als du nicht zu unserem Treffen am Donnerstagabend erschienen bist und ich gehört habe, dass ein schwarzhaariges Mädchen vorm Kino – in dem meine Freunde einen Film schauen wollten – entführt wurde, musste ich meinem Vater alles erzählen.«

»Du hast was?«, fragte ich.

»Ich musste davon ausgehen, dass der Siebenschläfer seine Drohung wahr gemacht hat. Warum hast du dich nicht gemeldet?«

»Spike hat es mir verboten. Es war zu gefährlich.«

»Aber hier aufzutauchen, nicht, oder was?« Alex' Blick huschte durch die angelehnte Zimmertür in den Flur. »Wer liegt da am Boden?«

»Liams Vater«, antwortete ich. »Er blutet stark. Hast du den Schuss gehört?«

»Ich habe einen Mann gesehen. Er hatte eine Waffe.«

»Kurze schwarze Haare? Schwarzer Mantel?«

Alex nickte vorsichtig. »Er ist vom Tatort geflohen mit gezogener Waffe. Ist das dieser Typ vom Damenklo?«

Ich nickte. »Aber er hat Herrn Pilgrim nicht angeschossen. Denke ich zumindest. Spike hat einen Plan. Ich kann dir das jetzt nicht erklären, aber wir sind nah am Siebenschläfer dran. Ich muss ihm folgen. Sofort.«

Alex ließ mich los, griff in seine Manteltasche und zog einen Revolver hervor. Ich starrte auf seine Hand.

»Er ist nicht der Einzige mit einer Waffe.«

»Wo hast du die her?«, fragte ich und legte meine Hand auf seine, um die Mündung der Waffe von mir zu lenken.

»Aus dem Tresor meines Vaters. Es ist seine Zweitwaffe. Carina hat mich angerufen und meinte, du würdest auch hier sein. Ich hab sie mit Liam im Klassenraum verschwinden sehen und gewartet.«

Er sah über meine Schulter hinaus auf den Flur.

»Weißt du überhaupt, wie man damit umgeht?«

»Mein Vater ist Polizist«, sagte Alex. »Ich bin im Schützenverein.«

Ein Knacken vom Lautsprecher über der Tür ertönte.

»Hier spricht die Schulleitung«, erklang eine monotone Frauenstimme. »Wir haben eine ernste Lage im Schulgebäude. Bleiben

Sie in den Klassenräumen! Schließen Sie die Türen ab und verbarrikadieren Sie diese!«

Die Tonaufnahme wurde zweimal wiederholt. Ich begann zu schwitzen.

»Amokalarm«, sagte Alex und schaute durch den Türspalt.

Vereinzeltes Türknallen hallte durch den Flur. Ich spitzte die Ohren. Es war still. Ich schob Alex zur Seite und lugte selbst hinaus. Der Flur war leer. Ein dunkelroter Fleck auf dem Boden zeugte von Vincent Pilgrims Verletzung. Rote Blutstropfen führten zu einer verschlossenen Tür.

»Hat dich jemand gesehen?«

»Nein«, antwortete Alex. »Die Waffe war die ganze Zeit in meiner Manteltasche.«

Mit großen Augen blickte ich Alex an. »Wir müssen ihn finden. Er ist in Gefahr.«

»Nein. Wir müssen hierbleiben und uns verbarrikadieren.«

Ich schlug die Hand weg, mit der Alex mich festhielt. »Ich geh da raus – mit dir oder ohne dich.«

Alex sah mich perplex an. Einige Sekunden verstrichen, dann nickte er. Er entsicherte seine Waffe.

»Dann lass uns gehen!«

Dienstag
der 13. November

Ich saß auf der Bettkante und sah aus dem Fenster. Der Wind trieb die Äste der Bäume hin und her. Es hatte eine hypnotisierende Wirkung. Ich vergrub mein Gesicht in den Händen und spürte etwas Feuchtes auf der Wange. Erschrocken schaute ich auf die Handflächen und mir wurde bewusst, was ich getan hatte.

Fanny war tot. Ich hatte sie ermordet.

Heute Morgen war ich vom Telefonklingeln wachgeworden. Fanny hatte völlig aufgelöst erzählt, dass die Polizei bei ihr gewesen war und sie mich sprechen wolle. Es ginge um Hohenheims Ermordung.

Die Polizei hatte forensischen Spuren zufolge die Vermutung, dass der Siebenschläfer etwas mit dem Tod unseres ehemaligen Chefs zu tun haben könnte. Da Fanny auch für Richard Hanssen gearbeitet hatte, den viele inoffiziell für den wahren Siebenschläfer hielten, waren die Ermittler auf sie zugegangen.

Nach Justins Ermordung hatte sich eine Sonderkommission mit dem Namen »Siebenschläfer« gebildet. Ich hatte nicht gedacht, dass sie tatsächlich etwas Neues herausfinden würden.

279

Und wenn man es genau nahm, war es ein Trugschluss: Der Siebenschläfer hatte Uriel Hohenheim nicht getötet. Aber natürlich gingen sie davon aus, dass er es ohne Zweifel gewesen sein musste. Ich war am Tatort gewesen, hatte Spuren verwischt und offensichtlich eigene hinterlassen.

Ich war zu Fannys Wohnung gefahren. Sie erzählte mir, dass die Polizisten hinreichenden Verdacht hatten, dass der Siebenschläfer unseren ehemaligen Chef ermordet hatte.

Sie sagte es mit einer Spur Hoffnung in der Stimme. Hoffnung, dass ich nicht dieser Mörder war, sondern ein anderer. Jemand, dem wir all das anhängen könnten. Doch ich ließ ihr Hoffen mit einem Satz zerplatzen.

Zum ersten Mal in meinem Leben sagte ich: »Ich bin der Siebenschläfer.«

Es fühlte sich erlösend an, diese Worte auszusprechen, auch wenn ich mich nie mit dieser Person identifizieren hatte können. Mit diesem Serienmörder, der sich seit Jahrzehnten umtrieb; dieser Bestie, von den Medien erschaffen und zu einer Tötungsmaschine stilisiert. Das war ich nicht. Doch jetzt, mit Fannys Leiche neben mir auf der Couch, sah es ganz so aus.

Ich schluckte schwer. Fanny hatte mir mit offenem Mund zugehört, ihre Pupillen hatten sich vor Erstaunen immer mehr geweitet. Ich erzählte ihr, dass ich schon mehrfach gemordet hatte; dass ich deshalb so rational gehandelt hatte und ihr bei der Vertuschung helfen konnte.

Noch während meiner Ausführungen war das erlösende Gefühl der Erkenntnis gewichen, dass Fanny nun eine Mitwisserin war. Patrick und meine Mutter auch, doch die beiden hatte ich unter Kontrolle. Sie ahnten, dass ich Bruce und Justin getötet haben könnte, und dennoch schwiegen sie.

Fanny hatte keinen Grund dazu, mich zu schützen. Sie war eine Gefahr. Wenn die Polizei sie mit dem Tod unseres Chefs in Verbindung brachte, würde sie den Mord sicher mir in die Schuhe schieben, bevor sie selbst ins Gefängnis ging. Meine Entscheidung stand fest.

»Ich werde dich töten müssen«, sagte ich nach einer längeren Pause.

Fanny war zusammengefahren, hatte dennoch bitter gelacht. So trocken, wie ich es gesagt hatte, konnte man durchaus von Ironie ausgehen. Aber wir beide wussten, dass ich es genau so meinte, wie ich es gesagt hatte.

Mit einem Sprung nach vorn packte ich sie am Hals und drückte sie auf die Couch. Fanny sah mich mit einem eigenartig fragenden Ausdruck an. Es war kein Vorwurf, sondern Unverständnis.

Sie konnte nicht schreien. Ihre Kehle gurgelte. Ihre Hände trafen mich im Gesicht und an den Schultern, doch bald erschlafften ihre Glieder. Ich war dankbar dafür. Es sollte schnell und schmerzlos gehen – für uns beide.

»Es tut mir leid«, wisperte ich, als ich Minuten später meine Hände von ihrem Hals nahm.

Ich trug Fannys Leiche ins Schlafzimmer und legte sie auf das Bett. Dann setzte ich mich neben sie.

Ich hatte sie nicht töten wollen. Doch sie stellte eine Gefahr dar: für mich, für meine Frau Lotte, für meinen Patensohn Theodor, für meinen Sohn Ben. Ich wusste, warum ich meinen

Sohn nach meinem besten Freund benannt hatte. Ich hatte meinen besten Freund damals nicht retten können, meinen Sohn würde ich um jeden Preis beschützen.

Doch tat ich das? Eigentlich hatte ich das Morden lange hinter mir gelassen. Klaus Krauss sollte der letzte Tote sein, den ich jemals zu Gesicht bekommen musste. Ich hatte Lotte vor diesem Vergewaltiger gerettet und sie später zur Frau genommen. Abigail hatte ich für sie verlassen. Tatsächlich war sie Riley eine bessere Ehefrau geworden, als sie es mir je hätte sein können. Wir beide hatten die Frau bekommen, die wir verdienten und liebten, auch wenn Rileys Triebe ihn immer wieder übermannten.

Und jetzt schickte mir das Schicksal Bruce und Justin McMillan; zwei Männer, mit deren Tod ich nichts zu tun hatte. Hatte ich mir mit meinen damaligen Morden ein mieses Karma eingehandelt?

Ich hatte mich zu diesem letzten Mord verleiten lassen, das war richtig. Doch das Gefühl, das ich verspürte, war nicht dasselbe wie früher. Ich fühlte mich weder erleichtert, noch befriedigt, erst recht nicht erlöst. Stattdessen beschwerte etwas meine Lunge, das mich zu ersticken drohte.

Bei fast allen meinen Morden ließ die Wut nach dem Tod meines Opfers nach. Jedoch hatte ich Fanny gegenüber keine Wut verspürt. Erst jetzt stieg sie in mir auf und ließ mein Herz in Flammen aufgehen. Doch es waren keine Flammen, die mich antrieben. Es waren Flammen, die mich verzehrten.

Ich verspürte zum ersten Mal Selbsthass; konnte nicht fassen, dass ich so weit gegangen war. Eine Frau zu ermorden, die jahrelang geschwiegen hatte. Ich musste eingestehen: Ich

– Simon McMillan – war der Siebenschläfer. Ich war das verabscheuungswürdige Tier, das unschuldige Menschen umbrachte. Die Medien hatten recht: Ich war eine Bestie. Ich gehörte eingesperrt. Irgendwer musste mich stoppen.

Und dennoch konnte ich nicht einfach zur Polizei laufen und mich stellen, sonst legte man mir auch den Mord an Hohenheim, Bruce McMillan und seinem Sohn Justin zur Last. Sie behaupteten, meine Schuld beweisen zu können. Sie behaupteten, der Siebenschläfer hätte die neuerlichen Morde begangen, doch das stimmte nicht.

Fanny war ein Kollateralschaden, kein Ziel meiner Wut. Wenn es ein Ziel für meine Wut gab, dann war es der Mörder von Richard Hanssen. Er war auf freiem Fuß und ich war mir sicher, dass er in dieser Stadt war. Gewiss beobachtete er mich bereits. Wahrscheinlich hatte er Bruce auf dieselbe Art und Weise zugerichtet, wie ich es damals mit meinem Großvater getan hatte. Nur damit ich auf ihn aufmerksam wurde; damit ich wusste, dass er hinter mir her ist. Richards Mörder war gewieft, aber ich spielte dieses Spiel schon länger als er.

Ich wandte mich Fanny zu und fuhr ihr mit meiner behandschuhten Hand durchs braune Haar. Meine Lippen berührten ihre Stirn.

»Es tut mir leid«, wisperte ich. »Es tut mir so unendlich leid.«

21

Wir eilten durch den Flur. Am Ende eines Gangs ertönte ein weiterer Schuss, dann noch einer. Ich sah Alex ängstlich an, folgte ihm aber gebückt. Abrupt blieb er stehen. Ich prallte gegen ihn. Er schaute durch die Eingangstür zur Aula. Schnell zog er den Kopf zurück und atmete hastig ein und aus.

»Da stehen zwei Typen mit gezogener Waffe«, flüsterte Alex.

»Wer?«

»Dein Freund«, antwortete er.

»Und wer noch?«

Er schüttelte den Kopf. Ich lehnte mich vor, um etwas zu sehen, doch Alex hielt mich an meinem Arm zurück.

»So sieht man sich wieder«, hörte ich eine bekannte Stimme aus dem Saal.

Ich schlug die Hand vor den Mund, um meinen Aufschrei zu unterdrücken.

»Ich hätte es wissen müssen«, sagte Spike.

»Hättest du. Da standen wir uns schon Aug in Aug gegenüber und du merkst nicht einmal, wen du provozierst.«

»Wie auch? Ich konnte mich schließlich nicht an dich erinnern.«

»Ich mich aber an dich«, sagte Simon McMillan. »Meinst du, ich hätte dich trotz deiner schwarzen Haare nicht erkannt? Zwei Jahre verändern einen Menschen nicht so stark.«

Es waren Schritte zu hören, dann ein Zusammenstoß. Stuhlbeine schabten über den Boden. Ich entfernte Alex' Hand von meiner und spähte durch den Türspalt. Simon und Spike standen sich im Mittelgang zur Theaterbühne gegenüber. Beide sahen sich über den Lauf ihrer Waffen hinweg an. Spike war bis zum ersten Stuhl der vorletzten Bankreihe zurückgewichen.

Alex riss mich wieder in Deckung und hockte sich neben mich. »Wer ist der Typ?«

Ich presste mich gegen die Wand in meinem Rücken und starrte auf die Tischbänke vor uns.

»Ich hab deine Botschaft erhalten«, begann Simon. »Wo ist das Mädchen?«

»Sie ist gut versteckt. Immerhin hast du versucht sie zu entführen.«

Ich war nicht mehr in unserem Versteck. Er bluffte. Oder richtete er seine Worte gar nicht an Simon? Mir fiel die Wanze an meinem Mantelkragen ein. Hörte Spike immer noch mit? Wahrscheinlich wusste er von Alex und seiner Waffe.

Ein Stein legte sich auf meinen Magen. Er wollte, dass ich nichts tat. Er wollte das allein regeln, den Mörder seiner Eltern zur Rede stellen. Notfalls würde er sich für meine Sicherheit opfern.

»Ich?«, fragte Simon. »Du hast sie doch entführt. Sie ist seit über einer Woche verschwunden. Was hast du mit ihr gemacht? Sag schon!«

Spike schwieg. Meine vermeintliche Entführung hatte erst vor drei Tagen stattgefunden. Simon redete nicht von mir.

»Meine Frau hatte engen Kontakt zu Saskia«, fuhr Simon fort. »Seit Anfang letzter Woche meldet sie sich nicht mehr.«

»Sie ist in Sicherheit«, sagte Spike tonlos.

»Warum sollte ich dir glauben? Du hast Richard ermordet. Ich habe nie geglaubt, dass dein Kumpel Christian Schmidt es war. Es war nur eine Frage der Zeit, bis du wieder auftauchst und versuchst auch mich zu töten.«

Eine lange Pause trat ein. Ich lehnte mich ein weiteres Mal vorbei an Alex. Er beobachtete mich wachsam. Spike stand von uns aus gesehen auf der rechten Seite der Aula, Simon auf der linken. Wenn wir um die Ecke schauten, konnten die beiden uns im Augenwinkel wahrnehmen.

Das Schweigen der beiden machte mich wahnsinnig. Ich starrte auf die Waffe in Alex' Hand.

»Die Frage ist nur«, sagte Simon. »Warum? Was willst du von mir?«

Spike machte einen Schritt nach vorn. »Du bist mit deinen Taten zu lange durchgekommen.«

Ein diabolisches Lächeln umspielte Simons Lippen. »Oh, ich habe noch mehr Leute umgebracht, als du denkst. Und andere habe ich nicht getötet, aber alle gehen davon aus. Die Realität ist doch immer anders, als man denkt.«

»Ich bin dir lange nicht auf die Schliche gekommen. Du mordest immer aus anderen Gründen«, sagte Spike.

»Aber du denkst, dass der wahrhaftige Siebenschläfer vor dir steht?«

Spike nickte. »Du hast den Bürgermeister ermordet, seinen Sohn und die Sekretärin der Pilgrims. Und du hast meiner Freundin einen Drohbrief geschickt.«

»Deiner Freundin?«, fragte Simon.

Sein Lächeln wich einem nachdenklichen Ausdruck und sein Blick wandte sich von Spike ab. Ich ging in Deckung und ließ mich gegen die Wand neben Alex sinken. Mein Atem ging stoßweise.

»Was meinen die?«, fragte Alex stirnrunzelnd.

Er griff nach meiner Hand, doch ich schwieg.

»Julia Morawetz, die Kellnerin vom Pont Neuf«, sagte Simon. »Sie ist also auch eine Komplizin.«

Schockiert sah Alex mich an. Sein Mund stand offen und er ließ meine Hand los. Ich sah ihn eindringlich an.

»Vor zwei Jahren war sie noch nicht in deinem Team«, fuhr Simon fort. »Du machst das immer wieder, oder? Du missbrauchst Unschuldige wie Marionetten für deine Ermittlungen. Und später verwendest du sie wie diesen Christian Schmidt als Kanonenfutter. Du bist verabscheuungswürdig.«

»Sagt der Serienmörder«, blaffte Spike.

Simon lachte höhnisch. »Du bist nicht der Einzige, dem vor zwei Jahren etwas genommen wurde.«

»Er war nur ein Handlanger.«

»Er war mein Freund«, knurrte Simon.

»Nur der Vater deines Freundes.«

»Lass Ben aus dem Spiel!« Simons Worte klangen endgültig. Spike schwieg. »Ben war mein bester Freund und ich musste mit ansehen, wie dieser vermaledeite Polizist ihn erschossen hat.«

287

»Davon stand nichts in der Akte«, sagte Spike irritiert. »Er muss dich aus dem Bericht rausgelassen haben.«

»Soll ich ihm jetzt dankbar sein dafür? Er hat meinen besten Freund erschossen und du seinen Vater.«

»Ebenso wie du meinen«, schrie Spike.

Eine lange Pause entstand. Mein Puls raste. Alex und ich sahen uns immer noch an. In seinen Augen spiegelten sich Unverständnis und Entsetzen. Die Waffe in seiner Hand zitterte. Ich versuchte meine Atmung unter Kontrolle zu bekommen, damit ich das Rauschen des Bluts nicht mehr in den Ohren hörte. Ich musste mich auf jedes Geräusch konzentrieren, das aus der Aula zu uns drang.

»Du bist Paul«, sagte Simon. »Ich dachte, du wärst tot … Wo hast du all die Jahre gesteckt?«

»Bleib stehen!«, rief Spike. »Komm nicht näher!«

»Diese blauen Augen«, sagte Simon. »Du bist es. Ich hab ewig nach dir gesucht.«

Spike stutzte. »Lüg nicht! Du bluffst doch!«

»Ich werde nie die Augen deiner Mutter vergessen. Wie sie auf dem Flurboden lag und mich anflehte, dir nichts zu tun.« Simons Stimme war tief, als müsse er sie mühsam unter Kontrolle halten. »Ich bereue Janines Tod jeden Tag.«

»Nimm ihren Namen nicht in den Mund!«

»Sie hatte nicht sterben sollen«, fuhr Simon fort. »Es war ein Unfall.«

»Ein Unfall?«

Spikes hysterischer Ausruf erschreckte mich. Er würde sich nicht mehr lange unter Kontrolle halten können.

»Ich wollte den Tod deiner Mutter nicht«, sagte Simon.

»Pah«, rief Spike.

»Sie war nur zur falschen Zeit am falschen Ort. Sie hatte nicht sterben sollen. Ihr Tod war ein Unfall. Ebenso der Tod von Hohenheim, an dem ich im Übrigen nicht schuld bin. Fanny hat ihn getötet, ich habe ihr nur bei der Vertuschung geholfen. Und für diese Hilfe soll ich nun bestraft werden?«

»Du hast sie ermordet. Aus Angst entlarvt zu werden.«

»Das ist wahr.« Simon machte eine lange Pause. »Und es war der schlimmste Mord, den ich je verübt habe, wenn ich von dem an deiner Mutter absehe.«

Ich begann zu zittern.

»Was willst du nun tun?«, fragte Simon. »Willst du mich töten, weil ich deine Eltern ermordet habe? Wenn dem so ist, denk daran, dass du auch nicht ohne Schuld bist! Du hast einen Anwalt und seinen Chauffeur ermordet … Und wenn du einwenden willst, dass sie es verdient hätten, dann muss ich dich enttäuschen. Der Chauffeur hatte mit der Sache rein gar nichts zu tun.«

Ein Klicken ertönte. Zuerst dachte ich an einen Waffenabzug, doch es war das Quietschen einer Tür. Alex' Blick huschte durch den Flur. Niemand war zu sehen. Alle Türen waren verschlossen.

»Was ist hier los?«, drang die Stimme einer dritten Person aus dem Inneren der Aula.

»Wie bist du hier reingekommen?«, fragte Simon angespannt.

Theodor musste das Gebäude durch den Hofeingang zur Aula betreten haben.

»Ich hab die Durchsage gehört und mich in einem Gebüsch versteckt. Bevor das Funksignal gestört werden konnte, hab ich dich lokalisiert. Was ist hier los?«

Simon und Spike schwiegen, sicher immer noch mit ihren Waffen im Anschlag. Es mochte für Theodor ein merkwürdiges Bild abgeben, seinen Patenonkel mit diesem Fremden zu sehen.

»Ist er das?«

»Ja«, antwortete Simon. »Das ist der Mörder von Richard Hanssen.«

»Dass Sie sich hierher wagen, nach allem, was Sie meiner Familie angetan haben.«

»Er hat auch eine Waffe«, wisperte Alex, nachdem er einen weiteren Blick gewagt hatte.

Er wog seine eigene Waffe in der Hand. Ich legte meine Hand auf seine.

»Okay«, flüsterte ich.

Mit dem Finger wies ich zuerst auf Alex, dann in Richtung des zweiten Eingangs. Alex sah mich unverständig an und ich seufzte leise. Dann formte ich zeitgleich mit meinen Handbewegungen tonlose Worte auf den Lippen.

»Du – Laufen - Tür – Ich – Laufen – Rein.«

Alex sollte hinter den Schulbankreihen entlangkriechen. So gelang er zum zweiten Aula-Eingang, der hinter Theodor und Simon lag. Ich würde hineingehen und sie ablenken, damit er unbemerkt seine Position wechseln und für ein Waffengleichgewicht sorgen konnte. Alex schüttelte vehement den Kopf, während Theodors Schrei durch die Aula hallte.

»Tun Sie nicht so scheinheilig! Sie haben meinen Vater ermordet und meinen Bruder.«

Ich nickte und sprang auf. Alex griff nach meiner Hand, doch erwischte sie nicht mehr. Ich stand im Eingang zur Aula. Sofort waren drei Waffen auf mich gerichtet. Instinktiv hob ich meine Hände in die Höhe.

Ich fixierte Simon McMillan. Er würde mir nichts tun, hatte mich immerhin schon einmal vor Spike und Arthur beschützt. Wenn er Spike nicht glaubte, dann vielleicht mir.

Simon ließ seine Waffe langsam sinken. Mit einem Lachen auf den Lippen schüttelte er den Kopf. Spike hatte seine Waffe unterdessen wieder auf Simon gerichtet. Theodor zielte auf Spike.

»Du arbeitest also mit diesem Kerl zusammen. Und ich dachte damals, ich beschütze dich vor zwei Tyrannen. Ich bin so ein Idiot.«

»Ihr Onkel hat Ihnen nicht die Wahrheit gesagt«, sagte Spike zu Theodor. »Der Siebenschläfer hat Ihren Vater ermordet.«

»Exakt. Und der ist niemand anderes als Sie«, sagte Theodor.

»Nein. Spike ist es nicht. Er hat mich vorm Siebenschläfer geschützt, genauso wie Saskia.« Ich wandte meinen Blick Simon zu. »Saskia ist an einem sicheren Ort. Spike will mich auch dorthin bringen, um mich zu schützen.«

»Vor wem?«, fragte Theodor.

»Den Entführern vorm Kino«, antwortete ich. »Und Simon, der mir einen Drohbrief geschrieben hat. Er will mich umbringen, sollte ich nicht aufhören, Nachforschungen über ihn anzustellen.«

Simon stöhnte auf. »Ihr Idioten. Ich habe diesen Brief nicht geschrieben.«

»Wer dann?«, fragte Spike.

Simon sah ihn lauernd an. »Justin McMillan.«

»Den du umgebracht hast«, ergänzte Spike.

Simon schüttelte erneut den Kopf, während Theodor den Blick abwandte. Kurzzeitig hatte Spike freie Schussbahn. Es war die perfekte Gelegenheit, den Mörder seiner Eltern zu erledigen. Doch er betätigte nicht den Abzug.

»Ich versteh gar nichts mehr. Wer hat jetzt wen umgebracht? Und warum sollte mein Bruder einen Drohbrief schreiben?«

»Ich hab die Entwürfe des Drohbriefs bei Justin gefunden, als ich bei ihm war«, erklärte Simon.

Theodor sah ihn forschend an. »Wann warst du bei ihm?«

Simon zögerte. »Ich hab ihn tot in seinem Appartement gefunden.«

»Du hast ihn umgebracht«, sagte Spike.

Theodor zielte wieder auf Spike, während ich langsam auf die drei Männer zuging.

»Warum sollte er meinen Bruder umbringen?«

Spike sah Simon an. »Sag du es mir!«

»Der Mord an Bruce war so offensichtlich der eines Trittbrettfahrers, dass du der Einzige bist, der es sein kann. Du wolltest mich aus der Reserve locken und das ist dir letztlich auch gelungen.«

»Ich hatte keinen Grund den Bürgermeister zu ermorden«, sagte Spike. »Ich war nicht einmal im Land. Der Einzige, den ich ermorden wollte, warst du.«

»Warum in aller Welt ihn?«, fragte Theodor.

Spike atmete einmal tief ein und aus. »Weil er meine Eltern getötet hat.«

Theodor riss die Augen auf. Dann trat die Erkenntnis auf sein Gesicht und er beäugte Simon stirnrunzelnd.

»Ist das wahr?«

»Es ist wahr. Ich habe seine Eltern getötet.«

»Aber das bedeutet«, begann Theodor und Spike beendete seine Überlegungen.

»Dass Ihr Onkel Simon der Siebenschläfer ist, den die Polizei seit Jahrzehnten sucht.«

»Simon?«, fragte Theodor fassungslos.

Sein Blick war ihm Antwort genug. Theodor begann zu hyperventilieren, konnte die Worte nur stoßweise hervorbringen.

»Als du zu mir kamst, um mir von seinem Tod zu erzählen … als ich mich an deiner Schulter ausweinte, wusstest du die ganze Zeit … Hattest du kein schlechtes Gewissen?«

»Ich habe ihn nicht umgebracht, Theo«, sagte Simon. »Glaub mir! Dieser Kerl hier hat Bruce und Justin auf dem Gewissen.«

»Glauben Sie ihm kein Wort!«, erwiderte Spike. »Er lügt. Er ist der Siebenschläfer.«

»Maul!«, schrie Theodor. »Alle beide.«

»Und diese Frau. Die Sekretärin der Pilgrims. Sie hat mal für Richard Hanssen gearbeitet. Du hast sie ihm vermittelt.«

»Sie wusste, dass ich der Siebenschläfer bin. Sie hätte mich auffliegen lassen. Es gab keine andere Möglichkeit.«

»Warum hast du meinen Vater umgebracht?«

»Theo«, sagte Simon und ließ die Waffe sinken. »Ich schwöre dir bei Gott, dass ich deinen Vater nicht umgebracht habe, genauso wenig wie deinen Bruder.«

»Wer war es dann?«

Langsam normalisierte sich Theodors Atmung wieder. Eine lange Pause entstand. Ich wunderte mich, dass Spike die Chance nicht nutzte, um zu entkommen. Die Männer hatten ihre Waffen sinken lassen.

293

Ich stand wenige Meter von Spike entfernt. Meine rechte Hand umschloss das Messer in meiner Manteltasche. Simon machte einen Schritt auf Theodor zu und streckte eine Hand nach ihm aus. Langsam schüttelte Theodor den Kopf.

»Ich glaube dir nicht«, flüsterte er.

»Wie?«, fragte Simon.

»Ich glaube dir nicht«, wiederholte Theodor und richtete seine Waffe auf Simon.

Spike tat es ihm gleich, doch war sein Blick, genauso wie meiner, auf Theodor gerichtet.

»Hey, ziel nicht mit dem Ding auf mich!«, sagte Simon und wich zurück. »Lass uns darüber reden!«

Er hob seine Waffe und sah sich nun drei Leuten gegenüber. Seine Pupillen bewegten sich hektisch zwischen uns hin und her.

»Du hast mich angelogen«, sagte Theodor. »Ich weiß noch, wie wir am Mittagstisch saßen und du meintest, ich sei ein viel besserer Bürgermeister als mein Vater. Wie Bruce ausgerastet ist und gebrüllt hat. Das war nur wenige Tage vor seinem Tod.«

»Theo!« Simons tiefe Stimme vibrierte. »Nimm die Waffe runter!«

Aus der Ferne hörte ich Sirenen. Das Blaulicht der Streifenwagen flackerte durch die Fenster. Die Polizei würde die Schule umstellen. Selbst wenn diese Szene glimpflich ausgehen sollte, würden wir hier nicht so einfach rauskommen. Weder der Siebenschläfer noch Spike. Mir lief ein Schauer über den Rücken.

»Waffen runter!«, ertönte Alex' Ruf hinter mir.

Ich wandte mich um, da ertönte ein Schuss. Alex sackte zu Boden. Ich rannte los. Ein zweiter Schuss ertönte. Ich ließ mich neben Alex fallen, wollte ihn in den Flur ziehen. Er war zu schwer. Seine

Augen waren geschlossen. Blut sickerte aus dem schwarzen Loch in seinem Hemd.

»Alex«, schrie ich und rüttelte an seinen Schultern. »Alex. Alex.«

Ich presste meine Hand auf die Wunde und starrte hilfesuchend zurück. Spike lief rückwärts auf mich zu, seine Waffe richtete er auf Theodor, der ihn ebenso mit seiner bedrohte.

»Hoch mit dir!«, zischte er, als er neben mir stand. »Steh auf!«

Ich war unfähig zu reagieren. Schluchzend sah ich auf Alex hinab. Der Revolver lag in seiner schlaffen Hand. Seine Pupillen zuckten unkontrolliert hin und her. Sein Atem stockte.

Spike griff meinen Arm, doch ich entriss ihn wieder. Wütend sah ich Spike an, doch er hatte das Gesicht zu Theodor gerichtet. Der ließ seine Waffe langsam sinken und wandte sich seinem Patenonkel zu.

Mit einem Ruck hievte Spike mich hoch. Ich versuchte mich zu wehren, doch hatte keine Chance gegen seinen festen Griff. Ich warf einen Blick über die Schulter und sah, dass Simon am Boden lag. Spike zog mich um die Ecke.

Ein Standbild der Szene fraß sich in mein Gedächtnis, während er mich durch den Schulflur zerrte.

Alex am Boden.

Simon am Boden.

Meine ganze Welt am Boden zerstört.

– ENDE DES 2. TEILS –

Danksagung

Ohne zahlreiche Unterstützer wäre die Veröffentlichung dieses Romans infolge der Corona-Krise nicht möglich gewesen.

Danke, dass ihr an mein Projekt geglaubt habt!

Zunächst danke ich meinen Test- und Korrekturlesern:

Jamie L. Farley, Tina Braun, Verena Greve, Dagny Annika Kühner, Sonja Marschke, Stephan Ihlau, Maria Deutscher und Caro Grawemeyer.

Im Speziellen danke ich Cindy Koloske für die Benennung von Uriel Hohenheim und Anna Juliane Rämisch für die Benennung von Fanny Köppe-Meyer.

Zudem danke ich allen Unterstützern, die mich (u.a. auf Startnext) finanziell beim Lektorat unterstützt haben:

Christin Kusch, Conny Heitmann, Katharina Geyer, Yvonne Unverzagt, Viola Plötz, Janine Knaust, Eva Schumann, Sandra Fuhrt, Doreen Gade, Mika, Nicole Ringswirth, Susann Kintzel, Silke Herrmann, Emanuel May, Franziska Ihlau, Elena Stamm, Stephanie Weichhold, Wiebke Zollmann, Mia Ganzenberg, Lea Morgenstern, Susanne Krajan, Cindy Koloske, Michèle Linzel, Emilia Schreiber, Sabrina Grau, Stefanie Birnbaum, Yvonne Leutner, Bérengère Moulin, Anja Beattie, Ramona Wolff, Jamie L. Farley, Tina Braun, Verena Greve, Stephan Ihlau, Katrin und Anna Juliane Rämisch, Maria Deutscher, Caro Grawemeyer, Stephan Zehrendt und Skyler.

Anika Sawatzki
September 2020